1.四岁画的美女

2.五岁喜欢用画笔记日记

1.妈妈要出远门，
芃芃想跟着一起走

2.五岁画

跳舞的三胞胎

七岁画

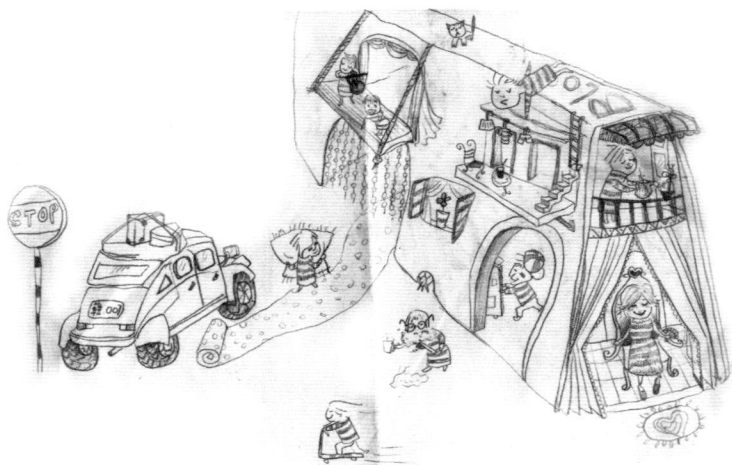

芄芄说她想住到这样一个美好的盒子里去

芄芄在纸上建造的公园城市

1

2

1.考前速写

2.芃芃临摹拉斐尔《易容图》，2009年

静物写生

冬季写生，2009年

1.油画《沙哑NO.1》，2009年

2.油画《沙哑NO.2》，2009年

3.油画《沙哑NO.3》，2009年

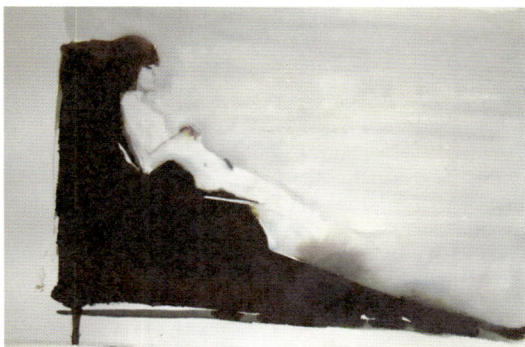

1.水彩《女孩NO.1》，2009年
2.水彩《女孩NO.2》，2009年
3.水彩《女孩NO.3》，2009年

1.春季写生《河》，2010年
2.春季写生《曲径通幽》，2010年

水彩《荷》，2011年

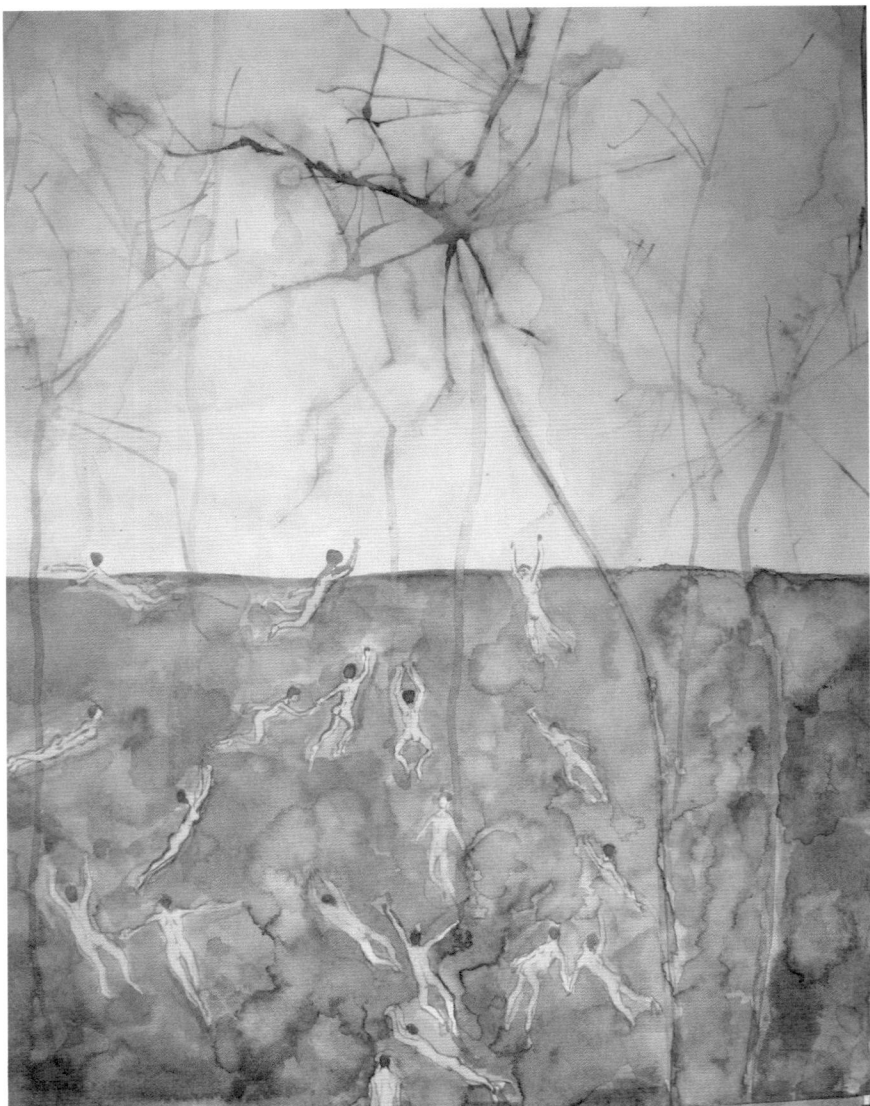

水彩《溯》，2011年

油画《梦回子宫》，2012年

油画《中国制造NO.2》，2012年

油画风景写生，2013年春

油画《中国制造NO.3》，2013年

15

2011年在奥赛美术馆

2011年在卢浮宫临摹维米尔的作品

孩子，你独一无二：

一个艺考生妈妈的陪读笔记

陈瑶 著

北京出版集团公司
北京十月文艺出版社

玩去吧，宝贝

　　我小时候，逢年过节才能吃上肉。穿也没有什么穿的，夏天常常光脚板，光脚不穿鞋，跑起来比狗还快，丝毫感觉不到路上的石子会扎人。想想我小时候那双脚，简直同野猪的脚一样皮实。

　　穷是穷，却丝毫不觉得苦，更不妨碍我过得很快乐。那年代，家家户户都有一窝像音阶一样高高矮矮的孩子。七八岁的小孩就得帮家里干活，照看比自己更小的弟弟妹妹，但是成群结队的小伙伴在一起干活也就成了玩。尤其到了傍晚，一根棍子用棕树叶子系上当枪，背着在外面疯跑，玩得都不愿听见妈妈喊我们回家吃饭。

　　后来我读书上了大学，毕业后一直从事教育与文化方面的工作。现在回想起来，最让我留恋的还是那无忧无虑的童年时光。人一旦长大了，各种负担和思虑都来了，就很难再有那种单纯的快乐了。

　　女儿芄芄出生后，我才发现如今的孩子是没有时间玩的。孩子还在娘肚子，就被实施胎教。准妈妈们腆着肚子，小录音机贴着肚皮，说是让胎儿感受音乐的频率，培养乐感。孩子还没学会说话，大人就开始教识字教背唐诗宋词。走路还歪歪扭扭不稳当，就开始学跳舞了。

至于学器乐、学书画、学主持、学英语等等，便纷纷接踵而至。

那时候社会上流行神童一说，中国科技大学少年班的孩子被媒体广泛宣传，事迹深入人心。谁家小孩三四岁能认识几千个汉字背诵多少首唐诗，被大家津津乐道争相传颂，并且努力把自家孩子往这个方向培养。也许是源于我个人的经历，我一点都不认为小毛孩能认几个字能背几首唐诗有多么重要，作为父母，最应该做的是在德行方面对孩子言传身教，因为人德行的优劣如同某种特殊物质，自小就沉淀在他的血液里，而且必将影响他整个人生。除此之外，人的童年时光应该就是玩。

有了这种看法，芃芃上幼儿园就可以是三天打鱼，两天晒网。上幼儿园无非就是让她有一个安全玩耍的地方。就像我进小学时一样，母亲说，丢到学校里去，就是让学校看住，不要让我乱跑掉到水里了。

芃芃五岁那年，同她一起玩的两个小伙伴进小学了，她说也要上学。

那就上吧。正好我单位隔壁有一所普通小学，近，接送也方便。去学校能不能学到东西，我没去想，我压根儿就认为上小学同上幼儿园差不多。

还没两天呢，老师告诉我，芃芃上课玩橡皮泥。

上课的时候，芃芃津津有味玩着橡皮泥，老师走过去说上课不能玩橡皮泥。芃芃奇怪地问上课为什么不能玩？这个问题也许老师从来就没有去想过，她一时还真无法跟一个孩子说清，只好强调上课就是不能玩，只能下课玩。孩子是需要讲道理的，也许老师觉得上课不能玩橡皮泥根本不需要解释，但是芃芃太小，还不能懂得，她陈述自己的理由："我下课没有玩够哪。"

还有一件事就是老师分派她值日，值日就是扫地。芃芃说："不是

2

我弄脏的，我不扫。"

不是她弄脏的，当然她不扫。只有自己做错的事才要自己负责，我平时只这么教过她。

孩子太小，还不适合学校，那就回家玩去吧。

如今的孩子就像笼中鸟，放学回家就关在屋里写作业，周末就在各种特长班里进出，特长班回来依然是在家长的监督下写作业。他们既没有玩伴，也没有场地玩，更没有时间玩。他们的一生都将这么度过：幼儿时期就开始读书识字，接着就是升学的压力，学校毕业后就是就业的压力，然后就是结婚生子面临的生存压力——这样的一生有什么生趣可言？难怪现在的年轻人总是出现这样那样的心理问题。想来，我的童年真是有福。小的时候，我的家乡山青水碧，村子的上空成天飘荡着游戏的孩子们响亮的笑声。我总以为老家在山村的人才有根，因为同一村落的山民世世代代血脉相承。如今的乡下变得非常寂寥，我多年难得回去一趟，老家屋前的茅草都长齐了屋檐，屋里随处都能发现蜕下的蛇皮，我记忆里童年的乐园成了一个永远消逝的童话。但无论我在哪里，乡下的老家永远是我精神的休憩地，我的港湾。

芃芃的太奶奶不许我教芃芃认字读书，说小小的孩子操心不好，于是芃芃成了地道的山里孩子，她会揉出杜鹃花的汁液抹在脸上，吸食各种花蜜，寻食各种季节性的野果。我们去种菜，箩筐里一头装着芃芃，一头装着肥料。春耕的时候，大人在田间播种，芃芃就在田埂上玩，于是她知道了播下去的种子会长出很多谷子，蝌蚪长大后会变成青蛙。有一次，她在田边忙个不停，有人问她在做什么，她天真地说："我在种蝌蚪。等蝌蚪长大了，就挖起来吃。"

爷爷得闲也教芃芃写毛笔字。有一次，家中大人都外出有事，担心芃芃和她弟弟没人照看会出去玩水，就把他们锁在家里，让芃芃带弟弟写毛笔字。芃芃不写字，却在弟弟身上画老虎。听到爷爷奶奶回家的动静，姐弟俩躲到门后。门一打开，芃芃那四岁的弟弟手脚着地，突然蹦出来，围着爷爷奶奶"吼吼"地学老虎叫。

爷爷奶奶那个乐呀——小孙子光溜着身子，背上手上小胳膊小腿上全都是毛笔画的一道道的"老虎花纹"，额头上画了王字，嘴边画了虎须。

芃芃也在乡下小学读过半年书的。乡下大婶至今还在笑，说常常别的孩子都放学了，才看见芃芃和她弟弟往学校去，弟弟的书包有时候还是倒背着的。还没上几天学，课本丢的丢了，散的散了。怎么办呢？小姐弟俩就把散成一页页的课本用绳子串上，捏着绳子在地上拖。

至今说起在乡下上学，我的芃芃总是笑得咯咯的。在小河里玩水，捉鱼，爬树，还有根本不为读书发愁，这些永远留存在芃芃回城后的作文里。如今芃芃已经是一名大学生了，她对快乐的记忆，却无一不指向她在乡下那段时光。

快乐就好。一个人在他人眼里无论怎么风光，如果自己过得不愉快，那么这种风光对他个体的生命来讲，又有什么价值呢？孩子的天性就需要玩耍，孩子在玩耍中才能获得真正的快乐。几岁的小小孩不玩耍，人生还有什么年龄可以尽情玩耍呢？一个人失去了童年的快乐，他的一生又还有什么快乐值得回味一辈子的呢？识字也好，各种才艺的初级技能训练也罢，都是比较刻板的。孩子能坚持下来，基本上是源于家长的坚持。一个人天真烂漫的童年时光转瞬即逝，该是何等弥足珍贵，却要成天面对刻板的教育，这样的童年有什么乐趣可言？也许家长们要说，这一切都是为了孩子将来的幸福。可是人一生中每一个阶段都是重要的，高抬起孩子未来不可知的幸福，轻视孩子童年的乐趣，恰恰也是对孩子童年的否定。更何况我们每个人身边都有大量实例证明，一个人小时候学业成绩的好坏，与他成年后的成就与幸福几乎可以说是毫不相关的。再说了，孩子现时的快乐都得不到保证，还妄谈什么将来的幸福？牺牲孩子现时的快乐，就能保证孩子将来幸福吗？

书本上的知识，补补就回来了，童年的快乐错过了却是永远补不回来的。

玩去吧，宝贝。

没有差生，只有差异

自己智商平平不爱读书，却一定要求孩子成龙成凤，孩子成绩不好，非打则骂，这就有点不讲道理了。有一句话叫"龙生龙，凤生凤，老鼠生崽会打洞"，这话不是讲农民的子女就应该是农民，教授的子女就应该是教授，而是站在个人潜质的基因遗传角度来讲的。在一个受教育机会极不平等的社会，很多人的潜质是没有机会被发掘出来的，职业与个人潜质可以没有多大关系，农民里面说不定就有很多具备成为艺术家科学家潜质的人。

没有谁会对榆木疙瘩发出来的芽也是榆木表示怀疑。用刀劈榆木，一刀下去只留下一个刀印子。劈竹子的时候，一刀下去，噼里啪啦整根竹子全破开了，根本不怎么费力。有些人的脑子适合读书，读起书来势如破竹；有些人的脑子读书就成了榆木疙瘩。但是，这有什么要紧呢？天生我才必有用，榆木疙瘩还适合做根雕，做家具呢。

能这么理解，孩子成绩不好，就不会一味地责怪孩子，也不会急火攻心了。

芃芃在城里正式上学已经七岁，直接上了小学二年级。

上学没几天，孩子回家告诉我，老师说她如果再不做家庭作业，就不要上学了。小小的孩子委屈地说："妈妈，不是我不做，老师说什么，我听不懂。"

作为教师，怎么可以说这种伤害孩子的话？当然我也有责任，芃芃没上过幼儿园大班和学前班，小学一年级虽然在乡下小学混了半年，也等于没上。

我的婚姻，我本来很不想说的，但在这里又不得不提及。孩子还不满五岁，我的婚姻就彻底到头了。我舍不得孩子，那我就得承担全部的生活压力，当时我在学校教书，为了多拿一点讲课费，我教很多课。有一个学期我同时教四门课：语文、应用文写作、美学和逻辑学。几乎每天晚上，我都要熬夜备课。孩子的学习，我基本上不过问，有时候孩子问多了还烦。

一般小学一年级就开始训练写日记，芃芃上二年级了，还从来没有写过。有天晚上，我照例在备课，芃芃趴在桌子上写作业。她问我日记怎么写。我说日记就是你想写什么就写什么，你心里怎么想就怎么写，发生了什么事看见了什么就写什么。我说了两次，孩子依然说不知道，我不耐烦了，便吼了她一通。

孩子的眼泪顿时就出来了，我没空理会她，继续自己的工作。过了一会儿，悄悄地回过头去看，发现芃芃已经开始在写了。我没有惊动她，等她写完，才拿过来看："我问妈妈怎么写日记，妈妈狠巴巴地骂我……"我非常高兴，说："宝贝，日记就是这么写的。这个'狠巴巴地'，写得非常好，很准确。"

数学同样遇到了问题。有一次，我问芃芃7加5等于多少，她不知道。当然这比较容易解决，接送孩子上学放学的途中讲两次就差不多了。只是数学应用题有点困难，不会做应用题，主要是对句子不够理解。当孩子理解能力增强了，自然就会做了。

一个学期结束了，芃芃跟我说，她成绩不好，班里发奖状，她没有。说完，轻轻地叹了一口气。

七岁孩子的这声叹息，让我有许多的不忍。我抱起她，摸摸她的头，用高兴的语气说："宝贝，妈妈知道你比刚上学那会儿进步了许多。不要同别人比，同自己比。"

我要让我的孩子对自己充满信心。

常常听到小学老师说什么"好生""差生"，让人生气又难过。我不知道他们有什么权利去评判孩子们的高低贵贱，也不知道他们依据什么来划分孩子的等级，难道就仅仅凭借成绩单上那几个阿拉伯数字吗？

小小的孩子就因为考试分数低一点，便被自以为是的老师贴上"差生"的标签。一条狗都知道谁对它好，谁对它不好，一个孩子怎么可能不知道自己在群体中的地位？你不喜欢他、你排斥他，你歧视他，他心里跟明镜似的。白纸一样纯洁的孩子，当他们眼里绝对权威的老师给他定性为"差生"时，他便真的认为自己不行，是"差生"了。孩子在被否定中长大，自信心必然会遭遇严重的挫伤甚至是扼杀，这是多么残忍的事！老师怎么可以还那么理所当然没有一丝负罪感！孩子的自信心都不能建立，学习能力如何能发挥？学习能力都没有发挥，如何能有好的成绩？每个孩子来到人间，都像天使一样纯洁。成年人在他们心里种下善的种子，将来就会发出善的芽。就算是真的"差生"，难道不是成年人造成的？世间没有不好的孩子，只有不好的教师和家长。

有一位画画的朋友，他上小学的女儿数学成绩不好，经常挨老师批评。他找到老师说孩子数学成绩不好不要紧，不要为此批评他的孩子。他还曾笑着跟我们说："我们画画的，遗传基因就这样，有几个数学成绩好的？"

也许是因为这个孩子数学考试成绩不好拖了班里的后腿，也许是这位教师对孩子回家告状不满，也或许这位教师压根儿就认为数学成绩不好的学生根本就是一个没有前途的废物，她对孩子的批评不仅一如既往，反而变本加厉。孩子的自尊心是那么强，又是那么脆弱，她不敢去学校了。

于是，怒火中烧的家长跑到学校对那位数学教师一通好骂：

"你以为你会做一点数学题就有什么了不起吗？看你穿的衣服，就知道你是一个没品位的女人，一个不懂得美的女人。你这种女人，懂什么生活？"

也许这位家长的做法有些欠妥，但是他的话恰恰说明了一个道理：衡量一个孩子，不应该仅凭考试成绩，尤其不应该仅凭某一科的成绩，应该是从德智体美劳等方面全面考察。数学没有天赋，说不定语言方面就有天赋呢，没有差生，只有差异。再说为什么一定要数学成绩好呢？在我们这片"犁下有深土"的国度，许多领域里的许多工作是不需要数学去完成的，每个人朝自己兴趣与个人特征方向发展就好。

我不拿考试成绩的好坏来评判我的孩子。我的孩子我了解，她有没有用功，有没有进步，我心里有数。再说，孩子已经尽力了，就算是考试成绩不好，那也不能责怪。人的能力有大小，一个人的力量只能挑五十斤，强迫他挑一百斤，可能吗？

我的态度虽然如此，但是芃芃每次在考试之前总还是不放心地问：

"我没考好，你说我吗？"

孩子这么问我，就表明她内心已经有压力了：老师给了她压力，同学给了她压力，她也给了自己压力。哪个孩子的心不是向上的呢？当孩子考试成绩不理想，在学校里老师和同学不待见，回到家里家长如果还暴力相向，小小的孩子该何以自处？家是孩子唯一的缓冲地带，我只能温暖地包容她安全着陆。

"哦，宝贝，我不说你。妈妈知道你用功了。"

家长对老师的虔诚，比得上佛堂里的善男信女对菩萨的膜拜。每次家长会散后，望子成龙望女成凤心切的家长们依然围着老师久久不肯散去，问长问短，希望老师把他们的孩子抓紧一点，多关照一点，唯恐落下一步就耽误了他们孩子的前程。老师说的关于他们孩子的每一句话，他们都是要当成金科玉律捧回家，然后拿去教育或者教训自己孩子的。我从不去请求老师给予我的孩子特别的照顾，小学，不就是认几个字，学说几句话，再就是简单的四则运算嘛。至于芄芄在学校的情况，她每天一回家就叽叽喳喳跟我报道了：谁在教室里尿裤子了，她上课回答问题了，上课玩手指甲了……我比任何人都更了解我的孩子。

中国现行的小学教育对孩子们几乎可以说是非常不人道的。每天清晨，成年人还在被窝里做梦，孩子们就出门了，他们必须在七点半之前赶到学校早读。七点半到校，那么六点多一点就得起床，因为要穿衣洗漱，要吃早餐，要搭公车。夏天天亮得早还好一点，冬天就得摸黑出门。看着小小的孩子背着沉重的书包，在寒冷的风中等公交车，我真是满心的痛！小学那点课本知识真的需要每天那么长时间把孩子们捆绑在学校吗？启蒙教育就实施疲劳战术，只会产生一个结果：让大批的孩子从小就厌学。可是制度是一块天，被这块天死死罩着的小小生灵唯有服从，也只能服从。你就是想愤怒地咬天一口，你咬得上吗？你根本无从下口！

我的邻居和同事，把孩子的学习抓得非常紧，孩子感冒了，只要不是很严重，也一定要送到学校去。我想不明白的是，读书应该是快乐的，干吗一定要把孩子们弄得个个都像小小的苦行僧？

芄芄刚上学那会儿，自作主张报了一个他们学校办的电子琴特长班，每周半天课。孩子所在的学校是一所刚建成的新校，道路设施还不完善，途中要经过鱼塘边一条长长的小路，还有一小段上坡路在施工，天气好的时候尘土飞扬，下雨天就泥污遍地。一个周末的上午，寒风裹着雨夹雪，不歇气地刮。天冷得出奇，人在凛冽的寒风中几乎迈不开腿，露在外面的脸冻得像木头渣子，感觉都不是自己的皮肉了。天冷、路滑，我背着琴和孩子顶着风一步难于一步按时赶到学校，老师没有来。上课时间过了半小时，才进来一位年轻女老师。对于自己的迟到，她没有作出任何解释，也没有半句抱歉的话，只说了声："今天复习上次课的内容。大家开始练习。"孩子们练习了一阵子，老师又让集体弹奏了一次，然后就下课了。

我和孩子千辛万苦赶到学校，半点知识都没收获到，就被老师这么敷衍掉了！作为教师，这是对孩子极大的不负责任，也是对家长的付出极大的不尊重！何况这还是另外收费的，至于不另外收费的正常教学，又该是什么样子的呢？这不能不让人怀疑。回家的路上，我后悔不已，这个学校办的什么特长班是坚决不上了。如果这天待在家里该有多么温馨：坐在温暖的火炉边，我看有趣的书，孩子打扮她的布娃娃。

此后芄芄整个小学阶段，我听到屋外风刮得呜呜的，就打电话给老师请假。我要出远门，孩子没人照看，也带着一起走。晚上早早睡觉，周末绝不上补习班。也许有人会说，这样是无组织无纪律性，都像这样，学校还怎么办？抱歉，如果组织纪律的约束维持的只是一个没有多少内容的空架子，对孩子来说甚至是得不偿失，那为什么要孩子为这无谓的空架子做出牺牲？孩子不是公路边的绿化带，为什么一定要被修剪得一模一样？

而且，事实上，芃芃学得越来越轻松。别的孩子因为在幼儿园就学完了小学一二年级的课程，芃芃没有学，所以刚开始成绩不咋地。到了三年级，芃芃的成绩在班上明显好起来了。当时正赶上提倡素质教育，小学生的成绩册不再打分数，只给合格、良、优秀之类。芃芃拿回来的成绩册一开始是"良"居多，到了四、五、六年级不仅全都是"优"，"优"的右上角还全都打了一个符号"＋"，每学期还能拿"三好学生""全优生"之类的奖状回来。我一直以为是小学提倡素质教育，老师给每个小学生都发奖状以资鼓励的缘故。一直到芃芃要参加高考了，听一位学生家长说，他儿子从小学到高中毕业，除了小学拿回过一张劳动奖状外，什么奖状都没有拿过。我才知道，我的孩子学习成绩原来还是不错的。

养天鹅的女孩

如果留意就会发现，每个人在孩提时代就会显示出他在某方面的禀赋：有的对机械兴致勃勃，有的对数字很敏感，有的伶牙俐齿，有的乐感很强……

芃芃五岁那年，有一次我要外出一段时间，孩子反复说要跟我一起走，我也犹豫不决，但最终还是狠狠心把她送去了奶奶家。回来收拾行囊，发现孩子的小床上有两幅画：

一个穿公主裙扎羊角辫的小女孩和一个穿套装裙留长发的妈妈，彼此向对方伸着一只手，手没牵上，让她们的手连在一起的是一个双向箭头。另一幅画是同样打扮的女儿和妈妈，只是她们的手牵到了一块儿，背景是天空、公路、河流和飞机、汽车、轮船。

我一看画上面妈妈和孩子的衣着打扮，就知道孩子画的是我与她。孩子一定是先画了那幅手没有牵上的——妈妈的手怎么不是牵着宝贝的手呢？双向箭头连在一起到底不是手与手牵在一起呀。于是又画了第二幅。

艺术的目的不就是传情达意吗？我小小的孩子是在用绘画这种语言形式表达她对母亲的依恋和不舍，她是想牵着妈妈的手一起过山过水过每一寸光阴呀。

我的孩子！我当时就忍不住潸然泪下。

芃芃九岁那年，有一次，我让她绘出理想中的家园。她梦的家园里没有汽车，没有高楼，只有冒着炊烟的小屋，屋旁是硕果累累的果树，果树上是闹枝的鸟儿，有鸡鸭，有菜圃，落山的太阳照着采蘑菇回家的小姑娘，后面跟着的是自在的小兔。我问："画里面怎么没有妈妈呀?"芃芃说："妈妈在屋子里做饭呢。"

孩子给这幅画起名为"幸福平安画"。这个名字真好！这世上还有比"幸福平安"更好的吗？

芃芃对音乐的敏感同样出乎我意料。

平常我在家里喜欢听一些中国经典民乐，比如说《浪淘沙》《阳关三叠》之类，这些音乐大都是表达对人生的慨叹，总让人感到一种难以言说的忧伤。有一次，我买了一些外国歌曲的音乐碟，都是一些蓬勃向上的乐曲。孩子听了说："我喜欢听这个。妈妈，你听听，休止符在这里一停顿，很快乐。中国音乐不快乐。"

我吃了一惊，仅仅只在学校音乐课上接触过一点音乐知识的七岁的孩子，竟然能听懂音乐的情感！

芄芄八九岁时，就尝试着自己谱曲，自己填词，当然是一些很幼稚很简单的旋律和歌词。孩子说，她长大了要当作曲家。

说起来真是惭愧，我不过是一个懵懂家长，当我发现孩子在艺术上表现出的天赋，并没有重视。当然也不是一点没有想过，有一次也想送她去学画，当时芄芄还小，只能画儿童画。可我又认为教儿童画的只有素质非常高的教师才能胜任，因为童年是人一生中想象力最丰富的阶段，如果教师素质不高，教学训练模式僵化固定，说不定反而会扼杀孩子艺术的灵气。

当《哈利·波特》风靡全球的时候，我突然发现我们中国作家和艺术家的想象力是多么贫乏。个人想象力贫乏，可以说是个人的原因。当整个作家艺术家群体的想象力出现了问题，那么我们是不是应该反思：为什么我们的教育培养出来的作家艺术家都是一些想象力贫乏的家伙呢？我们的教育是不是出现了问题呢？这时我甚至暗自庆幸当初没有送芄芄去少儿美术班。有些小孩子的画虽然获奖了，但基本上是在老师指导下画出来的内容，涂上去的颜色，不足以证明孩子在美术方面就具有天赋的灵气。有些小孩子的作文经老师、家长修改后发表了，也证明不了孩子就能成为未来的作家，甚至还给家长一个致命的误导，以为自己的孩子就是那块料，无限制地接着投入，最终耽误了孩子。

　　那时，我周围几乎所有的家长都一窝蜂地把孩子送去各种特长班，真是出了这班进那班。孩子的天赋是否适合某种特长教育，孩子的兴趣爱好在哪里，家长并不太清楚，说不定手指短的学了钢琴，肢体硬的学了舞蹈。

　　有些家长考虑得比较长远。有一年夏天，我和几个熟人送孩子去学游泳。其中一个妈妈就蹲在池边谆谆教导她五岁的女儿："你要好好学。不好好学，将来怎么出人头地？！"

　　孩子学游泳，无非就是水里好玩，怎么就与将来的出人头地连在了一起？对孩子的培养怎么可以看得如此功利？！

　　芃芃九岁了，有一天她在电视里看到有人弹古筝，觉得美，提出要学。孩子想学，我当然支持。带孩子去艺校教小提琴的教室门口站了一会儿，当时老师正在教高年级孩子拉《梁祝》，旋律优美动听。我问芃芃愿不愿意学小提琴，孩子不同意，坚持学古筝。

　　这是芃芃第一次进艺术特长班。每周上课三小时。

　　这个古筝初级班有二十来个孩子，大的十一二岁，小的五六岁。上课的时候，每个孩子身边坐着一位陪练家长。家长陪练有一个好处，大人的理解能力比孩子强，孩子没听懂的地方，家长记下来，消化后再跟自己的孩子交流，这样孩子容易理解一些。如果全指望老师，一个班那么多孩子，老师也照顾不过来。

　　有一次老师让孩子们逐个弹奏刚学过的一支简单曲子。有的孩子弹得顺畅，有的孩子弹得结结巴巴。轮到一个小女孩时，老师和家长无论怎么哄她，她都不肯伸手。坐在一旁的妈妈突然站起来，把搁在腿上的孩子的书包猛地往地上一掼，骂骂咧咧冲出去了。

那孩子顿时哭了起来。

大家面面相觑。芃芃气愤地跟我说那个妈妈是疯子。

孩子是需要鼓励的，越没有信心的时候，越要想办法给她勇气。学器乐，起步无非就是学一些基本技法。芃芃指法不对的地方，我从不敢赤裸裸地批评，担心小小的孩子接受不了。岂止是孩子，就是成年人也承受不了不顾及他自尊的批评。发现孩子指法不对，我一边稍带夸张地模仿她错误的指法，一边轻轻地说笑："呵呵，宝贝，你这一手指下去，可以挖一块土起来啦。"芃芃听了笑得不得了，然后我再把正确的方法告诉她，她也就愉快地改过来了。

一个学期下来，正碰上过级考试，这个班六七个孩子过了一级，只有芃芃直接过了三级，其余的小朋友差不多都被淘汰了。

第二个学期，我给芃芃在附近一所高校的音乐系找了一位古筝老师，一对一上小课，每周一小时。大学离我们家近，沿着湖边步行半小时就到。我们一般提前一小时出发，一路走走停停，沿途欣赏湖边风景，看湖面烟霞氤氲。尤其是春天，湖水丰盈，湖边鲜花盛开，树上的绿色几天不见就是另一番模样。还有湖边树丛里的那个养蜂人搭建的小屋，那些蜂箱，那些让我们有些害怕的蜜蜂，都让我们饶有兴趣。大学校园傍湖而建，校园傍湖边处有一片树林，如果天气晴好，上完课我们就到树林子里去，捡一些松针和小小的枯枝，烧小小的火玩儿。

来回的途中有时还会遇见一些有趣的人。

一个衣履破烂的疯子胳膊夹着一个黑色的公文包，头高高地昂着，目空一切的架势，横摆着过去了。

芃芃说："他以为他是大老板哪。"

老板可不就是这样。孩子这句精准的话让我笑了许久许久。

还有一次遇见一个有些黑腻粗壮的妇人，我让芄芄猜她是做什么的。孩子说："养猪的。"我笑了笑，感觉刚擦肩而过的妇人还真适合养猪。

"那别人以为我们是做什么的?"我问。

"养天鹅的。"

我写下这段对话，无意让别人拿去做道德的评判，因为这只是一对普通母女日常生活的对话，我只是想说，我小小的孩子，她的审美世界里已然飞起了洁白的天鹅。

学器乐，上课是一部分，课后回家练习是一部分。我不逼孩子练琴，她想练就练。学古筝，既然是孩子自己的选择，她就有兴趣练习。每当学习一种新的技法，芄芄回家后就反复琢磨练习，只想尽快掌握了，好练习更好听难度更大的曲子。她喜欢任何一首曲子都难不倒她，她喜欢优美的旋律在她的手指尖流淌出来。当她觉得自己没弹好，她就打自己的手，一边哼哼唧唧："我要你这么笨! 我要你这么笨!"

芄芄十一岁学完十级的内容。古筝老师说芄芄比一些古筝专业的大学生弹得还要好，要她参加比赛，说至少能在省里拿个二等奖。我没有送孩子去参赛，艺术的培养最终应该内化成个人的一种修养，让孩子以后生活更有情趣些才对，而不是为了得一个什么荣誉。考过三级证后，也没有再考级了，才艺已经在手，又何须再拿一个什么证去证明呢?

美术启蒙

芄芄学完古筝十级的内容，如果再要提高技艺，就必须去武汉或者北京找音乐学院的老师继续深造。我无意让孩子把古筝当专业来学，孩子的这个水平足够她自娱自乐的了，将来如果她自己想在技艺上再进一步，那是她自己的事了。

"宝贝，学画画吧。学了画画，就知道怎么穿衣服才好看。"

每个人最好都懂一点色彩知识。经常看到一些高学历的知识分子，穿着却毫无品位可言。甚至在文学圈里，也不乏美术素养低下的人。曾有人撰文说，有一次他陪同某作家代表团参观展览馆，外国作家饶有兴趣观看那些美术展品，而中国作家则站在一旁感到索然无味。画家吴冠中也说过，文盲与美盲是不能画等号的。

芄芄对画画一直保持着与生俱来的兴趣：

画作一：一个小女孩拿着衣叉在叉天上的小星星。星星都是长着腿的五个角的笑脸娃娃，月亮是系着红头巾戴着眼镜的老奶奶。站在小女孩身后的妈妈说："先把月亮打下来。"小女孩说："太高了，还是先把星星打下来吧。"

画作二：几百个长着三根毛的简笔画小人儿在公园里玩各种游戏，动态各异：一个双腿双手抱着门框，顽皮地歪着脑袋；一个坐在横梁上哭，下面一个小人儿用碗接着他的眼泪；有唱歌的，有跳扇子舞的，有喝酒的，有摆水果摊的，有在地上拉臭臭的，还有一串串的小人儿吊在横杠上，猴子捞月一样。

……

这都是芄芄的涂鸦。

画面真可谓是趣味横生，实在是太可爱了！

几乎所有的学科，都必须借助外力，唱歌吧，识字吧，别人不教，孩子就不会。而涂鸦是人的天性，所以儿童美术与别的学科不同，正确的教育应该是给孩子纸和笔，让他们自己去玩。更不必画给孩子看，孩子自己就会涂鸦。大人的任务就是把孩子内心的意向引发出来，让他放心大胆地表现自己的所思所见。当初因为我自己懈怠的原因，没有送芃芃去美术班，谁知道阴差阳错，却保全了孩子对美术的兴趣。

芃芃十一岁了。这个年龄的孩子对儿童画已经不能满足，开始要求画得像了。要画得像，就必须画光线、明暗、立体感。这正好可以顺势对孩子进行素描训练。素描起步路子一定得正。我后来在北京一家高考考前画室见过这样一个学生，他来自农村，非常用功，但是高考考了六七年，总是考不上。因为当初起步有问题，他画的素描都腻乎乎的，就像以前那些专门给人画像的画师画出来的。画室的老师对他颇为照顾，可是无论怎么给他讲，他都改不过来。当然他画画时间长，也有他的长处，但是有多少长处，就存在多少问题，而且存在的问题还非常顽固。

起步要正，这就需要找一个好的启蒙老师。正好机缘凑巧，我的工作变动，调到文化部门，碰到了在艺校教课的毕老师。毕老师油画专业科班出身，作品曾多次参加全国美展，他每周给艺校的孩子们上半天课。油画与国画不同，油画重视形和色，孩子在科班出身的油画老师那里学习是最理想的了。考察过师资，我把芃芃送去了。

毕老师态度温和，孩子们都喜欢他。程度不同的许多孩子分成许多组，都在一间大教室上课。每次上课，毕老师先讲解要画的静物，然后放手让孩子们去画。他则满堂巡视，画得不好的，及时予以指点改正；有点滴进步的，也给予肯定与表扬。

我曾浮光掠影般地习画一段时间，知道初学素描非常单调，缺少趣味性。一个几何体，每次画的就是光线与黑白灰关系，没有耐力的孩子很容易失去兴趣，或者感觉太难就永远不画了。如果孩子们喜欢授课老师，情况又会不同些。喜欢这个老师，自然就会喜欢他的课，再枯燥的课，也能坚持下来了。芃芃每周去画半天，同时起步的七八个孩子，她进步最快。

"你的孩子就是画画的。"毕老师跟我说。

可惜的是，一个学期后，能画又能教的毕老师不在艺校兼课了。新来的教师，孩子回家就表示不满意，说这位老师给她改画，只顾自己从头画到尾，一边抽着烟，一句讲解都没有。还模仿那老师的样子：抽一口烟，身子往后一仰，眯着眼睛看一下画，然后唰唰唰又画几笔，很有些大师的派头。

孩子的模仿惟妙惟肖，逗得我哈哈大笑。我知道芃芃没有说谎，她拿回家的那幅作业，都是老师画的，完全没有孩子画的痕迹了。

有些家长喜欢孩子拿回家的画看上去很完整，于是，培训班的老师投其所好，把孩子的习作从头改到尾，让外行的家长满意。老师给孩子改画当然没错，孩子画得不好的地方，老师一边修改一边讲解，孩子便能懂得自己的画哪些地方存在不足，而且知道怎么去改正。但是如果老师让孩子基本上失去了动手的机会，这种修改就毫无价值了。

这位老师也许动手能力比较强，但是他不会教。不会教，孩子就不能进步。继续让这个老师教，无疑是浪费孩子的时间，我必须另外给孩子找画班了。蓝艺画室是我们这座中等城市办学时间最长规模最大的美术培训学校，学生大都是把美术当成专业培养的中学生。画室里绘画气氛浓，墙上贴满了学生的优秀习作。校长陈老师也是个非常温和的人，这种性格很对孩子的胃口。

芃芃是个安静的孩子。也许安静的孩子比好动的孩子更宜于画画，因为安静的孩子能坐下来去静静地观察和思考，相对来讲也能画得进去一些。芃芃初习素描时，对物体黑白灰关系掌握之迅速，进步之快，让我暗暗吃惊。陈老师说芃芃画画是用心的，比如画一个罐子，她也许就会看看范画里的罐子是怎么处理的。很快，芃芃就常有组合静物素描被当作优秀习作贴上了画室的墙。

为了营造一种绘画的氛围，从芃芃开始学画，家里的墙壁就贴满了她的习作。画画水平的提高是缓慢且无形的。孩子每次习作的水平，也就是她当时画的那张画的水平，即便是画面存在问题，以她当时的能力也发现不了。但是把每一次的画逐次贴在墙上后，孩子有意无意间一抬头，也许就会发现某个地方的不足，然后就拿笔修改。能拿笔修改才画不久的画，说明孩子已经进步了。

素描静物画到一定程度，就要接触色彩了。

色彩写生真的很难！国内顶尖级的油画家陈丹青就说过一张印象派风景写生的难度远远超过一件挪移照片的主旋律大创作。当然这是后话，孩子接触的还只是最简单的静物写生。

根据我自己粗浅的色彩写生经验，我没有让芃芃上手就开始色彩写生，而是让她在家先用三原色调出红橙黄绿蓝青紫，画色圈。对调色有一个最基本的认识后，临摹单个水果，然后再临摹复杂一些的静物组合，最后再去画室写生色彩静物。即便如此，从色彩临摹到色彩写生，对色彩知识的运用也还有一个过程。

上天赋予了不同的人不同的色彩感知能力，那些色盲和色弱的人无论怎么训练，也是无法成为色彩大师的。而那些色彩感觉敏锐的人，后天对色彩的训练似乎只是在慢慢开启他大脑中早已经被上天赋予了的丰富的色彩仓库。

芃芃色彩感觉不错，习作不断被老师贴上墙。她渐渐在与她一起画画的小伙伴中有了小小的名气。

孩子，我是如此疏忽了你

芃芃初中三年一直是班干部和学校学生会干部，每学期被评为三好学生。文化课成绩虽然不是特别理想，但一直还能保持在班上前三至五名。

芃芃的初中阶段，我没有为她的学业操过心。孩子刚进初中时，我心想只要英语成绩不落下就行，其他科目的成绩就算不是太好也没有关系，到初二再给她辅导辅导也来得及，因为记得我上初中时，做数理化题简直是一种享受，只要找对思路，解题如同庖丁解牛。没想到孩子上初二就真正喜欢上了画画，画室的老师说，芃芃初二的画比一些高三年级的学生还强，凭当时的绘画水平就可以考上一般大学了。正是基于这个原因，我明知道孩子在数理化科目上遇到了难题，也没怎么过问，心想只要专业没有问题，高考文化成绩应该问题不大，因为美术生高考考文科内容。

我一直以为我的孩子初中的学习顺风顺水。

这几天，我整理芃芃的作文本、周记，才发现，当孩子把学习成绩与自己的未来联系在一起时，不会做题的压力就会变成不能承受之重。还有因为学习成绩的差异衍生出来的同学之间关系的冷暖，有时候也像蚂蚁一样噬啃着孩子小小的心灵。这些问题和烦恼压在十来岁的孩子心头，非常的不轻松。阅读孩子这些心灵记录的碎片，我无数次有下泪的感觉。

我对孩子真是太疏忽了。

（一）

我是一个敢于向别人解剖自己的人，因为这个世界上，我除了怕鬼，还有怕妈妈和老师，再谁都没有怕过。

说实话，我是一个向往美好生活的人，但是我不爱努力学习。就算爱学习，也有一个激情两天的习惯。我讨厌一切漫长而有目标的事情，喜欢所向无敌的自由的无拘无束的生活。

我有时挺恨自己太笨，成绩不如人，发疯似的使劲捶打自己的脑袋，又巴不得变成傻子，又巴不得变成超级大天才，反正不想像现在这样。

（二）

春天来临……心随风飘荡，但是最终摆脱不了现实的生活。幻想，可以使你快乐；心，可以使你的情绪一波三折。可是为什么要有目标？一年刚开始，人们都计划着，而我却随遇而安。叹口气，也被春风带走了。花开了，心没有开。只想给心透透气，也让春风把心中的郁闷带走。头晕心也晕。爱烦恼，因为有事而烦恼，无事比它更烦恼——无事烦恼也是因为有事。

（三）

要考试了，很想欢呼——只考语数外。

很多次，语文都是作文拉分，基础常扣十几分，不是填空题扣分，就是阅读题扣分，东一扣，西一减，不像数学，答案对了就是满分。

数学是我一贯的难处，题目不死板，同一类型的题可以变化十八般，还不止呢。我就怕数学，特别是填空题。左思右想，有什么办法呢？

我最拿手的就是英语，不过现在单词难死了，长的有八九个字母，还和读音挨不到边。

我想这次考试完蛋了，还保持前五名呢，前十名估计都拿不到。妈妈反正说话反悔了，不给我买单车，但我还是想考好点，因为这关系到我在班里的荣誉。

时间紧迫，迫在眉睫。我怕考试，只想去问第一名："你怎么这么天才？"

（四）

"最近比较烦，比较烦，比较烦。"还记得这首歌吗？最近真的是比较烦，进初中了还真的有所感悟——学习成绩下降，地理我不会背经纬度，政治我不会背条例，劳技我不会记号码，数学我什么都不会……

一个初中生的烦恼比小学生大学生大得多！

出现这个问题的因素有许多。比如说昨天：

我滑冰回来，妈妈责问我为什么自作主张中午不回家。我想我一天到晚学习就不可以玩一下吗？我的童年马上就要走了！可是我不敢同妈妈顶嘴。

不仅生活上有小烦恼，学习上的烦恼数不胜数：

作业做到晚上九点，又还要复习，又要收拾书包；不做作业就要练琴、画画。忙到十一点眼皮都托不起来，才到了一天最轻松的时间——睡。好凉的被窝！

时间又不可以回到小学，又不可以直接进到大学，只好慢慢等呗！

我希望国家真的减负！

（五）

原本寒假计划滑冰、逛街、去奶奶家度过一半的假期……结果也只是想得好，妈妈一个电话打去特长班。表弟天天来电话："姐姐，啥时候来呀？我们都到齐了，好多好吃的呀。"我听到他们呼唤，高兴得合不拢嘴，死缠着妈妈带我回去。妈妈每次都是一个借口："画还没学完呢。"……上午就是做作业，玩一会儿文曲星，练练琴。下午去学画，晚上吃饭了再洗洗睡，第二天又开始重复……我的寒假生活多"多彩"！成天"好好玩"！我只愿快点开学，就这样。我也没什么说的。

（六）

"可怜天下父母心"，这话常挂在大人嘴边。那假如你是一个学生或小孩，你自己也会明白一句"可怜天下孩子心"。

首先，每个孩子对父母都是有一种敬畏之心，很多父母就会利用这一点对孩子"严加管教"，方式有很多种，最普遍的就是骂或打。

成绩一直是父母衡量孩子好与坏将来贫与富的尺子。若你是个学生，又是孩子，你就会明白做一个父母眼中的好孩子是多么难。

挑灯夜战是父母最愿意看到的景象，也难免有点心痛。有时，你会愤恨：父母在轻松地有说有笑看电视，你却要面对一堆作业。你跑出去，父母保证第一句就会问："作业写完了吗?"你说没有，父母保证又会说："还不去写！"你白了他们一眼，说凭什么他们就能看。他们就会瞪着眼对你说："你还顶嘴呀！"

父母们，你们小时候就是父母的乖乖孩吗？现在的孩子多累呀，天天就是写作业写作业！你们自己尝试过吗？你们小时候有这么累吗？

父母眼中好孩子的标准太高了。我们很累，你们不心疼吗？

（七）

减负，减负，一提到减负我就有气。前几年雷声打得砰砰响的教学改革根本没有落实到我！作业一样要做到晚上十一二点！

考试难度越来越大，学习似乎就是为了考试，为了上一个好大学，而与快乐生活无关，与了解大自然无关。妈妈总是拿我同第一名比，说我吃得好，穿得好，为什么成绩不如人家。有时候想想也对，我没有理由不好好学习呀。

有时候挺羡慕妈妈那一辈的，家长根本不管小孩成绩的好坏，只要每天带好弟弟妹妹，做一点家事就好了。不就是吃得不好，穿得不好嘛，也不至于就饿死冻死吧？比起以前，现在的学生压力大，除非他父母对他就不抱希望。

（八）

主课不好，副课不好，什么都不好。天是闷热的，让人烦闷不安，心挤在一起，挤得跟芝麻一般大小。我早知道这次考不好……

不自在的心情源于考试，源于妈妈啰啰唆唆叫我读书做作业。又听又看又写又默，我只能在角落里默默地叹息，我真的好困好累好苦好难，手边的零食袋已经露底，头顶的熬夜灯还在摇晃，笔下的作业本还是空白，脸上的眼皮早已经抬不起来了。我手软，我心乱，我只能任由思想瘫痪……

（九）

每当我玩得开心的时候，妈妈就会用很严肃的只有长辈才会说出来的话说我："还不去学习！成绩这么差，还考不考楚才中学？"玩得正火的我，脸立马就垮下来了，心也立即冷却了，灰头土脸地学习去了。不敢和妈妈顶嘴，因为她一直拿学习压我。说："不好好学习就考不起楚才中学，考不起楚才中学就很难考起好大学。考不起好大学就找不到好工作，找不到好工作还怎么混呀？"

如果我管理教育，我一定把学生的功课减半。

（十）

期中考试的成绩出来了，本来排名第二的我一下子掉到了第五。我经不住打击，悄悄落泪了好几次。

我总认为我们的教育制度有问题，为什么一个个青春少年都成了近视眼？为什么深夜的灯下总是坐着打盹的家长，守着手麻脖子僵却丝毫也不敢懈怠的读书郎？到底有多少读书郎喜欢这种熬夜苦读呢？读书能怡情养性，对于黑眼圈近视眼的读书郎来说是不是一个神话呢？我恨应试教育，应试教育培养的目标就是为了那张大学文凭吗？我们用十几年青春的挑灯苦读去换取这个真的值吗？但是应试教育无法逆转，我不能拿自己做逆潮流的实验，那注定只有失败。

如今的读书郎在老师父母的千万次教育下，早就知道竞争激烈，有的选择放弃退出，有的继续驰骋考场。我是后者。其实我更愿意做退出的那分子……

青春的美好被书上说得如梦如幻，为什么这本书要挑灯夜读的读书郎当作教条似的死板地背诵，不能在黎明被黑发少年深情地朗诵呢？

（十一）

考试成绩像石头一样常常用力敲打着我的自信心，似乎再稍微用力，它就会破碎一地。

妈妈常唠叨我们班的那位考试常胜将军，拿她跟我比这比那，这更使我烦上加烦，自信心逐日磨损。考后成绩不理想，我就会很努力地学，但我并不敢肯定自己能否长久坚持。下课铃声响起，许多同学欢呼雀跃，可我眉头紧锁。因为说实在的，我不太喜欢读书，也不对，我不情愿的是下课还读书还学习。这似乎没有错，但只要向四周望望，总有那么几个下课还在学习的同学，这便让我有了一种罪恶感和恐怖感。所以有时我也不太情愿地读读写写，即使效率不高，自己的心里也会好受些。

"第一名"犹如一面镜子，时时刻刻在暗地里与我对照，这可能是我的心在作祟。当我玩的时候，她的一丝不苟，她勤奋的身影总像利鞭抽着我的心。学习上，我与她差距太大了。她次次都是第一，而我能上前三就十分欣慰了。哎，我有时候有些怨天尤人，怪这怪那，想通了，就只怪自己。

我不认为自己比谁笨，也极不情愿自己落在谁后面。记得有一次，"镜子"出现在我心里久久不能散去，那是半夜，我竟硬爬起来读了半小时的英语，心里好受些才睡下。

（十二）

在学校吃过中饭，我做完作业，像老猫一样倚着墙打盹。冬天的阳光温柔地撒进来，随着校园广播音乐响起，我的心也浪漫起来。我眯着眼享受着温柔沉郁的钢琴曲。

我尽力不去想任何事，但是冥冥中我又有一种罪恶感，仿佛有一个声音在呵斥我："你要向第一名看齐。去，去看书！去写作业！"

我害怕，我伤心地低下头去，一股力量梗在胸口，我的心口挡不住，只能大口大口地吸气呼气，让心情顺点儿。

有同学想关窗子，我让她别关，冬天的阳光拒之窗外，它们也会孤独的。阳光撒在我脸上，乐声依旧将我缠紧，不让我去干些什么。我连笔挨都不想挨，因为这种感觉让我沉醉，让我忘记任何烦事，真愿意这种感觉永不停止。其实我喜欢这样。我忽然认为这样很好，没有人来诘责我，我便笑了一笑。

后来我伏在桌上睡了一下，等我醒来的时候，老师已经进了教室。我感到身体有些凉，骨缝里酸酸的，身体也感到软绵绵的。那堂课我迷迷糊糊精神不振，像喝醉了酒一般，晕晕沉沉挨到了放学。

这是我第一次荒废掉了学习时间。

晚上，我很后悔，发誓要加倍补偿，似乎欠了债……

（十三）

一上初三，就有一种压力潜伏进了体内。随着中考一天天逼近，这种压力便爆发出了它的威力。无数的练习题像枪林弹雨一般打着我，我心里只有一个意念：多做多练才能考好。

听着钟滴答滴答伴着我手中的笔做题的沙沙声，才能带走我潜意识里的紧张，才能麻痹自己内心对考试的恐惧。

快十一点了，想到还有好多习题没做就头痛脑涨，瞌睡虫早已经在体内乱窜，思绪开始混沌……

"啪"地一下，头磕到了桌子，我醒了。刚才我竟然打瞌睡了。

妈妈喊我去睡觉。我答应了也不动。妈妈喊了几遍，我都懒得再回答了。

我又拿起笔，用劲摇摇头赶走瞌睡虫。刚做两道题，瞌睡虫又匍匐着钻进我的脑子里，真想有一个又大又软的枕头给我抱着，让我睡一会儿。但是，我不能睡，我起身泡包咖啡提提神，连喝了两杯效果不错。

月光安安静静散落在桌面上和着昏白的灯光陪我做题。开着的窗吹进习习夜风，仿佛能感觉到一个衣带飘飘的仙女萦绕在我身边，冷冷的，没有恐惧……

不知何时我又睡着了。

"芃芃——"我从梦中醒来，是妈妈在喊我，"睡觉去！"

我揉揉眼睛，捡起掉在地板上的笔，说："好，我就去睡。"

妈妈出去了，我又打开了另一本练习册……

（十四）

学校为什么只给下午多开一节课？都这个时候了，应该早晚都加课。因为我在家里很不自觉，常常要玩，每次周末的作业要拖到周日晚上才做。只有在学校上课，我才能好好学。

要中考了，生命中第一次关键的一搏对我来说十分重要。我恐怖，不喜欢强迫自己把时间填满，做一些自己不喜欢的事。我真希望时间蹦回原来或跳到将来，就不用辛辛苦苦复习了。

我现在越来越不想动……

（十五）

又是一次月考，又是一次失望。虽然名次前进了一名，但是分数却比上次低了几十分。

有人说这次考试好难。但是我发现自己真正不会做的寥寥无几。为什么会错这么多呢？可能是心里有点烦。初三果真不同于初一初二，学习内容增加了好多，每天晚上作业完成后就十一点多了。

想起以前偶尔信誓旦旦要超过谁谁，但是现在冲进前三都举步维艰。有时靠着墙，想起自己前途迷茫就会不禁呜咽起来。妈妈对我抱的希望太大了，我真怕自己让妈妈的希望和憧憬破灭。虽然如此，有时候也忍不住想狂玩一下，丢开那些伤脑筋的课本。可能只在梦里才会玩得那么无忧无虑吧，但是作业留给我每天做梦的时间都不到七个小时。

有人是喜欢月考制的，因为他们成绩好。我的成绩不算太差，但是我不喜欢。中考迫在眉睫，连呼吸和心跳那平稳的速度都被扰乱了。老天不会多给我半点时间，也不会相信眼泪和乞求，唯一的办法就是——认真、刻苦、不知疲倦地学习。

提醒自己：不要花时间去回味过去的甘甜，应该从现在开始做好每一件事，考好每一次，听好每一堂课。

（十六）

教室的门窗死死地关着，似乎生怕有一丝新鲜的冷空气从那个缝隙钻进来，刺激了我们这毕业班同学皮肤上的敏感细胞。中考在即，一部分成绩不好的同学其实已经放弃了，上课就闹。课堂闹哄哄的，就像闷罐里煮粥，偶尔有某个女生嬉闹的声音在闹哄哄的声音中突兀出来……

这是在作业与考试的重压之下一个孩子的呻吟。人们都知道目前这种考试制度戕害着孩子们的身心健康，但是谁都无能为力。记得有一个小学校长曾经在开家长会的时候说过："国家对你们不负责任。在这种考试制度下，学校也没有办法对你们的孩子负责，孩子只能靠你们家长自己了。"

芃芃是个敏感的孩子，当感到压力的时候，她在日记里写："……我的心口挡不住，大口大口地吸气呼气，让心情顺点儿。"为了缓解这种紧张的状况，孩子便去听一会儿音乐，尽量不让自己去想，可是听音乐没有写作业又让她有一种罪恶感。

小小的孩子常常追问自己：

"我幸福吗？"

"我为了什么活着？"

这不应该是一个十来岁的孩子追问的沉重话题，这也不是一个孩子应该承受的，可是常常被孩子拿来追问自己，没有人给她答案，完全靠自宽自解。

阅读孩子这些心灵记录的碎片，我惊讶于孩子心灵的敏感，惊讶于孩子文字表达的天赋，但更多的是心痛和自责：我小小的女儿，脑子里一直紧绷着考试的弦，何曾轻松过一分半秒。而我，只不过是一个粗心大意的母亲，除了供孩子吃饱穿暖，稍微过问一下考试成绩，对孩子内心的苦乐竟然一无所知。我竟然还一直自认为是一个关心孩子的家长！我竟然也常常以关心爱护孩子的名义苛责，竟至在无意中伤害到我那小小的孩子！

记得有一次去孩子学校，正巧碰上那个永远考试第一名的学生，我对那个孩子赞美有加，却忽视和冷落了站在旁边的我的女儿！

直到现在我才知道检讨自己：我当时为什么要增加我自己的孩子心灵自卑的阴影？每个智力正常的孩子都有自己的长处，我为什么就不当着别人的面欣赏自己的孩子？自己的孩子，自己都不欣赏，谁还欣赏？我满怀愧疚，但是无法弥补。孩子的初中岁月已经过去了，如今芄芄不再是我怀抱里的小宝贝，她已经离我渐行渐远，将要独自面对她自己的人生了。

写下这些话，我的喉咙已经哽住了，再也无法往下打字。看看电脑上右下角的时间，快十八点了。窗外，天完全黑了下来，风在半空中呜呜地叫，不时有汽车从楼下经过，车灯照见湿漉漉的地面。南方冬天的阴雨天，寒冷异常，我的芄芄如果还在上初中，这个时候一定还在放学回家的路上。

让梦飞翔

我很小的时候，以为家门前那棵大树的树梢顶着天了，就想用手去摸摸天，我的父亲真的搭梯子抱着我上了树，才知道天依然那么高。我是个憨孩子，于是又以为远处的高山必定是顶着天了，坐在家门口遥望时，小小的心是多么渴望去那座山的山顶啦。再稍微大一点，又常常跑到离家不远的山上，坐在山巅看漫天绚烂的云彩，想象着自己驾着云朵在天庭遨游。

孩子的心总是在目之所及处飞翔。

那是多么纯净而快乐的时光！就算为了那份缥缈的遐想攀上山巅，也是值得的。芃芃初中毕业时，认识了毕业于中央美术学院油画系的一个年轻女孩，从此央美油画系就成了她理想大学的栖居地。这比不得驾云摸天，这完全有望变成现实。即算不能变成现实，我也会协助孩子，为她的心愿一起努力，因为追求的过程才是人生全部的快乐和意义所在。

芃芃的中考很顺利，文化成绩上了楚才中学的录取线，美术专业考试全市第一。

美术成了孩子选择的专业，我当初真是无心插柳呀。

是上以美术强项著称的美术高中，还是上集中了全市文化成绩最好生源的楚才中学呢？权衡来权衡去，孩子选择了楚才中学，理由是上了楚才中学，文化成绩似乎就不用发愁了。至于专业嘛，可以在外面找老师学习。

真是机缘凑巧。芃芃初中毕业的那个暑假，正好碰上美术高中请来毕业于中央美术学院油画系的单老师教课。这是专门针对高三年级举办的为期一个月的专业强化训练班。芃芃原本以为暑假能睡睡懒觉的，听到这个消息，主动要去跟班。我毫不犹豫就同意了。

在我们这座中等城市，中学美术老师基本上都毕业于师大或者师专美术系，他们事实上不能承担美术生高中阶段的全部专业教学任务。学生到了高三上学期差不多都去北京另外找老师学艺。单就应试这点来讲，毕业于名校的老师，他们本身就具有很强的实战经验和能力，水平与眼界无疑会高于毕业于普通院校的老师，所以地方美术中学请毕业于名校的老师来讲课，无疑是一项很好的办学举措。只可惜不是常规性的，学生进了高三为冲刺高考才请这么一次，已经有点嫌晚了，因为绘画还必须具有审美眼光，眼高才有可能手高，眼不高手则完全没有可能高，而审美眼光和绘画技术的培养并不是一蹴而就的。

学费一个月 1600 元。2006 年本地老师办的画室，一个学期每周画半天的学费是 350 元，每周画一天是 600 元。突然要缴 1600 元，这让一些家长接受不了，还把省电视台的记者招来了，说学校乱收费。芃芃知道家境不宽裕，交这么多学费，让她觉得妈妈为她付出太多，所以画画加倍努力。事实上，一年后孩子去北京的画室画画，才知道1600 元一个月的学费不仅不算贵，比起去北京画一个月，还节省了不少车费房租等其他费用。

学生分造型和设计两个专业授课。从就业前景来讲，作为实用美术的设计当然好一些，现代社会用得上美术设计的领域非常多，诸如广告设计、建筑装潢、工业设计、服装设计、影视美术和动漫产业等领域都需要大量的美术人才。而造型几乎没有什么就业前景可言，除了学校吸纳很少一部分毕业生任教外，其余的似乎只有走职业画家这一条华山险道了，不仅非常艰难，而且成才率极低。

芃芃选择了造型。人能从事自己喜爱的工作，那是一种生之乐趣与享受。我不是个精明的家长，根本没有去考虑投入的风险，我尊重孩子的选择。

单老师是个二十五六岁的女孩，毕业于央美附中和央美油画系三工作室。个子不高，短发，一身宽大的棉质休闲服。谈不上漂亮，但是眼睛里有一股沉静的气质，脸白净得如同梨花的花瓣。她透出的那种气质同我家芃芃很相似，这让我对她一下子心生好感。

单老师的到来，让芃芃对中央美术学院在中国所有美术院校中的地位有了一个明确的认识，也知道了央美油画专业。自然，从这个学校油画系毕业的老师在她眼里似乎也就有了一种光辉。经典的考前书《附中50年》上有单老师在附中读书时的两幅习作，这让我那初中刚毕业的女儿佩服不已。一个让孩子佩服且向往的老师，无形中就给孩子注入了一股向上的力。

她非常希望赢得老师的关注，也关注着老师的一举一动：老师好听的京腔；老师无意间的叹息；老师坐在教室后面默默地抽烟；老师讲课时粉红色小嘴的一张一合，手指的比比画画等等，都被孩子注意到了。甚至上课时老师一句半开玩笑的话："学纯绘画的人要做好心理准备啊，人可能会变得比较深沉。"这句话引起全班哄堂大笑，我的芃芃却没有笑，她并不认为老师这句话是在开玩笑，虽然她觉得"深沉"还离她太远。芃芃在日记里还写到老师上课时眼睛很有神，偶尔也看看她。我想老师这个"偶尔看看她"，当时一定让我的小小的女儿非常高兴了。

这是芃芃日记里的一段话：

> 我真的希望老师能重视我，可我知道只有画得好才能吸引她的目光，所以每次画画都加倍用功。当别人都在玩时只有我在画。别人都不想写的艺术片观后感，我很用脑子写了七八百字。别人都懒得画的创作画，我当晚硬是画到深夜2点。第二天她检查作业时，班上同学都只画了个草图。当我把画给她看时，她好像有点高兴地说："你还挺认真的嘛。你是叫芃芃吗？"我兴奋地连连点头，老师终于记住我的名字了！速写课，老师选了五幅，我也入选了一张。讲评的时候，她看着我说："这张画是你画的吧？你叫那个什么？"她又忘记我的名字了。想到这儿我突然觉得老天很不

公平，老师仍旧不太重视我：是因为我太小，还不能为她的升学率做贡献？还是我的画画得不好呢？可我已经尽力了。

单老师上完两周课后就回北京了。接替她的另一个年轻女孩是我国某著名油画家的研究生。她不大管学生的课堂纪律，学生画就画，不画不强求，她只管教学。有的学生趁机偷懒，但是芃芃依然很认真。老师看到她比别人认真，就时不时地指点她。她一开始还不觉得这个老师的好，过了两天，就喜欢上了她。老师做的全身素描的范画，很轻松的用笔，很生动的表达，看似随意，却非常准确。就算是外行，也能看出它的好来。

这一个月，芃芃等于提前进入了高考考前的紧张状态。她每天早上六点多起床，梳洗吃早餐，七点出门去画画。中午顶着大毒太阳回家，吃完中餐，来不及好好休息又出门了。下午从两点半画到五点半，下课后随便在学校附近买一点吃食先填填肚子，然后从傍晚六点半画到晚上九点半。事实上，每晚九点半都不能按时下课，老师要讲评。如果老师不讲评，芃芃也会主动请老师指点一下她的画。这样一来，差不多就到了晚上十点。这个时候从学校到我们家的直达公交车已经停开了，只能搭一段公交车，再步行一段路。回家后洗洗澡吃个晚餐，就快深夜十二点了。

相应地，我也跟着忙了起来。每天天刚蒙蒙亮就起床，早餐准备好了，才喊孩子起床，为的是让她多睡一会儿。中餐按点做好，让孩子到家就能吃上饭，好节省时间让她能稍稍休息一会儿。晚上我把饭煮上，把菜洗洗切好备着，然后出门去接孩子。晚上孩子一个人从外面回家，是不能叫人放心的。接孩子回家后，我赶紧把菜炒了吃饭。几乎每天晚上，我和孩子都是十二点了才睡觉。

芃芃这一个月的学习，让我获得了一个经验：让孩子较早地在一个绘画水平强于她的环境里学习，更有利于绘画水平的迅速提高。虽然芃芃在她同年级同学中算是画得比较好的，但是与高三学生比起来，仍然有不少差距。记得进这个班的第一次课是画素描头像，学生的作业被老师分成了四个分数段：八十分、七十分、六十分、不及格。分出的结果是两头少，中间多。八十分的被贴在墙上，用来当范画给大家讲评。芃芃的作业在七十分数段，当时她坐在七十分数段的那堆学生中，样子很有些沮丧。但是她并没有气馁，反而暗暗地铆着劲想赶超那些画得好的同学。这是让孩子早一点在一个画画强于她的环境里学习的好处，就算是画得不如别人，也不会自卑放弃，因为年纪还小。

这个月课程结束，芃芃的画较之以前，结构和整体把握都有明显的进步。芃芃画的素描头像和速写有时候也上八十分了。孩子在日记中写道："我从单老师那儿意识到绘画是要有严谨态度的。比如有次我画半侧面人头时，一边只露出了一点耳尖，我就忽略不画了。她说：'在你这个位置可以看到一点耳尖的，你怎么不画呀？'"

这个月，孩子还初次接触了油画头像，虽然两张油头画得都像个土豆。单老师回北京的时候，从一百多个学生的习作中挑选几张画带走了，芃芃的一张色彩静物也在其中。

教育成了一种软暴力

孩子进了高中，从此无半点闲暇。

我是 20 世纪 80 年代的高中生。如果人生有什么阶段不愿意重新来过，高中三年应该算是。每天天没亮，学校的起床铃声就响了起来。晚上上完三堂自习课后是一阵忙乱的洗漱，终于躺在铺上了，电灯也熄了，寝室里依然灯火通明，同学们继续秉烛夜读。这是看得见的辛苦。还有隐形的心理负担。一个十几岁的孩子，承载着过多的关注和期待，更是沉重得没法说。以至于我工作后很多年，还梦见自己在高考，而且总是做不出题，常常被吓醒。

一转眼，二十多年过去了。这二十多年，中国社会的变化可谓日新月异。可我没想到的是，高中生的状况竟然没有半点改善。更令我没有想到的是，美术生比文化生更其辛苦！

普通高中生没有全民都享有的双休日，只休星期天一天。尽管这一天他们依然是在家看书做习题，但我还是羡慕这些孩子，羡慕他们好歹可以待在家里一天，至少这一天可以吃上家里的饭菜，可以与家人说说话，可以随时放松一下紧张的大脑，享受那份只有在家里能有的自在。

但美术生不能！

美术生芃芃的时间全都被安排了：

周一至周六——在学校上课，其中两个半天的专业课。

周日——去专业老师私人画室画画。而且被要求是必须的！

周三和周五的晚上——去画室画画，被要求也是必须的！

每天晚上——语文、数学、外语、物理、化学、政治、历史、地理、生物等各科作业要做。

于是，我每天再也很难跟我的孩子说上两句话，因为每天早上我还没起床，芃芃已经背着书包出门了，她早上七点前必须赶到学校早读。晚上放学回家，直接进房间写作业。我不能打扰她，一大堆作业还在等着她头疼呢。就算是周三、周五晚上，画画画到十点回家，也要完成文化课作业。文化课教师并不会因为美术生晚上要画画，就少留或不留家庭作业。也必须理解呀，教师要完成教学任务，教学任务完不成那就是他们的责任。

太忙了，忙得不容喘息，忙得每周只能在家吃五顿饭。这样的日子，芄芄感到的只有沉闷：

> 高中生活更让人孤单了，空虚了。除了读书、画画，什么都没有了。生活像水泥马路下面的种子，死死地被扣住，没有一点新鲜的空气透进来。或者有些种子无意落到缝隙，也像蜗牛的触角，摸摸又回去了。
> 魔法师丁：求求你了，给我的生活注射一剂兴奋剂吧！

不仅孩子不习惯，我也感到不能忍受。天天看着辛苦的孩子，我陷入了一种长期心痛的境地，内心还常常出离愤怒！出离愤怒又无处发作，只能是无可奈何！我非常怀念同孩子在一起那种有张有弛的日子。芄芄上初中时，虽然她内心也常为学习考试苦恼，但至少表现出来的形式，在我这个粗心的母亲看来还是比较惬意的。每周两个休息日，其中半天去画室画画。当然也可以不去，随她自己安排，业余爱好的学习没有必要成为一道上班打卡似的紧箍咒。星期五一放学，书包一丢，就可以看电视，也可以练琴，也可以打扮她的布娃娃……我习惯了孩子每天有时间咿咿呀呀围着我转，我习惯了一边做家务或者看闲书时，一边享受女儿弹奏出的悠扬琴声。

人是需要闲暇的。闲暇与学习与工作具有同等价值，因为人需要有生趣才能有生机，生趣是需要从闲暇中获得的，闲暇会让生命得到润泽。试想一下，那些工作和学习过于辛劳的人，时时刻刻被环境驱使逼迫，同机械一样运转不息，哪来半点做人的生趣？呆板枯燥的生活，还谈什么学业进步事业有成？再说，在一个良性有序的社会里，人生的目的原本就无所谓什么高文大义，人活着就是为了美好生活本身。有个哈佛毕业的外籍医生，他说他单身的时候，一个星期上一天班；结婚后，一个星期上两天班。他充分享受闲适的时光，挣钱的目的仅仅只是为了生活。而我们的孩子从小就被灌输要有远大的理想和抱负，长大了要事业有成。而所谓的理想抱负事业有成并不是要他担负多少社会责任，为他人的幸福去做多少贡献，而是以个人占有多少财富爬到多高的地位来衡量，正如那劝读名言：书中自有千钟粟，书中自有黄金屋，书中车马多如簇……目的全都是为了个人的高官厚禄。无论我们的孩子头悬梁锥刺股读书读得如何辛苦，如果我们对孩子教育的目的是基于个人极端自私的欲望，就已经从根本上注定了这是一种失败的教育。

一年到头没有休息日，一天到晚埋首在书桌前，就算求知欲再强的孩子，用不了多久，学习也会变得枯燥乏味，毫无乐趣可言。积雪囊萤，凿壁偷光，是因为在书中找到了乐趣。而"头悬梁，锥刺股"却是一种疲劳，只会断送学习兴趣。我们成年人不妨换位思考一下，孩子这样的生活，我们是否能够忍受？

这是芃芃进高中不久写的一篇日记：

读初三时，我心想高一应该比较轻松，不用中考。可上了高中，我比初三更忙了。

周六也要上学，并且那天的课全都是主课，没有体育，没有音乐，没有计算机课。一周就只剩下星期天可以不去学校。可是美术老师规定，星期天要去他校外办的画室画画。画一天。回到家里，家里还有一大摞作业等着我去做，有试卷，有练习册，有课后习题……又还想着下周几门课要考试。高中考试真多呀，真是两天一小考，三天一大考。学完一课要小考，学完一单元要大考。

有时我真想放手不管文化课了。

还有可恶的物理化学，成天就是一个物体横七竖八有无数力可分解，还有离子反应，氧化还原反应……弄得我的头像涨大的气球，都快破了！而且每天的作业比语文数学外语历史政治地理六门加起来还要多！

没有时间写作业，就只能熬夜。可妈妈不让我这么做，因为第二天会没有精神上课。可是不熬夜把作业做完，又会被老师剋。真不知该如何是好！

真希望国家给我们快点减负，并且落到实处。

楚才中学是重点高中。重点高中较之普通中学，除了生源好，还有一点就是严格执行教育部相关规定，以示其重点的身份。其他普通中学，艺术班进高一就文理分科了，物理、化学、生物课不开，但是楚才中学全开了。

一天只有二十四小时。作业做不完，就只能无限制地压缩睡眠时间。芃芃是班长，有一种习惯说法就是，班长要起模范带头作用。虽然孩子叫苦不迭，说就算是每天晚上不睡觉，也无法完成老师布置的那些作业，但是她在学习上一点也不肯敷衍，每天晚上做作业都到转钟十二点。有时候快凌晨一点了，我推开孩子的房门一看，只见她头仰在椅子的靠背上，已经睡着了！而手里还拿着一本书！

孩子真是太累了！

常常，我不得不一再催迫她上床睡觉。十四五岁的孩子，在家长的监督下每天才能勉强保证六小时的睡眠。

没有周末，没有节假日，一天只能休息六个小时。这简直就是有悖人道的反人类的学习时间！孩子们堪比夏衍笔下的包身工和黑煤窑的童工，包身工和童工是在皮鞭的驱使下从事长时间超负荷的劳作，而我们的孩子却是在教育的名义下，身心备受摧残。这样的教育让我们的孩子健康指标下降，眼睛近视，脸色苍白，这样的教育让我们的孩子长期心理疲惫、压抑和苦恼，这样的教育让我们的孩子除了关注课本外，其余的彻底放弃思想毫无能力，甚至将来都找不到会做一顿饭的配偶。

教育是大爱。我们的教育却打着大爱的旗帜，实质上成了一种软暴力！

芃芃虽然努力了，成绩却不那么理想。高中生课业负担之重，国人有目共睹。而一个美术生在每周整整两天画画之余，再去应付即便是用上全副精力尚且都嫌重的文化课学习，还想成绩出类拔萃，可能吗？

艺术生的时间被专业学习占去了一大块，文化课教师为了完成与文化班同等量同进度的教学任务，就只能把授课内容囫囵地给学生灌下去。学生呢，也只能是囫囵地吞咽。囫囵地吞下了，却根本没有时间反刍。

"真烦，下下周就要期中考试了。就我这成绩，还不是全校倒数第一呀。"

42

"是哦。"

同学们最近普遍都有些焦虑。

今天是星期天，在画室画了一整天。我边画，边烦恼着，连把书看一遍的时间都没有，成绩不差才怪呢。心里这么想，就越画越糟。心里烦闷得慌，就到走廊上透透气……

我不想长大，只想回到过去。如果我有哆啦A梦的时光穿梭机就好了，我就可以永远生活在那个无忧无虑的快乐童年。

因为太累，孩子在日记里写她"只想回到过去"。

到了高一第二学期，我让芄芄放弃物理化学，这两科的作业也不要再做了。上物理化学课时，就看别的书。当然，任何一门学科的知识多掌握一点没有什么坏处，但是作为家长，我宁愿我的孩子不要那点将来也许有用的好处。人的身体和心理负重能力有一个极限，超过了极限就会出问题。经常在报纸上看到一些孩子承受不了课业的重压，衍生出各种心理问题，甚至导致自杀。长春市的小周是个小才女，品学兼优，是校报记者，全国优秀共青团干部，吉林十佳少年，三好学生。还在书法、美术、摄影等各类比赛中收获过大小奖牌。但是她在十四岁生日过后不久，就离开了人世，原因是疲劳过度引起脑出血。她累死了。

"那考试不及格怎么办?"孩子担忧地问。

"不要紧的。"

学校给他们开设物理化学课，无非就是一个形式主义。老师知道艺考生高考考文科内容，教学也就敷衍塞责。学生更是应付了事，上课大都不听，寥寥两个听课的学生也听得是云天雾地，作业不会做，就相互抄袭。给艺考生开设物理化学课，除了在形式上执行了教育部的规定，再就是无谓地浪费孩子们宝贵的时间。这点时间不浪费，哪怕让孩子们多睡一会儿也好呀。再说一个将来的艺术工作者，九年义务教育已经掌握了基础的物理化学知识，为什么还非得继续在这方面花费时间呢？

曾经看过中央电视台的一档谈话节目，话题是关于高中课改的。嘉宾是人民大学与北京大学的教授，还有一个是某教育主管部门官员。

大学教授不仅主张高考文理分科，而且还要细化，根据学生在某领域的特长选择考试科目。

教育主管部门的官员却坚持高中文理不能分科，高考要考所有的科目。说分科了，学生掌握的知识就不全面。站在官员的角度，我能理解他，因为官员是需要通才的，这个懂一点皮毛，那个懂一点皮毛，坐在台上讲话时，简直什么他都是内行。听他在电视里胡说八道，我当时只有一个非常不文明的冲动——往他脸上吐口水！

如果文理不分科，高中生课业负担之重将无异于雪上加霜，因为高考追求科科高分无法改变。越来越重的课业压力一方面将造成更多的学生厌学，另一方面将从根本上影响全体中国青少年的健康。孩子是明天的希望，这样的教育让我们的民族还有什么希望？

然而中国的事情，往往专家说了不算，只有官员才手握决策大权。

奈何！

左右为难的选择

有个学生从进初中起，课余一直在一家画室画画。现如今美术培训班特别多，真可谓鱼龙混杂，有的只以挣钱为目的，误人子弟的很多。这家画室师资根本不行，老师教学生画素描，是先画一根线把头型圈起来，然后一点一点地磨。他教过的学生，其他画室的老师都不愿意再带，因为长期养成的坏习惯，很难一下改变过来。这家画室学生不多，但是从幼儿园小朋友到把美术当成专业学习的高中生都有。为了留住这个种子高中生，老师总是表扬他画得如何如何的好，将来必上央美清华，蛊惑得这个学生的家长一直信以为真。

这个学生因为在文化班上课，与其他美术生几乎没有什么交往，一直到进高三的那个暑假，他偶然一次机会接触到其他画室的美术生，才发现自己画得根本不行，这才赶紧去其他画室。原来画室的那个老师则不依不饶给他和他家长打电话，每天无数个电话催这个学生去他画室画画，还说为他量身定做了高考计划。弄得这个学生和他家长又烦又为难，拒绝的话当然是难以出口，只能撒谎说要补习文化。

作为教师，明知道自己无法再帮助学生提高技艺，就应该鼓励学生去另觅良师。怎么可以出于私心，不顾及学生的长远前途，把学生困住在自己的画室呢？到时候学生考上了是他的本事，考不上是学生不行而不是他的责任。及至学生意识到这点，已经浪费了许多宝贵时光，甚至付出了复读的代价。

芄芄上高中后遭遇了同样的难题，甚至还要严重得多，因为这个学生面对的是校外的老师，而芄芄面对的是自己学校的科任老师。

楚才中学每年都招少部分音体美专业的学生，往年这些艺术生就分别安插在各文化班学习。恰巧这年，学校尝试把这些艺术生组成一个班。有了艺术班，就有了艺术专业老师。声乐、器乐、主持、编导、舞蹈等专业的老师在校外没有办私人培训班，但是美术老师办了，因为美术生人数多，占艺术生的百分之七十。既然办了，他就要求自己的学生在他的画室画画。当然，这也是人之常情。

记得接到高中录取通知书的同时，也接到了高中专业老师的电话，要求芃芃暑假到学校接受美术培训。

我吃了一惊：这不是暑假嘛，学校抓得也太紧了！就问了一句："是学校的硬性规定吗？"我心想，就算是学校规定，只要不是硬性的，那也不去。孩子刚刚从紧张的中考考场出来，还没有来得及喘口气呢。

老师支吾了一下，没有正面回答。

"如果没有规定，那就不去了。"我说。

我后来才知道我这话问得有多么白痴，多么不懂套路，估计我这个家长已经给老师留下了很不好的印象。说实话，我当时还真不明就里，不知道专业老师自己办了画室，他说的去学校接受美术培训其实就是去他自己办的画室画画。而且还不知道举国上下，只要学校有美术专业老师的，只要专业老师办了培训班，专业生课余就必须在他那里画画。

芃芃刚上高中那会儿，除了太忙，忙得让我愤愤地心疼之外，文化和专业的学习我都很放心。楚才中学是全市最好的高中，文化课学习不用担心，我想所有的家长都同我的想法差不多。芃芃是以专业第一的成绩进高中的，再加上进高中前的那个暑假差不多算是强化训练了一个月，进步看得见，我乐观地估计她已经把她的同学远远地甩在后面了。

有一天，我突然想起孩子进高中快半年了没有拿画回家过，不知道她画得怎么样了。

"老师不让我们拿画回家。"芃芃说。

"你就拿几张给我看看吧。"

拿回家的几张素描头像摆在面前，我的火气突然砰地燃烧起来了："你这半年画的什么玩意儿？你看看，越画越僵，越画越死。"

墙上贴满了孩子暑假期间画的素描头像、素描半身带手，还有素描人体解剖。两相对照，好坏立判。芃芃一声不吭，由着我发火。她也很着急，学艺就是这样，不进则退，她在日记里写道：

> 进高中来，我画画就陷入了僵局，不说是原地踏步，甚至还退步了。我实在是努力了呀，难道我画画的灵气就这么枯竭了？
>
> 妈妈给我买了几本书，有达·芬奇的素描，还有央美附中五十年作品精选。我看了又看，书上那些画画得真好，面部调子丰富而又饱满。而我画的形老出错，画面也很腻，真是伤心。
>
> 老师安慰我，高一还早，水平是随着年龄和见识的增长而提高的，不能操之过急。我心想，有一个男同学高二时参加央美考试，就名列全国七十多名呢。而我现在还是这个样子，我能不急吗？再说，距离美术高考只有两年时间了，两年一晃就过去了，这期间还要学文化，画画的时间少之又少。想在短时间内提高，怕是很难啰。
>
> 看着书上的那一幅幅范画，我好羡慕，我能画那么好就好了。画画不仅需要有感受和领悟力，还需要大量的时间练习。除此以外，别无他法。我只能又反复对自己说不能急，必须把心放平静了才能画稳。心一浮躁，画就浮躁了。
>
> 真希望早点跳出僵局。

所谓母子连心，女儿的感受就是我的感受，我得帮孩子想办法摆脱僵局。

我去了一趟学校，找到她的专业老师，想跟老师探讨一下。可是老师否定了我的看法，他指着墙上一幅芃芃刚进高中时画的素描静物说，芃芃进高中后画画有进步，不是我说的退步了。

那就再等等看吧。

从此，我要求芃芃把每次在学校画的画都带回家，可是每次的画依然毫无起色。我问孩子请教老师没有，孩子说老师看了一眼，最多说一句"形不准"或者说"画灰了"，就走开了。孩子苦恼地说："我也知道这些毛病，但是怎么才能画准呢？怎么才能不画灰呢？"

是呀，形不准，画灰了，老师可以拿笔给学生修改，直观地把怎样纠正这些毛病的方法演示给学生看，可是老师不动手，也许老师自己画画时碰到此类问题也无能为力。绘画是一门艺术，也是一门手艺活。画得好，既要眼界和修养，又要掌握必要的技能才能达到想要表达的目的。技能问题无法解决，绘画水平就无法提高。老师卡在某个地方，学生也就会卡在某个地方。

一个学期就这么结束了。我想，芃芃学校老师办的画室学生少，学生少，画画的气氛就没有那么浓，相对来讲，画得好一点的就更少了。而芃芃在那个画室算是画得比较好的，那就意味着在画室里她找不到学习的对象。而老师又不做范画，芃芃全靠自己去思考与摸索，如同孤军作战。这种情况下，要想进步，实在是太为难孩子了。

"换一个画室吧。还是去蓝艺？"我征求孩子的意见。

"那不行。"芃芃一口把我的建议给否了，"我们班有一个同学跟其他学校的老师画画，我们老师上课的时候根本就不管他。"

这真是闻所未闻。谁规定课余时间学生一定要去他的任课老师那里补习呢？学校每周的课表里安排了两个半天的美术课，这是学校正常的教学工作，作为学校教师怎么可以因为学生课余没在他的画室里画画，上课时间就不管他呢？这就如同语文老师或者是数学老师规定自己任教班级的所有学生课后必须去他那里缴费补习，否则上课就不管他一样。有这个道理吗？！

　　我后来才知道，这种现象非常普遍。不仅芃芃所在的学校有，其他学校也有。有些学校的专业老师甚至明确地说他班里的学生如果课余不在他那里画画，他上课就不会管他。

　　话是这么说，让芃芃去蓝艺画画的事，我却犹豫了，我担心孩子在学校上课时，老师也对她不闻不问不理不睬。这不仅仅是孩子专业学习的问题，还会伤害到孩子的心灵。

　　时间一天天就这么过去，芃芃画画毫无进步，我又不能熟视无睹。常常，我和孩子为还在不在她老师的画室左右为难：继续这样下去吧，白白地浪费时间；离开吧，又担心得罪了老师。

　　这种左右为难，让我心内有火发不出。偶尔我也找几个画界朋友给孩子看看画，指点指点，但大都是纸上谈兵，解决不了什么问题。

　　在一种憋憋屈屈的情绪里念完了高一。暑假来了，我干脆带着孩子去北京另找老师画了一个月。从北京回来，正赶上市里组织第一次全市中小学生书法美术比赛。芃芃一走进比赛现场，第一眼就看见了蓝艺画室的陈老师：

　　　　进院门的第一眼，我便注意到台上穿黑衣服的站在最左边的陈老师了。我很激动又不好意思地望望他又转过身去，因为此时我是在另一个团队里。

　　　　一会儿，陈老师下来了，背对着我站在我前面，我不好意思笑着打了招呼。陈老师回过头来也笑着说："咦，芃芃呀。是来参加比赛的，还是来玩噢?"我想了想，小声又不好意思地说:"来比赛的。"

我话还没有说完，陈老师便走了。当时我想，他生我的气了吗? 现在想想，也许是怕别人看见了有看法吧: 既然已经不在蓝艺了，干吗还和以前的老师套近乎呢? 现在的带班老师看见了，肯定不高兴的。

比赛完了，妈妈来接我，问我去不去蓝艺。我很想去，但是似乎又怕些什么。

在蓝艺，陈老师看见我，先是兴奋，后是一丝暗淡。后来我听妈妈讲，陈老师直夸我，说他们培养出来的优秀学生被楚才中学挖走了。我又开始后悔初中毕业择校的决定了。

陈老师和妈妈讨论完北京的几家画室之后，他又像原来教我一样，对我用心地说要如何如何，只是眼神里比原来多了一点失落的东西。若是有些人，可能早就不理人了。我真是特别的后悔伤心。

陈老师说我长高了、瘦了、漂亮了，还要我把在北京画的画拿给他看。我发现陈老师瘦了、老了，还有些快快的。妈妈后来说，他是想他儿子想的，他那么宠爱他儿子，现在他儿子上大学去了，当然会想得很辛苦了。

我到旁边看画室墙上的素描的时候，听见妈妈对陈老师讲:"芃芃想来你这里画画。"

陈老师好像吓了一跳，胡言乱语说了几句什么，反正是婉言拒绝，无非就是你怎么怎么的，我怎么怎么的。听那意思是陈老师不想与我现在的老师把关系弄僵。那一刻，我心里好疼。为什么当初我一定要努力去楚才中学呢? 我真想狠狠地扇自己的耳光。

陈老师是我尊敬的老师，他实在是太好了。而我却对不起他。

我们一起下楼，分手前，陈老师还不忘叮嘱我很多。心里只留下深深的感动和后悔。

到底该去哪里画画？我和孩子还在为难。最后我想了一个两全之策，星期三、星期五晚上去蓝艺，星期天去她任课老师的画室。

我自以为这样是两下兼顾了。

陈老师是我的朋友，我跟他说了两次让芃芃去他画室画画，他开始有些为难，后来还是同意了，只是担心说怕对我小孩不好。我知道他言下之意，就说尽量注意不让芃芃的同学和那边老师知道。

于是，芃芃又去了蓝艺。只是芃芃每次去，感觉像在做贼一样。甚至在蓝艺附近碰见了同学，也很紧张，回到家还不无担心地跟我说，又碰见楚才中学的同学了，不知道他们会不会到老师那里去说。

不说几乎是不可能的。小城市，有点影响的画室就那么几个，全市各个学校美术专业班的学生，相互都有交流：谁谁在哪个画室画画，谁谁画得怎么样。何况芃芃属于画得比较好的学生，同学都比较关注她。

终于有一天事发了。

那天是星期天，芃芃上午在她科任老师的画室里画了半天画，中午回家了，说星期一要考英语，下午想在家复习。

下午两三点钟的时候，她同学给她发了一个短信，说她没有去画画，老师非常生气。我只当是因为孩子没有请假，就让她给老师打一个电话。谁知道在电话里，老师对她的态度也非常恶劣。

孩子的心情一下就坏透了，当时那样子简直就要哭了起来。后来，她同学又在电话里告诉她，老师的样子好吓人，芄芄上午没有画完的画还贴在画板上，他一下就把她的画扯下来撕得粉碎，说这样的学生，他画室不欢迎也不承认。那学生还说老师真的好奇怪，经常有同学不去画画，也没有请假，他提都不提，不知道这次为什么发这么大的脾气。

我这才知道，老师发脾气并不是芄芄没有请假那么简单。

我对孩子说："这样正好可以不去他画室了。"

很快，这个老师也意识到了他行为有些欠妥，委婉地跟芄芄表达了他的歉意。

我心里还在生气，可是我的芄芄却不计较了。她宽容地说："妈妈，我能理解老师。我们不能对别人的一次行为失当就斤斤计较。人又不是完人。再说老师的歉意我能感觉得出来，虽然他没说。"

我的女儿真比我大度得多！我打心眼里佩服我的孩子！

到了星期天，芄芄依然去了她带班老师的画室。

从那以后，老师对芄芄反而态度好多了，也表现得更关心了。后来他对班里的学生课余去别的画室，也没有再计较了。

是呀，有什么想不通的呢？都是为了孩子的进步。

首度进京学艺

孩子高中阶段，三上北京学艺。第一次去，就让我对租房心存畏惧。这次腻味的根本原因当然是因为钱，如果钱钞多多，直接在中央美院附近买一套房子得了，或者在宾馆包一间房也很简单。

芃芃进高二的那个暑假，进高三的美术生有的正在加紧补习文化课，准备九月份进京，有的则已经北上。在本地画室，进高二的学生就成了大哥大。像我们这样的地级市，连续几年报考美术专业的学生都在四五千人左右，可是画得好的实属凤毛麟角，所以芃芃想留在本地找个高手跟着学，基本上是不可能的事。

学生画到一定程度，有的专业老师就会很坦诚地说：我教不了你了，你去北京吧。

于是，我带芃芃去了北京。

直接去了单老师办的考前画室，因为孩子跟她学画的那一个月有看得见的进步，也因为我记忆里对那个年轻女孩的好感。

画室在中央美术学院附近的一个居民小区里，平房，一大间。左右隔壁是超市和菜市场。画室进门的墙上做了一个宣传栏，介绍画室任课老师简历，都毕业于央美附中和央美油画系，有的目前还在读研。画室里有四五十个学生，水平参差不齐，有的好一点，有的还在画石膏。单老师介绍说，现在才七月底，学生不多，高手也不多，因为高三学生来京的高峰期要到九月份。

也许我真是老古董了，总觉得办画室不能算是一份正式工作，朝不保夕的，于是就冒昧地问了一句单老师毕业后在哪里工作。她看着另一个任课教师笑，说"叫他告诉你"。原来他们毕业后大都没有固定工作，从他们嘴里出来的理由是不愿意找一个固定的工作限制自己。我想，也许一个固定又没有两个钱的工作对于他们如同鸡肋吧，因为办画室也好，给人上课也好，或者偶尔卖一点画也好，挣的钱随便就抵得上那份固定工作的收入，还没有被那块鸡肋限制住。但是，在我看来他们这些不稳定的收入都不能让人活得安心。当然，他们没有就业，就业难也是一个现实问题，愿意去的单位进不去，比如说留在央美教书，谁不愿意呢?

与我们一道前去的还有一个高三女孩，是芃芃的校友，也是母亲陪同。她们进京前就已经定好了要去的画室，到单老师的画室也就是陪我看看，很快就走了。

在家就询问过画室住宿是怎么安排的，单老师说画室的宿舍是租的小区居民楼里的房子，如果我在北京陪孩子，可以租其中一间。人年纪大了，习惯已经养成，要改变便成了件痛苦的事。我是个怕闹的人，平常在家不到万不得已基本上不出门。我想象着与一堆年轻的孩子住在一套房子里的那个闹腾，心里多少就开始有些畏惧了。但是也没有去多想，只能是到北京后看情形再说。

一个五十多岁的妇人负责安排住宿，那妇人说没地方住了，女生住的那套房子已经住满。

又来了一个长相彪悍的妇人，她把我们带到了这排平房的一间大宿舍门前。里面挤挤挨挨塞了几十张上下铺，挤得没鼻子眼睛，窗帘也没有。感觉人住在里面，立即就会变成养猪场的猪，或者是养鸡场的鸡。床铺都是空的，只有一个女孩站在里面梳头发，样子有些老实，打扮有些乡气，神情也很落寞。她是画室的学生。

我后来获悉这个彪悍妇人就是这排平房的房东。她想挣画室学生的住宿费，但是宿舍条件太差，学生都不愿意住。这笔钱她没挣到，这笔账自然就算到画室师生的头上。画室里没有卫生间，原来学生上卫生间都在隔壁的小区便民店，后来她坚决不容许学生再进去，就算是学生急得要尿裤子了，她也不肯通融。学生要上卫生间，只能去住的地方解决。

天色渐渐暗了下来，看来今晚只能住旅店了。单老师介绍说附近有一家宾馆。我心想宾馆一晚至少也得几百块，家里的收入就是我每月一千多一点的工资和那点微薄的稿费，钱有限又来得辛苦，只能把有限的钱用在刀刃上，给了宾馆还不是白瞎了。孩子提着画箱，我拖着巨大的行李箱背着电脑包离开了画室。一个阿姨热心地告诉我，别去宾馆了，贵；对面小区有一家单位内部招待所，便宜。

我让芃芃在小区门口等我，我曲里拐弯在那个老小区找到那家设在一楼的光线幽暗的招待所。条件非常简陋，当然也因为只要 60 元一晚。但是我好话说了一箩筐，招待所那位大姐无论如何也不同意，说他们只招待系统内部来京出差人员。

这时北京已经华灯初放。这么晚了，我还带着孩子沿街找旅馆。房租贵的酒店，打听一下就只能出来；便宜一些的旅馆，客满。沉重的行李箱和我的孩子跟着我在这个城市的街头游走，内心那种漂泊和恓惶真是无法言说。

芃芃后来在她的日记中写道："在这个繁华的城市里，感觉妈妈和我就像两张破纸片。"

后来，我们去了单老师说的那家宾馆，最低房价一晚八百，她把我当有钱人看待了。宾馆的前台服务员是个可爱的年轻女孩，她把附近一所大学招待所的电话告诉了我，我打电话过去问，说有房间，260 元一晚。

听说有房间，我立即安心了。

从宾馆出来，没承想碰上与我们一道来京的那母女俩，她们也在心急火燎到处找地方住。

我们一起去了那所大学的宾馆，为了省钱，我们只要了一个房间，我带我女儿挤一个床，她带她女儿挤一个床。

第二天一早，与那母女俩分手后，我立即送芃芃去画室画画，她耽误不得，进高二了，只有一年半就要参加专业高考了。再说待在北京，房租、学费和其他开支，每天消费怎么也得好几百，孩子却没有画画，岂不是太亏了。

在画室碰见一位四川家长，她女儿与芄芄同届，也准备在单老师的画室画一个月。她原本想在画室所在的小区租房子的，正好有人房屋出租，但那房东死活只租到某一天，多一天少一天都不行。这位家长说，没碰见过这么死板的人，懒得多跟她说了，就在附近一家工厂的招待所住了下来，一个晚上 160 元，租一个月。

我立即同她去那个招待所订了房间，赶在中午十二点前把行李从那家大学招待所搬了出来，相比之下，这样每晚要节省 100 元。

接下来的两天，孩子在画室画画，我则满世界找房子。在此之前，我从没有租过房子，也没有关心过租房子的事，因为毫无经验，所以当时竟然不知道到网上去找，用的是最原始的方法。

方法之一：看墙上贴的出租房小广告。

方法之二：在画室所在的小区直接找人打听谁家有房子出租。

每年从暑假开始，全国各地的美术考生都扑向北京。以中央美院为圆心，以几十里为半径画圆，有影响的没影响的、大的小的、注册的没有注册的、好的坏的、地上的地下的高考考前画室，到底有几百个还是有几千个，根本无从统计。总之，一个居民小区，就能看见几个这样的画室。

数以万计的外地美术生来了，无数陪读的家长来了，除了学画，还得住。一些熟悉情况的人就先租上房子，然后满满当当填进上下铺，再转租给学生。每个铺位每月收费四五百元左右不等，从中挣取差价。

看到背着画板提着画箱拖着行李箱的家长和学生，有人就上前问："租房吗?"跟着他们走，就去了某居民楼，或者是地下室。清一色的上下铺，整体感觉：拥挤、阴暗、破旧。租单间的，一般是父母陪同，或者至少有一个家长陪同。有的家长陪孩子来了，自己则在北京临时找一个工作做。我认识的一位陪读家长负责画室女生宿舍的卫生和管理，报酬就是免费住宿舍的一个铺位。她在打扫卫生之余，就给她女儿做饭洗衣，照顾孩子的生活。

我想租个一居室，单间也行，因为带了电脑，心想孩子画画去了，我还可以写点东西。但无论是中介还是房东，听说只租一个月，都不愿意租，嫌租期太短，麻烦。好不容易打听到有愿意出租一个月的单间，只要六七百块钱，跑去一看，进门是一个狭窄的过道，要出租的房间是个隔间，没有窗户，里面只搁着一张小床，也只能容得下一张小床。看房时，从另一个房间里钻出来一对像刚刚起床的男女。大白天的，总让人感到空气有些不对。

出租房的小广告贴得到处都是，我把上面的联系电话抄下来，然后一一打电话去问。开始我以为都是房东贴的，其实全都是中介贴的。以前我竟然不知道还有专门的房屋租赁中介公司，因为听人说中介要从中挣钱，就误以为直接找房东能省钱。我从小广告上看到一位房东出租他们自己住房中的一间。是个旧房子。我去的时候，房东一家正围桌吃饭，那对五十多岁的夫妇虎视眈眈看着我，神情和语气有一种窥探和防范的意味，好像我要占他家便宜似的。一看他们那样子，就知道他们不是好打交道的主，何必去找不愉快呢? 我赶紧走人。

后来我又找那些在小区里扎堆聊天的老头老太太问讯，得知有个老太太一个人住，一个月就靠救济的两三百块钱过日子，有两间房，可以租出去一间。我找到那个老太太，她同意了，说好一千块钱一个月。不一会儿，老太太媳妇闻讯来了，说一千块太便宜了，怎么也得一千二，水电费另算。我说行，两天下来，我实在是跑累了，而且这房子离画室近。第二天上午我送孩子去画室后就准备搬东西，老太太却退缩地笑着，说昨晚上媳妇说了，家里住了外人不安全。我无奈，只好出来。

单老师的画室附近找不到地方住，孩子在不在这个画室，我就有些犹豫了。在家就听说黎明画室和 HH 画室都主攻造型，是考前画室里办得比较好的，我决定带孩子去看看。

黎明画室在南湖渠小区一个单独的小院子里，画室的管理老师说已经招满了，明年再来吧，但是准许下课后，芄芄可以进教室去看看，家长不让进。我不放心，趁老师不注意，还是到一楼的一间教室转了一下。墙上的范画和学生画板上正在画的习作，都画得很好很严谨。芄芄差不多每间教室都逛了一遍，出来后跟我说：

"妈妈，都比我画得好。"

HH 画室在大山子，还在招生，画室的老师准许我们到画室外面的走廊上看一下。走廊的镜框里全都是历届学生的优秀习作，无论是速写还是素描，黑白对比都非常强烈。正好下课了，有一间教室门开着，我进去迅速扫了一遍，当时给我的印象就是所有学生画的素描头都腻得像个铅球。不同画室风格还真是不同，学生之间相互影响太深了。感觉没有画得好的，大概是因为当时还是七月份，来画画的都是应届生的缘故吧。画得好的复读生专业没有问题，文化才是他们的死穴，据说他们不到考前两三个月大都不会来北京。

从 HH 画室出来，芄芄说："走廊上的那些画很'考前'哦，肯定一下就能抓住阅卷老师。"但是她并不想去 HH 画室，觉得单老师画室的素描更对她的路子。

单老师的画室是与另一个央美在读的研究生合伙办的，那个研究生的母亲负责管理画室日常事务。她看见芃芃那天中午把画箱拿走了，下午又没有去画室画画，警觉地以为芃芃要去别的画室。傍晚单老师就来了电话，问下午芃芃怎么没去画画。

芃芃依然去了单老师的画室。

这天又来了几个学生和家长，都没有地方住。于是，画室的一位任课教师就带我们几个家长一起去找房子。记得去看一套房子时，还有一拨看房的，中介和房东都在。那中介看到我们是通过那栋楼的住户与房东联系的，临走时威胁我们说："这个房子如果你们住了，我不会让你们住得安生！"房东赶紧申明他不想租给画画的学生，画画的学生会弄得房间里到处是颜料。

回画室后，那个负责画室住宿的妇人又领我们去看房。她看中了其中一套两百多平方米的，谈妥价格月租两千多。我问租其中一小间多少钱？她说两千。听那妇人顿时把转手的价格抬到这么高，其他几个家长都不再说什么了，只说到别处看看。无论她转手的房价是贵还是便宜，我们也不会从她手上租房了。以至于这位妇人后来碰见我了，总是鼻子不是鼻子眼睛不是眼睛。

中介公司介绍了个一居室，装修得挺好，离画室三站地，有点远。去看房时，有个韩国人也在看那房子。当时我有点犹豫，因为月租三千元。后来实在是这里那里跑得累了，心想还是租下那一居室吧，三千就三千，至少住得舒服。第二天下午再打电话去问，结果房子已经被那个韩国人租了。

最后是一个朋友在网上给我找了家叫美邻公寓的家庭旅馆。两百多平方米的房子，五间房，房租从九十到一百八十元不等，比宾馆、招待所要便宜，收拾得很干净，也很安静。北京就这点好，流动人口多，自己家里买一套大房子，改装成一个个小房间办成旅馆，也不愁没人住。这样房主就不用出去工作了。我后来才知道，北京这种人还真不少，统归于"吃瓦片"的。

女房东原本是个中学教师，她笑容满面态度温和谦恭。她说那些看上去有不正当关系嫌疑的男女，她会找借口不让住。望京是韩国人在北京的聚居地，所以房客一般是韩国人、留学生、外企员工等等。就住在那里吧，住一个月，每晚120元的房间讲价讲到100元。这三四天下来，我马不停蹄，差不多把我一年的路都走完了。穿着旅游鞋的脚磨起了泡，接着又磨破了，痛得我走路一崴一崴的。因为心里着急，一旦走起来了，反倒忘记了痛。

那个四川家长帮我搬行李，她看到我住的地方条件要好一些，而且价钱每晚还要便宜60元，非常后悔当初不该在那个招待所订那么长时间。

画室的学生都很用功，尤其是高三学生。其中一个复读了七年的男生，没钱租铺位，每晚就拿一条席子铺在画室的地板上将就。尽管他刻苦努力，但由于当初启蒙有问题，素描画得过于腻，腻到根深蒂固，无论老师怎么讲，他都改不过来。他说非央美和清华不上，我估计，悬。

画室里只有几个高二学生。芄芄是个上进的孩子，只同画得最好的学生比，水平也堪比当时画室里高三年级画得最好的学生，所以老师人前背后都表扬她。尤其是那几个高二学生的陪读家长，私下里都鼓励他们的孩子跟芄芄交朋友向芄芄学习。有个叫小鱼的女孩，与芄芄同届，湖南人。她父亲是中学美术老师，也在北京陪读，每天兢兢业业接送。一年后我带芄芄去长沙看画展，在长沙火车站竟然不期遇见这父女俩，小鱼在画速写，她父亲蹲在旁边不远处，守护着女儿的安全。

芄芄的专业学习我并没有怎么操心，老师都是央美油画系毕业的，技术上指导芄芄我完全放心。事实上，芄芄画画还是走了小小的一点弯路。单老师画室的墙上有一张素描头像，线条轻松潇洒，但是画得有些夸张。芄芄当时觉得那张画很好，自然画画的味道就往那方面靠。这一靠不打紧，后来相当长一段时间画画都是那个味，虽然线条潇洒，但是不够严谨。那次从北京回家后，蓝艺的陈老师批评芄芄"现在画画拽味去了"。

芄芄到底才进高二，不像高三学生那样高考已经是火烧眉毛。每周休息的那天，我就带她满北京玩，品尝各种小吃。孩子每天画画，我的任务就是接送，因为从画室到住所要经过一个十字街口，还要穿过一条马路。画室附近有一家川菜馆，我们常去那里吃饭，特价菜里面有土豆丝，一块钱一份，芄芄喜欢吃，每次去都要一份。还有小份酸菜鱼，才十九块。饭前每人赠送一份酸梅汤。因为觉得很便宜，心想店家肯定挣不到什么钱。果然寒假再去的时候，这家餐馆就不存在了。

一个月下来，花费一万元多一点。学费2800元，住宿3340元，车费1200元左右，还有吃饭逛街买小东小西等等。收获是有的：一是孩子画画当然有一些进步；二是同全国各地的考生有了一些接触和了解，开阔了眼界，了解到了一些信息。

分数呀，分数

高二上学期阶段考后的家长会。

成绩单摆在每个家长面前，上面不仅有全班每个学生的各科成绩和总分，还列出了同年级每个班的各科平均成绩。这个班的语、英、史、地等几科的平均成绩与其他文化班相差无几，而政治的平均成绩相距有二十多分的悬殊，数学则有四十多分。

芃芃的数学成绩让我头疼：52 分。

面对这样的考试成绩，班主任老师站在讲台上艰难地对一个不落的家长尴尬地笑着，解释说：学艺术的，形象思维能力强一些，逻辑思维就弱一点。

班主任老师的话也许有一定的道理。中国自 20 世纪 70 年代末恢复高考一直到 2006 年，美术考生的数学成绩是不计入总分的。芃芃数学成绩不好，我就像天下所有的家长一样，直接的反应就是抱怨：美术生考数学有什么用?! 是要用这复杂的数学试题帮助他们计算简单的画框尺寸吗? 国内国外历朝历代那些有建树的美术大师，都会解数学题吗? 前些日子，中国一个有名的导演说他当年就是凭借美术考上大学的，原因除了当年流行画家，还有一个就是美术生高考不用考数学。如果当初美术生要考数学，估计他既进不了大学校门，更无从谈什么成为中国当代名导了。

这种抱怨的话，说再多也没有用，因为你抱怨的是官方的规定，是现行的高考制度。渺小的个人把矛头对准一种制度就犹如蚂蚁想吃天，蜉蝣撼大树。改变不了世界，就只能改变我们自己，哪怕再怎么不情愿，也只能去勉力适应。人就是这么可悲，在一种制度下生存，无论这个制度多么不合理，我们依然还是或主动或被动地成为它积极的合作者。不然我们就得死在这个制度的手里，无缘晋级到下一个平台。

这个要适应要改变的"自己"，是学校、老师、家长和学生自己。只有学校和家长高度重视，授课教师队伍配备精良，学生全力以赴，才有望打赢高考这一仗。于是，家长们在这些可以改变的因素上认真考查丝毫不肯马虎。

接下来的反应就是：为什么单单是政治和数学与别的班级悬殊拉得这么大？进高中时，艺术班与文化班各科成绩相差悬殊都很小，为什么到高一第二学期后，每考试一次，政治和数学就出现一次滑坡？就算是艺术生逻辑思维能力弱一点，那政治越考越差又怎么解释？

考量的结果就是：不是孩子不努力，不是家长不重视，是学校和老师那边出了问题。

学校在办艺术班之初，配备的都是教学经验丰富的老师。可是半年一过，任课教师换人了。数学老师换成了一个动不动就骂艺术生蠢的牛人。学生问他题目，他基本上是不耐烦，要么就来一句"上课不是讲了嘛"，有时候甚至装没听见。更有甚者，上课还不时迟到，说什么艺术生高考录取对数学没有要求。政治教师换成了一个大学刚毕业的，他上课就是读教材，枯燥乏味，学生都不听。

对学校这个安排，学生及其家长找学校理论也没用。在校方看来，也许这个安排最为合理：一是因为楚才中学是以文化成绩著称的重点中学，如果非得做出牺牲，牺牲艺术生成本最小。二是艺术生的高考文化录取分数线比文化生低。

教数学的是个有点古怪的老师。他讲课，我总是不习惯，声音忽高忽低，时而激情澎湃，时而没精打采。有时，我们没有跟上他讲课的节奏，他就铁青着脸，好像怒火已经从他的肚子里燃起。

数学成绩不好。函数这一章，可谓一窍不通。拿起练习册做，第一道题，不会。第二题，不会。第三题，还是不会。天啦，举目望去，竟然一道题都不会做。我沮丧之极，问同学，同学们也都不会。

这是我在芄芄的作文里看到的。我非常担心，虽然艺考生数学高考没有单科要求，但是要计入总分的！担心归担心，我却没有采取具体的应对措施，一直到这次段考，数学亮起红灯。

科任老师——上讲台叫家长怎么配合老师把学生教好。一直听孩子说数学老师怎么怎么，前两次家长会他没参加，这次总算见识了庐山真面目。他是个三十岁左右的青年男子，上来大说特说了一通艺术班学生成绩差基础差，对教学只字不谈就走了。言下之意就是这个班数学成绩不好与他无关，是学生基础差。我坐在第二排，他走下讲台站在我旁边讲话，他的声音在我听来无异于聒噪，这种聒噪声真有些令我忍无可忍——作为教师，怎么能一味地责怪学生呢？学生都懂了，还要你这个老师干什么？

我不是唯分论，但是高考要看分数，我们就不得不向考试分数看齐。我不能责怪我的孩子，第一，芄芄的数学基础并不像老师说的那么差，中考数学120分的总分，她拿了105分，而且那年中考数学上一百分的并不多；第二，我目睹了我的孩子是怎么努力学习的。本以为，进了楚才中学，文化课就进了保险箱，谁知道偏偏文化课出了问

64

题。专业课可以满世界找老师指导，但是文化课只能在学校解决。教师对教学不尽责，实际上就是耽误孩子的前途。耽误孩子的前途，难道不也影响家长后半辈子的幸福吗？

高考让我们对教师半点都不肯宽容。时至今日，我也许能设身处地反躬自问：有几个人能对一群一问三不知的学生保持长久的教学激情和耐心呢？这才对那位数学教师从心底里表示理解。但是这又如何怪得了艺术生？数学与其他学科相比尤其明显一些，老师讲一堂课的内容，学生必须在课下花几倍的时间自我消化来"养着"，否则上课就算是听懂了，数学公式依然不会运用，题依然不会解。可是，艺术生缺少的恰恰就是时间呀！

高考不仅极限挑战着学生对沉闷单调的学习的耐受力，也极大地挑战着教师的耐心。无论面对怎样的学生，教师都必须保持永远的教学热情，脾气还必须控制在一种永远的恒温状态，否则，你根本无法成为一个合格的中学教师。

语文教师是我的同龄人，她介绍说全国统考的试卷要容易一些，比如说作文，全国考试的试卷，学生可以自主命题，只要不写诗歌就行，记叙文写得比较多。但是湖南高考作文体裁是议论文，而学生阅历有限，对事物的看法不可能非常深刻，所以，写议论文相对就难度大一些。

听语文老师介绍这些情况，我的眉头越锁越紧。记得我念高中时，高考作文常常是给一个题材写一篇议论文，或者是提供一幅漫画写一篇议论文，当年我面对这种论道的文章真是头痛呀。十六七岁的孩子对世界的看法还很感性，他们写出潇洒飘逸灵气十足的散文可以理解；如果这个年龄段的孩子动辄坐而论道一套一套地发议论，那是不是一个妖怪呀。那个年代，中学教材里鲁迅的文章占的分量很大，尽管语文老师把鲁迅的文章逐词逐句剖析给我们听，我也认真记录和背诵每句话背后的含义，事实上，我依然不能真正懂得，因为我的年龄决定了我的理解力不到。近些年我偶尔留意到高考作文可以不限体裁了，我真是欣慰，认为这是一种进步。不承想湖南高考的作文体裁依然规定写议论文！

我可以毫不怀疑地说，那些出题的人，未必自己能写得出一篇像样的文章。他们自己写不好，还要煞有介事装高深，一定要把这些十几岁的孩子考倒，这是不是属于心理变态的一种表现呢？现如今所有的教育单位，都以论文作为教师晋级的硬件，至于那些垃圾论文写出来有没有价值，完全不管。流弊之深之广，已经无法言说。湖南竟然还把社会上以垃圾论文为晋级阶梯的流毒拿去伤害中学里的孩子！

我的情绪坏透了，感觉都透不过气来，孩子的高考就像一只巨大的魔掌紧紧锁住了我的喉咙：孩子已经高二了，文化课成绩丝毫马虎不得，现在的情况又是这样，有什么办法呢？

所有的家长都急。家长会后，家长们找到班主任要求调换数学和政治的科任老师。班主任也希望换科任老师，因为她是要把这个班带到高三毕业的。科任老师教学效果不好，将直接影响她带的这个班的高考升学率。但是她也无可奈何，换不换老师，是学校决定的事。班主任还有一个苦衷就是，她不能直接站出来说话，她出来说话会影响同事关系，她只能支持家长去找学校领导。

家长们又一起去找学校领导。校方说："我们一定找这位老师谈，要他注意教学态度。给他一些时间，看数学成绩有没有起色。如果还没有，我们一定给换老师。"同时给我们建议，最好给孩子请家教。

于是我给孩子请了一个数学家教。之前，我从没有想过要给孩子请家教的，这次才知道孩子班里两个数学成绩好一点的，课外都在其他中学的数学老师那里补习。

老师都没有换，但好歹有了点风吹草动：学校领导到艺术班去了解了情况。数学老师对学生也耐烦了些。

为了学好数学，孩子每天晚上都在做数学题。这又让我担心不已，时间都花在数学上了，别的科成绩会不会掉下来？但是我又不能把这种担心说出来，怕影响孩子。

经过一段时间对数学的攻坚战，又到了章节考试的时候。芃芃在周记里记录道：

> 我也许真是没有理科天赋的，做数学题比打屁股针还痛苦。以前数学题不会做，急得我直把头往墙上撞！喊天天不教，喊地地不会，泪水打湿了我半张试卷。上次考试52分，我痛得都快麻木了。
>
> 妈妈也跟着急，叮嘱我不懂就问老师，老师不会不解答的。又给我请了家教，每周两次每次三小时猛补。期中考试后上第一个新单元——线性规则，我很努力地完成了随教材的同步练习册，晚上先做完数学题，再做其他作业，不会的画圈问老师。那几天，我成了办公室的常客。数学老师常被我问烦，不免声音分贝会提高，但我不急不躁，仍然认真地问、聆听。老师后来也会温和一些。
>
> 今天又是月考。拿到数学试卷，我又是兴奋，又感到压力。这些日子的努力，不知道考试成绩是否会有所提高，我既想检验一下自己，又想到如果考砸了，真是会伤心欲绝呀！
>
> 一路做下来，没有遇到特难的。只是最后一道题，终究还是

没有写出来。考完后感觉不差，起码比原来一路做下来十有八九不会要好很多了。

"什么？练习册上有最后一道题？"我疯狂地翻到，果真！我曾经在练习册上做出来了，还工工整整画了圈呢！哦，天啦，为什么考试就不会了呢？死猪脑子！我气急败坏地敲击着脑袋——还是做作业的成果和效率没有跟上。以后还要做到及时整理，以免遗忘。

虽然芃芃在那一章节考出了比较好的成绩，我丝毫乐观不起来，数学知识环环相扣，这一章节勉力学好了，前面大部分都还没弄懂呢。但是我提供不了任何良策，只能由着孩子去。

不久，数学老师依然故我，很快就失去了好不容易勉力维持的耐心。芃芃的成绩单上，数学分数依然少得可怜，这种状况一直挨到高二结束。随着高考日益临近，心急如焚的家长们再次集体找到学校领导。在孩子进高三暑假补课的时候，数学和政治老师终于换人了。

教学在某种意义上来讲就是一门艺术。逻辑性强的数学课，枯燥的政治课，怎样教得深入浅出，怎样教得生动，是需要老师有一定的天赋的。并不是教师自己掌握了这门学科的知识，就能教好学生。天赋决定了教师教学水平的高低。

新换的政治老师对教学充满激情，新换的数学老师态度温和有耐心。后来高考，芃芃这两科成绩果然都有所提高。幸亏换教师了呀！

再度北上

高二上学期，芃芃的专业不说进步，反而有些退步了。后来我对孩子在学校学文化期间的专业学习几乎不作指望了，只是还得坚持画，不然手就生了。

寒假到了，专业老师决定放高二艺术班的学生集体北上。孩子们都很兴奋，以为去了北京，他们的画就能被点石成金。离期末考试还有好些天呢，有的学生就等不及北上了。班上只要走了一个，其余的学生就都坐不住了：早去北京一天，人家的专业说不定就进步一天。

专业老师也都殷殷期望这届艺术生考出好成绩，对北京的多家画室斟酌来斟酌去，最后敲定一家以艺术设计见长的画室，还与画室谈妥条件：一要学费优惠，二是要请优秀老师教这些学生。家长们忙着为孩子们准备行装，第一次去寒冷的北方过冬，他们都给自己孩子备下了大羽绒衣。

芃芃请假不参加期末考试，因为寒假不足一个月。不足一个月，在北京的画室也得缴足一个月的学费，还不如早点去北京画画，学校的考试横竖就是做两天题。那天到了火车站，才发现芃芃班所有的美术生都在这一天去北京。他们每人拖着大行李箱，提着画箱，家长和几个专业老师都来送行。

这次芃芃进京学艺，与头次比起来，我心里不再那么轻松。一年后，孩子将要面临非常严峻的高考竞争。据各省市教育部门统计，2008 年和 2009 年将是全国高考人数最多的年份，也是美术考生最多的年份。中央美术学院造型学院到 2008 年止，连续几年报考人数都在一万二千人以上，招生人数却只有一百六十人。而选择报考央美造型的学生，大都是画得比较好的。

这些考生中有央美附中毕业的。央美附中学制四年，外地考生高中只有三年。我的孩子要想上央美，就只能拿她的三年同人家的四年去比拼。另外，央美附中的老师都是正经八百央美毕业的优秀生，所谓名师出高徒；外地考生的老师一般都是当地师专或者是艺专毕业的，最好的也就是当地师大毕业，有的老师也许自己都很难画出一张像样的素描。外地考生想要找好一点的老师，就只能去北京，求学之路千辛万苦。

归结起来，外地考生如果想上央美，同北京的考生比起来，真是天不时兮地不利。

在如此不利条件下，即便是在绘画上比较有天赋的外地考生想高考胜出，同样是难上加难。为了专业的进步，多花一点时间待在北京学艺吧，文化课成绩势必会受影响。多点时间在家里学文化吧，专业又上不来。再加上综合性院校很少招造型专业的学生。即使是专业美院，造型专业招生名额比设计专业的也相对要少。招生名额少，就必然会一年一年累积许多复读生。考央美造型的复读生之多，在美术考生里是出了名的。美术高考无非就是考基本绘画能力，复读生画画时间长，普遍来讲手头功夫自然就好一些，而高考阅卷只看卷面效果，并不看你习画时间的长短。

北京的考前画室也更欢迎复读生，因为画室要升学率。升学率越高，来年的招生就越好。来京之前，我电话联系过两家比较有名的画室。我说只到画室学一个月，对方就问："是复读生吗?"听我说是高二学生，对方马上回绝说不招生了。

美术专业复读生之所以成为复读生，并不像文化生那样，单纯的就是成绩不行。美术专业复读生，尤其是那些非央美造型不上的，有的恰恰是专业上有一些天赋的孩子。我认识的一个男孩，从小就显示出优于一般美术生的画画能力来。他一心只想上央美造型。第一年高考，专业过了央美，文化成绩没过；第二年复读，专业过了，英语差几分，因为家境不富裕，他选择了文化考分相对较低的广州美院。可是他到了广美又觉得商业气息太浓，第三年接着又考。这次专业文化都过了央美录取线，可惜，他是在校大学生，有人告状，他又上不成了。到了第四年，他干脆退学再考，才如愿以偿。

所以，芃芃2009年要考上央美，还得同大量的复读生比拼。

我把考央美造型将要面临的激烈竞争如实分析给孩子听，让她有一个全局观念：她面临的竞争对手不仅仅是湖南的美术考生，而且是全国的美术考生。这里面有央美附中的，有大批的复读生，还不排除那些真正的美术天才。幸运的是，中央美术学院招生相对公正，不像北大清华，给各个地区分招生指标。分指标这一说就有点像选人大代表似的，但又暴露出明显的不公平，考生多的地区，偏偏指标少；有的地区考生少，反而指标多。而央美招生，则是全国统一试卷，统一阅卷，统一排名录取。

到了北京，我和孩子先去黎明画室，依然被告知说不招生，明年再来。芃芃进画室看了一遍后跟我说，也有少部分画得比她差的。记得上次来北京，孩子从黎明画室出来时说都比她画得好。显然，芃芃进步了。

最后还是决定留在单老师的画室。画室人气比暑假期间要旺许多，因为过完年高三学生就要专业考试了，所以高手也全都现身了，赶在考试前热热手。画室有三个高手，都是复读生，专业都曾考上中央美院，而且名次都在全国前二三十名。

有高手就好。这对芃芃来说，作用甚至比老师要大得多，她可以随时直接观摩高手作画过程。每画完一张，老师都要做点评，那几个画得好的学生就把他们的画放在一起，他们相互之间也是有比较和竞争的。其他学生大概是自愧不如，都自动靠边，只有芃芃每次都主动把自己的画与他们放在一排，看自己有没有他们画得好。也许比对的结果并不能让她满意，但是她是有勇气与画室里专业最好的学生比试一番的。

大家都把对方当成竞争对手，即便明知道芃芃是高二学生，不参与他们这年的高考也不例外。有一个男生，曾经央美专业考试全国排名二十。有一次上课，芃芃站在他旁边想看他画油画头像怎么调色，那个男生大概是不想被人学艺，就丢下画笔不画了。芃芃问是不是不想让她看，那男生说不是，拿起笔继续画，一笔戳下去，笔断了，于是有理由不画了。

芃芃非常珍惜在北京的每一天。

画室每周放假一天。这一天基本上是她画速写，我当模特。过年放假三天，她很心疼这三天时间没有画画，觉得过年休息三天太浪费时间了。她知道来北京一趟不容易，时间又有限，所以恨不得抓住每时每刻向老师和画室的高手学习，因为一旦回去，专业学习基本上就算是停顿了，就算她学习再怎么主动，也苦于无人指导，也找不到高手学习。更何况画室的学费是按月计算的，每天学费一百元，上不上课都一样。

孩子的专业学习我帮不上什么忙，只能搞好后勤服务，让孩子下课回来就能吃上热饭热菜。幸运的是我们租的房就紧邻画室。这次租房比较顺利，鉴于第一次在北京租房的艰难，所以我临来北京前就在网上抄了一大堆画室附近单间和一居室的出租房信息。

芃芃有我照顾她的生活，而她的同班同学基本上就是自己照顾自己了。他们所在的那家画室，我去过两次，两次都是因为有学生家长托我去看他们感冒了的孩子。

一间巨大的地下室，不知道是几百个还是上千个学生，总之感觉就是人多，都伏在小桌子上画设计图。纪律还真好，没有一个不在认真画画，出门在外要高考的孩子了，没有不用功的。地下室最里面的一小间，有不多的几个学生在画素描半身带手，那种干净的线描，一看就是准备考央美国画系的。

芃芃班的二十多个同学在另一个小房间里画素描头像，其中有两个在画素描半身带手。指导他们画画的是个年轻老师，我早就听说这个老师是央美的学生，当年以全国第一的专业成绩进的央美。他们的画，我全看了一遍，虽然是同班同学，但是他们的素描水平与芃芃比起来真是相距太远了！

学生到北京来，依然与自己班的同学在一起画，当然有它的好处：一是出门在外，熟悉的同学在一起可以相互照应；二是便于管理，学校老师随时能了解每个学生的情况。但是，对于提高学生绘画能力，意义却不大。既然出来了，眼睛就应该瞄着全国的美术考生，而不应该继续盯着自己班同学。自己班的同学，彼此熟悉，水平也就那个水平，全靠老师的指点来提升专业成绩，是很难的事情。与其这样，又何必来北京呢？请一个老师回去教就是了。

这家画室提供宿舍。男生宿舍无异于垃圾场，快餐饭盒、方便面袋、废纸等各种生活垃圾在房子中间堆了老大一堆，也不知道多久没有打扫了。住在垃圾堆里，还能不生病？我进宿舍时，两个男生正蒙头睡懒觉。到底是高二，还不知道紧张。那个生病的男孩，则刚用凉矿泉水吞下感冒药。

芃芃班同学给她发短信说他们每晚上完课后，还打牌，打得都不爱打了。原来那么喜欢吃肯德基麦当劳，现在闻那味都够了。衣服是不洗的，男孩女孩都不洗，来北京的时候，都准备好了几套换洗的内衣，换下来塞在袋子里准备带回去。

也难怪。这些孩子差不多都只有十六岁，在家里父母宝贝着呢，既没有做过家务，也没有自己管理过自己。现在每人手里拿着几千块钱，由着自己支配。二十多天时间，没有父母和老师的监督。虽然画室里也有老师，但是画室的老师对学生生活上的事根本不管。刚开始的时候，他们还真有点像从笼子里放飞的鸟。

很快，新鲜劲过去了。虽然画画的时候，都很努力，暗暗地比拼着，但是进步也不是那么容易，专业成绩好一点的依然是好一点。北京该去玩的地方基本上都去过了，牌也打烦了，肯德基也吃腻了，就想着家里的饭菜是多么的好吃。离高考也还有一段时间，不像高三那样开战在即，除了那些向来非常用功又自律的学生岿然不动外，有的孩子还没有等到学校开学，就提前买票回去了。

也许有我陪伴的缘故吧，芄芄临到学校开学要回家了，她还想留下来多画几天，抱怨说刚找到感觉就要回去。但是文化新课还没有上完，丝毫耽误不得的。回家那天的火车是下午四点多，她还在画室画了一上午。

在回家的火车上，芄芄在她的日记本上写道：

> 如今学画考学，如同万人过独木桥。这次进京的第一感觉就是学画的人爆多。北京大大小小的画室只怕有几千，一个中等画室就是几百人。全国只有八大美院，一个美院也就小招几百人。够呛吧！第二感觉就是高手如云，复读生多。能够考进央美造型的，大都是老大哥老大姐，同他们复读几年的深厚功底相比，我真有点自惭形秽。"路曼曼其修远兮"，感觉自己前面还有好长一

段路要走。

虽然打击不小，但也有不小的收获。

第一，感觉高考越来越近了，知道要少玩多画，要用功了。真是三年时光如流水，慨人生在此一搏。

第二，信息与高考接轨了。画室里有许多往届生，通过与他们交流，或多或少会得到一些临场经验，这可是一笔不小的财富哦。

第三，环境真是很重要。京城还是厉害些，老师都是央美毕业的，讲评更是一针见血。身边坐着高手，可以非常直观地看到作画全过程，一些手法学到就直接用在自己的画面上，那个进步快啊，是在家无法比的。

从北京回校不久，艺术班学生为全体学校领导、该班的全体任课教师以及家长举办了一次专业汇报演出。我到会场的时候，演出还没有正式开始，只看见芄芄正埋头给每个同学写介绍词。写完主持词，她又与另外一个学主持专业的同学共同主持了这台演出。声乐和器乐专业的学生是现场表演。美术生的专业汇报是放幻灯，专业老师把每个学生的习作拍下来，制作成了幻灯片。相比之下，我不能不为我的孩子感到骄傲，她的素描、速写和色彩各科成绩确实远远在她同学之上。

高中课程设置是块过期面包！

踩着学校开学上课的点从北京回来，到家是清晨六点左右，天还没亮。坐了一晚的火车，来不及歇一歇，芃芃就收拾书包上学去了。

接下来的日子依然是文化和专业的学习没有间歇，无日无夜学习的疲惫，每一科知识不能融会贯通的焦虑……然而，再怎么辛苦也必须忍耐，一切都是为了高考，一切也仅仅只是为了高考。

> 天地还混沌未开，我便拖着疲惫的身体出门，早已习惯了这行尸走肉的日子。
>
> 车摇摇晃晃在林立的高楼间穿行，城市灰蒙蒙的剪影与天空纠缠不清，像未曾洗过。或许这是另一种看不懂，我欣赏不了的高调灰吧。
>
> 透过满是青色灰尘的玻璃仰望天空，学着调和出那种难以形容的色：白粉＋普蓝＋粉绿＋玫瑰红……似乎把所有的颜色都用上，也调不出那幽邃深沉的天的眼神。或许，应该留着，等它自然受潮，风化，侵蚀，等飞过的鸟无意间散落上几粒种子，发芽，也许能呈现生机。
>
> 刹那间天空似乎伸出了无数条藤蔓，却把生灵都死死地缠绕——我们像缚在蛛网上的飞蛾，静静地等待死亡。

这是摘自芃芃高二时的一篇日记。

接受知识本应该是快乐的事。可是一个十五六岁的孩子却在这日复一日枯燥繁重的学习中感到自己被紧紧地缚着，看不到半点生机，只有"静静地等待死亡"——这种读书是多么可怕！

作为母亲，孩子的辛苦，我感同身受，却又无法替孩子分担，该是怎样的心情！我不敢去问孩子功课做了没有，我私心里甚至是准许孩子偷懒不做的，尽管我非常担心她学习成绩不好。我时时都在设身处地想，如果是我，脑子能否承受得了这个小时为解数学题紧张思索，下一个小时又撮紧全部注意力去背诵政治历史，再下一个小时又得迅速唤起对事物的形象感知开始画画……而且这中间没有停顿，没有过渡，当然也就谈不上休息。如果拿人脑比作电脑，这么快速的切换，估计电脑也死机了。关键的是，在学校脑子高速运转一天后，晚上还不得不拖着疲惫的近乎瘫痪的大脑和身体去完成那一大堆乱七八糟的作业。

数学依然令人头痛，数学家教继续请着。尽管我心里清楚，请了家教也解决不了根本问题，无非就是把平时积累的不懂的习题，让家教帮着讲解疏通而已，解决的仅仅只是知识点的问题。我一直担心孩子把时间都花在数学上，到时数学成绩没上来，别的科成绩又垮下去了。听说芃芃班有一个同学的家长是高中数学教师，到高二下学期，这位家长要他孩子放弃数学。我也试着跟芃芃说不要把精力都花在数学上，课堂上能解决多少算多少。

芃芃不同意，说："妈妈，数学太拉分了。一道题就是十几分。别的科一道题就是一分两分的。"

我不能干涉孩子的决定，因为我的建议也未必正确。我只能在一旁暗暗忧心。

艺术生除了专业考试科目外，文化课同普通文科生没有任何不同，都是语文、数学、英语、政治、历史、地理。作为将来从事纯绘画专业的人来讲，这其中有几科是必须的？

比如说英语。很多艺术院校，或者是综合院校的艺术专业，对艺术生的英语成绩都有单科要求。有一个美术考生，第一年高考就因为英语差一分落榜。为了这一分，他复读了四年！四年哪，一千多个日日夜夜，就仅仅因为这一分！这英语多一分少一分难道真的就能证明得了他的文化程度达标或不达标吗？

比如说数学。有人做过这样一个统计，我们中学所学的所有数学公式的90%，我们这一生不会再用第二次。

还有政治课那些空洞的不切实际的理论，纯粹是为了考试。

我们学习的目的到底是为什么？

尚且不说是为了提升人的品位和修养，功利一点说，至少也该学以致用。然而我们的高中生花大量的时间、精力，并为之苦恼去学习的东西，仅仅只是为了考试。这难道不是对生命缺少最起码的尊重吗？谁对我们孩子为之付出的精力、时间，以及为之受到的伤害负责呢？美国曾在20世纪60年代有一句非常有名的质问："为什么要让999人陪1人读书？"就数学而言，为什么要让999个对数学没有天赋的学生陪一个数学天才读书？

教育的出发点应该是基于对生命的尊重。对生命都不尊重，这算是什么教育？

两千多年前，教育家孔夫子就很重视对学生"因材施教"。因材施教不仅能发掘每个学生的潜能，归根结底也是对每个个体生命的尊重。可是，现今的教育在高考指挥棒之下，就是按文理分科搞"一刀切"。这种一刀切的方式，既简单又粗暴，完全忽视了个体生命鲜活的特质。

陈丹青当年就因为考试制度从清华大学愤而辞职。说起来真是滑稽，报考绘画研究生必须考英语和政治，这两科过不了关就算文化成绩不行。一个人不会英语，不会背马克思主义哲学的条条框框，就能证明这个人没有文化吗？非常不巧的是，马克思主义哲学和英语都是舶来品。那照此说来，这两门学科没有舶来中国之前，中国人统统都没有文化了？以此推理，这不是否定中国辉煌灿烂的五千年文明史吗？

陈丹青的个人经历也反证了这种考试制度的荒谬。他当年报考中央美术学院研究生时，就在英语试卷上写，他是知青没有学过英语，然后离开了考场。幸亏那时候是不拘一格录人才，中央美院择优录取了他，这个择优就是看他的画。尽管陈丹青当年考研时不会英语，但并不妨碍他成为中国当代顶尖级画家，也并不妨碍他成为一个优秀的文艺批评家，更不妨碍他日后在用英语交流的美国生活多年！

英语说到底只是一个工具，政治当然算是一门学问。无论工具也好，学问也好，不说求知者对这两门学科有多大的兴趣，至少应该获得他们最起码的尊重。可悲的是，当学习它们仅仅只是为了考试过关时，考生对英语和政治只有厌恶！

是呀，绘画与英语和马克思主义哲学有什么关系？如果一定要选择哪门学科对艺术生的文化知识进行考核的话，那首先也应该是中文。

尤其荒谬的是，自 2004 年开始，报考绘画研究生竟然先考英语政治，这两科成绩合格才能参加美术专业遴选。于是，一些莫名其妙的事情出现了：文科和理工科中成绩不好又想读研的学生学几天画画后，就报考绘画类研究生。我身边就有现成的例子，有一个英语专业的女生，考外语专业的研究生无望了，于是速成画了几天国画，考上了国画专业的研究生。

近些年来，美术圈里有一句流传甚广的话："博不如硕，硕不如本。"说美术院校博士生画的画基本上没法看。之所以出现这种现象，原因恰恰事关招生制度：美术本科是先取得专业合格证后，再参加文化考试，也就是说本科招生是在专业相对优秀的学生里进行选拔；而美术专业研究生是先参加文化课考试，取得合格证后，才有资格参加专业考试，这样选拔的顺序就是在文化成绩相对较好的学生里再选择专业稍微好一些的学生。于是，真正有绘画天赋的学生很可能被拒之门外，而招来的研究生又很可能没有什么绘画能力和艺术感觉。

这真是莫大的讽刺。完全可以想象出陈丹青当年的无奈和愤懑。他就这个问题接受记者采访时，用了"污辱"一词：这是对绘画专业的污辱，这也是对绘画专业教师和学生的污辱。

陈丹青是著名画家，是中国牌子最响大学的教授，按说应该有点影响力，但是在某种意义上讲，他也不过是个普通人。考试制度体系依然是一潭死水。

也许有人会说，高考是为了选拔人才，只有所有科目都比较好的学生，才有可能上重点大学。尽管我国目前的大学教育，并不是什么精英教育，也就权当是选拔人才吧。所谓人才，应该是指某一领域某一方向出类拔萃的人。选拔科科都好的"全才""通才"，这样选择的结果最终就是选择平庸。单就人一辈子来讲，无论是智能上，还是时间上，都不可能在所有领域有所建树。而且在中学阶段承受了过重的学业负担，很有可能从此对各门学科就失去了学习和研究的热情。

再说天才往往都是偏才，天分越高的人越是偏才。一些在某个领域有特殊天赋的学生，想发展自己的兴趣。然而高考犹如紧箍咒，不仅老师和家长念，学生对自己也得时时默念咒语，于是不得丢弃自己的爱好，把精力和时间投放到自己天赋缺陷的科目上去。那个因为英语差一分复读了四年的学生，这四年里，他就必须闲置自己对美术的热爱，去为英语考试多拿一分饱受煎熬！

培养自己的短处，闲置自己的长处。中国的教育和高考制度就是要求兔子不仅能游泳，而且要求兔子的游泳水平能与鸭子一竞短长；要求鸭子擅长跑步，跑步的速度还得与兔子不相上下。

在这种考试制度之下，我们的孩子无处逃避。当他们知道地球上还有他们的同龄人不必像他们这样累，他们是多么向往呀。芃芃曾在一篇《中学生出国利大于弊》作文里写道：

> 中国现行的教育制度无疑是有问题的。中学生读书就是为了高考，开设的科目也极少能有助于日常生活。不像国外，还有糕点制作，服装搭配等科目。
>
> 哈佛大学办学之初，被录取者必须会游泳，会弹钢琴，必修课里也有唱歌跳舞。很多科目都有利于培养和提升人的人格素养和高尚的情操。
>
> 由此可见，正确的教育制度，应该是培养学生能更好地生活的能力和素养，而不是像眼下中国这样的，学习就是为了考试。

芃芃的话太对了。

现在我们别无他途，高考这关非得过，所以高中课程设置这块过期面包，无论怎么馊，也得硬着头皮吃。芃芃进了高三，我再也没有听见她说过一个累字。

暑假来了，学校规定补课。高三学生暑假补课，估计全中国的家长都没有意见，而且万分积极地配合。

南方的七八月，最是酷暑难当。我自己的经验就是，天气一热，人的脑子基本上就成了糨糊，根本无法学习和思考。学校教室里装有空调，但不知道什么原因不允许学生开，空调成了教室里的一个摆设。我家距离学校比较远，为了让孩子中午能得到一个凉爽的休息环境，我决定在学校附近租房。

等我决定租房的时候，才知道芃芃班里的同学早在学校附近租房住下了。没有租房的，家长天天开车接送。我跑遍了学校周边的居民小区，已经无房可租了。要租到房子，必须在上一届高三学生即将毕业时，与陪读的家长和房东办好交接。

最后，我在校门口的旅馆打听到了还有房子出租。这家旅馆就地理位置来讲，很少有外来人来住，于是大部分房间改成了陪读房。阳台封起来成了简易厨房。房间里两张简陋的床，一把椅子，一张书桌。电视机是理所当然的没有，因为电视机对高三学生来说完全是多余的物品。

一个月房租1200元，水电费用多少算多少。在我们这座小城，这真是天价了。嫌贵吗？你可以不住，多的是人租。我赶紧缴了定金，不然第二天说不定就被人租去了。果然等到暑假开始补课时，旅馆所有的房间都被学生住下了。我的隔壁是夫妻两口子自孩子高一就搬过来了，他们在这里已经住了两年了。

孩子进高中以来，我一直都在抱怨，抱怨老师不该抢占孩子的全部时间，让孩子得不到闲暇，抱怨课程设置得不合理，抱怨这个那个。孩子进高三了，我再也没有时间抱怨了，因为根本顾不及去抱怨，我的全部注意力都集中在怎么安排好孩子的生活上。我尽力配合好，切实做到不耽误了孩子哪怕一分钟的学习和休息时间。孩子每一分钟的休息和学习时间都是那么金贵呀！房间里没有冰箱，于是我每天去洞庭湖边的菜市场买新鲜的鱼和菜蔬，然后回去做饭。看看时间，芃芃快要放学了，我就把空调打开，让孩子回来就感到凉爽爽的，同时又能吃上饭。

芃芃说住在校门口真好，不用浪费半点时间。每晚复习功课到十二点，中午和早上可以休息到临上课才出门，也不用担心迟到。

"妈妈，我已经尽力了。"

芃芃第一次跟我说自己尽力了，表明她已经用了百分之百的努力。后来开家长会，我在她的课桌上看见了一行小字："不做仰慕者。就是爬，也要爬到自己理想的目的地。"我真是又心酸又欣慰。

这本书写到这里，小区的电路突然出故障了，我只得早早上床睡觉。睡得早，醒得也就早。第二天早晨醒来的时候，外面的天还是黑的，对过楼房的好些窗户都透着灯光。我心想，昨晚半夜电业局的人抢修好了电路，大家都睡着了，家里的灯亮了一晚都不知道呢。然而，不对，再一看，楼道里灯也亮着，有背书包的孩子正在下楼——孩子们已经出门上学了。

天还没亮，路灯照见湿漉漉的地面，昨晚下雨了。天气预报说这两天要下雪，听得见寒风在空中呜呜地叫，我站在窗前打了一个寒颤。这么早这么冷，这个城市只有背着书包的孩子在行走！

我看了看时间，六点十五分。冬天，天黑得早亮得晚。我这才记起我的孩子，从上小学开始，冬天几乎每天都是摸黑出门摸黑进门。楼道里的灯有时候坏了，孩子怕黑，还常常说怕。现在芃芃已经上大学了，我真的庆幸她再不用在这么冷的天摸黑出门了。

选呀，选呀，选画室

高三上学期开学就开家长会。

如同大战在即，负责教学的副校长在学校电视台发表备战讲话，不仅对高三年级各科复习做了非常具体细致的部署，甚至对高三阶段学生的饮食和有可能出现的一些情绪变化对家长们都提出了切实可行的建议和指导意见。我从没有见过与会者的文化层次和社会地位这么悬殊的会议，也从没有见过全体与会者都如此聚精会神聆听的会议，不用提醒更不要强调，都认真做着笔记。

　　紧张的气氛弥散在每个与会家长的心里。

　　校长讲话结束后，班主任上讲台传达了学校决定，艺术生到十月底才允许外出学习。美术老师就学生去北京选择哪家画室的事征求家长意见。家长们顿时议论纷纷，相互探讨，但对艺术高考又大都摸不着门道，最后表示完全信赖老师，听从老师安排。

　　对于美术生来讲，进一家适合自己的画室，犹如进一所重点中学。美术老师也非常慎重，家长会后又征求学生意见，还去调查了解了北京不少考前画室的情况，左右权衡，最后决定把美术生交给中央美院设计专业的一个研究生，这个研究生新开了一家画室。据说还口头签了君子协议，要保证多少学生专业过央美，多少过清华。

　　我咨询了一些办学经验丰富的美术老师，都说十月底去北京已经太晚了。其实一到暑假，一些学生课都没补就已经北上了。北京一些考前画室也纷纷接踵前来，找各学校的美术老师招生。因为芃芃在单老师的画室画过几次，单老师的电话就直接打给她了，说："你是应届生，现在还不来北京画画，还考什么央美造型?!"

　　芃芃有些担心，说如果我准许她暑假补完课就去北京画画，她的专业一定过央美。不然，她没有把握。

　　我没有同意，因为文化新课还没有上完，无论如何也要把新课上完才能走。不然，就算是专业过了，文化成绩没有上线，也是白忙活。必须是专业和文化两条腿走路，都不能跛脚。

事实上，艺考生哪能等到十月底呢，九月底就全部离校外出学艺了。

芃芃与他们班另外两个同学没有跟班行动。

其中一个在中央美院国画系某老师办的考前画室学习，暑假没参加补课就进京了。那男孩刚进高中那会儿想考央美设计，后来把央美国画专业当成了自己的目标。

我也曾想让芃芃报考国画专业。

那还是芃芃上高二时，我获悉央美连续几年报考造型和设计专业的人数分别都在一万二三千人左右，造型录取率差不多是80个学生录取一个，设计将近40个学生中录取一个。而国画专业招40人，报考人数只有五六百人，差不多是15个学生里能录取一个。当时我就心里一动。

"谁想考国画哟?!"

芃芃一口把我的建议否了。她一门心思想考央美造型，我只得作罢。我至今都在纳闷，为什么现在的孩子大都不愿意选择国画专业。

另一个学生家长暑假亲自去北京考察了一些画室，为他的孩子选择了一家画室的清华美院包班。所谓包班，顾名思义就是打包票让你过。根据保证专业考上的大学不同，学费3万至6万元不等。还有专业保上中央美院和清华美院的包班，学费20万元。

打包票上某大学? 我对此总有些疑惑，除非这家考前画室与招生院校之间有猫腻。但就算有猫腻，又怎么可以堂而皇之昭告天下?

曾经教芃芃美术启蒙的毕老师说：包上某所大学? 这可能吗? 断

然不信。

毕老师的儿子与芄芄同届，他本来是文化生。当美术品市场被炒得如火如荼，美术作品每每爆出天价，一些外行也对绘画趋之若鹜时，毕老师却一直没让他儿子学画，按他的话说就是画画太难了。这让我想起画家吴冠中，他没让他的孩子继承他的衣钵，理由也是画画太难了。可是等到高一最后一次期末考试，毕老师的儿子数学才考四十多分，这才匆忙决定去画画，好歹得上大学吧。这次，毕老师的儿子也去北京，他竟然也选择了包班！

人到了关键时刻，往往由不了自己的理性做主，毕老师似乎忘记了他曾经说过不信什么包班的话。他自己解释说，他并不是相信什么包上大学，仅仅是因为听说包班的师资要强一些，抓得也紧一些。儿子画画起步晚，基础薄弱，在这样的环境里他才放心一点。也不是没想过自己带，但是行不通，一是儿子不听他的，二是没在考前画室待过，没见识过高手，孩子心里没谱，不知道前面的标杆在哪里。

我是彻底不信包上什么大学的事，也不存任何侥幸心理，只相信画好了才能考上。我抱定决心这次无论如何芄芄要进黎明画室，在家就电话联系了，说是两个月招生一次，八月底的招生已经过去了，下次招生要等到十月底。我想，那十月份就去 HH 画室先画一个月，等到十一月份再进黎明画室。

我上网查了，黎明画室的学费每月 2800 元，四个月 11200 元。再加上 HH 画室一个月学费 3800 元，总共学费也就是 15000 元。这比最便宜的包班还便宜了一半。

2008 年 9 月 30 日，我和孩子拖着大箱行李来到北京。这次要在北京待到 2009 年 3 月上旬中央美院专业考试结束，芄芄担心时间长文化课丢生疏了，还带上了一大捆书和老师编写的复习题。我把电脑也带上了，准备在做饭之余写点东西。掐好月底来，是因为原来去 HH 画室时听他们说过，哪怕只上十几天课也要算一个月学费，所以这个时候来正好可以满满当当画一个月画。

到北京已经是下午了。来京前联系过我们第一次来住过的那家家庭旅馆美邻公寓，房东说她家客满，可以住到她邻居家去，她的邻居也是"吃瓦片的"。我们打车从西客站直奔目的地。没想到的是，国庆假期，美邻公寓邻居家的房子也都提前预订出去了，预订房子的客人第二天就到，我们只能住一个晚上。在家时，我只想着抓紧时间让孩子去北京画画，却完全忘记了国庆节是旅游高峰期，北京各大小旅馆都会爆满这档子事。

那就暂时先住一晚再说吧。

我们赶紧丢下行李去找画室。当天得把画室定下来，第二天好让芃芃进画室画画。

不用倒计时去数，孩子专业高考的时间也会自动跳到脑子里来。距离元月初的湖南省美术联考只有三个月了，距离中央美术学院校考只有五个月了。央美造型考四科：素描半身带手、色彩头像、场景速写和创作。而芃芃的素描水平还有待于进一步提高，油画头像才刚刚画过几张，场景速写和创作基本上算没接触过！孩子的时间不能浪费，甚至一个小时也不能浪费！

首先还是去黎明画室。虽然在电话里已经被告知要等到十月底统一考试招生，可是我依然不死心，既然来了，还是要去试一试的。找到黎明本人，多多恳求，说不定就招了呢？

到黎明画室的时候，正赶上下课时间，但是从画室出来休息的学生却没有几个。院子里，一男一女两个年轻人陪着一个单瘦的戴眼镜的小伙子正在恳求一个教师模样的人让他进画室画画。小伙子把他的画带去了，想请那个老师看看。那老师说："画带来了也没用，我不看。等到十月底来考试吧。"

上课铃响了，学生们进画室去了。他们三人都想进画室去看，结果两个被拦住了，画室只许学生进去，不许家长和陪同人员进。

芄芄和那个小伙子进画室去了，我趁着这当口恳请那老师准许我孩子来画画，说来这里已经好几次了，都没能进来。为了证明我孩子画画还行，便打开带去的画请他看。他把画看了，说画得不错，只是素描衣服画得有点松，要加强，但是依然坚持说要等到十月底，说他们每次开会都是这么强调的，这样对全国的考生来说也公平一些——好像这家考前画室是高等学府似的。他说完就上楼去了。我举目打量画室这个小院子，宣传栏上有全体教师简介。刚才这个老师原来是黎明画室招聘来搞管理的。我想找到黎明本人，但是看不到他的人影。

黎明画室只有七月初进来的学生不用考试，因为那时候，艺考生还都在老家补习文化课，来北京学画的学生不多。估计画室一是为了抓经济效益，二是为了培养以后的生源，所以来者不拒。但是到了艺考生大量进京的时候，就严格考试招生了。当然，这实质上就是想招到优质生源，提高升学率。

芄芄从画室出来后，我问她怎么样。她用大拇指和食指比了一个一寸长的距离，说：

"我差他们这么远。这里也有画得很烂的。"

芄芄来黎明画室已经是第三次了，每一次来说的话，都让我感觉到了她的自信和进步。

黎明画室进不了，我们赶紧打车去中央美院对面的 A 画室。早就听说 A 画室是重点放在设计的画室，有几个授课点，也有考造型的学生，主要集中在央美对面的画室里。虽然原计划没想去，但是如果这个画室真的不错呢？

A 画室在一栋旧的楼房里。一级级楼梯走上去，墙上贴满了这家画室专业上了中央美院和清华美院的考生照片。也许是楼房过于陈旧的缘故，加上没人走动，感觉冷寂寂的。到了四楼，只看见墙上贴满了学生的习作，依然没看见人。

芃芃停下来看墙上的画。我往里面走，才看见里面的房间里有三十来个学生在画素描半身带手。我把芃芃喊进去，粗粗地看了他们的画，普遍不咋的，旋即出来了，只是芃芃对墙上的画还有些恋恋不舍。

我们又匆匆打车去大山子的 HH 画室。

HH 画室办公室门口有十来个人，差不多都是家长带孩子。

刚才在黎明画室看到的那三个年轻人也来这里了。与他们攀谈起来，得知他们来自福建，三人是同学，一个在北京服装学院读大三，一个在人民大学念大二，那个戴眼镜的小伙子还在备战高考。算来他至少已经在读第四个高三了。

HH 画室也是先看学生带去的习作，然后现场画一张速写算是考试。那个福建来的男生就坐在走廊上画速写，他同学给他当模特。我站在旁边看了一下，画得不怎么样。都第四个高三了，还这水平，真替他感到难。

那个念北服大三的男孩跟我说："你小孩画得不错，只要正常发挥，肯定能上央美。"

我说："难。我小孩说，她与黎明画室的水平还有不少差距。"

坐在电脑桌前的年轻女子正在看一个女生的画。芃芃也挤过去看了一下，回来在我耳边悄悄地用湖南话说："妈，只怕这个画室的水平高是假的。刚才那个学生的画很差，那女老师也说画得不错。"

芃芃想去画室看看，一个中年妇人很权威地拦在门口不让进，说上课的时候，怎么能打扰？又严正地对我说，你做家长的想想，如果你的孩子在里面画画，这个来看，那个来看，还怎么画画？只允许我们在走廊里看宣传栏里面的画。

宣传栏里面的东西怎么能看得出画室里的情形？芃芃说："那就等下课了再去看吧。"

"下课了也不行。下课了只是模特休息，学生还是在画的。"权威中年妇人说。横竖她都有理由。

芃芃的画被那女老师看过了，当然说画得很好，问在哪里学的。芃芃说在单老师那里。那女子说单老师是央美油画系毕业的，就是经验差了点，所以画室才没有办上去。她让芃芃画张速写。

正巧下课了，坐在我身边的那个人大女生对芃芃说："你进去吧，反正他们也不知道。"芃芃便起身准备进去。这时，这里的一个工作人员跟着就进去了，寸步不离。画室的门开着，芃芃往里瞟了一眼，他赶紧把门关了——好像里面有什么秘密似的，让人不得不怀疑里面学生的水平。

突然听说一个月要缴学费 4800 元，我以为听错了，往墙上一看，果然是写着两个月 9600 元。

我问："你们的网页上不是说一个月 3800 吗？怎么变成 4800 了？"

权威中年妇人说："涨了。"

坐在电脑跟前的年轻女子说："我们只愿意招一次缴清五个月学费的学生。把单月缴费提高，就是不想招短期缴费的。我们又不好说他们画画得不好。说他们画得不好，不是伤害了他们吗？他们看见费用高，自然就走了。"——这话说不通，似乎能一次缴清 15500 元的学生，画就一定好似的。

芃芃在速写纸上已经画了一个人物速写的头部，画得还不错，听说学费要 4800 元一月，把速写板往椅子上一搁，说："不画了，不在这里画。"

我说没关系的，贵一点就贵一点，反正在这里只学一个月。

芃芃毫不犹豫地说："不在这里画。四千八，贵死了。比我同学的学费要贵两千多块钱一个月。"

正好权威妇人出来了，看到搁在椅子上的速写板，问道："怎么不画了呢？"

"学费太贵了。不想在这里画。"孩子的语气近乎生气了。

我带芃芃准备走。那个福建来的男孩也犹豫了，说这里学费太贵。

我见他迟疑的样子，就说我们准备去 N 画室看看，如果行就先画一个月，然后再考黎明画室。那男孩说他也是这么想的。人大那个女生说："干脆去清华那边的画室吧。我在那里学的，反正专业能保你过。"北服那个男生说："这里不贵。15500 元，五个月，差不多一个月 3000 元。你去黎明，四个月也要 11200 元。这个月的学费还要 3000 元吧？你就在这里画吧，除了黎明，这里应该算是比较好的了。再说她考得上黎明，你不一定考得上。"幸亏那男孩还在五心不定地东张西望，最后一句话估计没有听到。不然，这么直接的话恐怕接受不了。

我看了一下时间，已经下午四点多了，心里有些着急，得赶紧去 N 画室，再晚一点，画室就要下课了。

偏偏 798 门口打车难，好不容易才拦到一辆出租车。赶到 N 画室，芃芃直接进教室去了，我被大门口的一位男教师拦截下来，说家长不能进去，有事到旁边办公室找老师咨询。

画室外面的长条木凳上坐着两个家长模样的人，一个女孩站在旁边看墙上的画。那位父亲问我："你也是为孩子找画班来的吧？"我往画室里面张了张，估计已经下课了，画室里面没几个学生，走廊上倒有一帮学生，正在听老师布置什么。

芃芃从画室出来了，我问她怎么样。

"就这样啦。觉得他们画得很板，一块一块的。"芃芃又抬头看了看墙上的素描，说，"你看看他们贴出来的，也就是这样……也许是我素描太强了吧。"

"有高手吗？"我问。

"没什么高手。有两个，也同我差不多。不知道他们为什么不画半身，还在画头像。黎明画室在画半身。"

"那你在这里画不？"

芃芃不无忧虑地说："我担心我的风格会被改变呢。要不还是去单老师那里吧？"

听孩子这么说，我也担心起来，都说芃芃的画味道正，如果在这里画，反而失去了原有的长处，岂不是得不偿失？我说："那就去单老师那里？但是她画室里没有高手。"

"那就在这里吧。"芃芃也在犹豫，这个画室毕竟曾经出过央美造型高考全国第一名。

于是，我们走进了画室的办公室。办公室里坐着一位年轻女子，她说进班必须考试，今天已经来不及了，问带画了没有。我说带了，便打开去的那几张画。正好进来一位男教师，他看了，问道："都是你画的？"芃芃说是。那老师说："不错。来画吧。"

那年轻女子笑道:"进来都必须考试的。你就先进来吧。"

我问她一个月学费多少。她说一缴就是两个月的,6000元。我问能不能缴一个月的,她说不能,因为现在给大家打基础,等到基础打好了,又走了,所以必须一缴就是两个月的。

黎明画室十月底就招生,芃芃只能在这里画一个月,我只好撒谎说没带这么多钱。

那女子让我先缴一部分钱,余下的叫家里寄了再交。我正准备把一个月的学费交了,她又说画室从明天起放国庆假,四号才上课。我顿时便犹豫了,芃芃这几天不能画画,时间岂不浪费了?得找一家不放假的画室去。但是万一到时候又来这家画室呢?也不能把话说死了。

"不行哦,我必须在这里打工给她缴学费。"我这么说着,都感到有些不好意思了。

那女子有点疑惑的眼神看着我说:"你是有文化的人吧?"

"我下岗了。"我顺口胡编。

也幸好刚来北京,疲劳不堪,穿着棉布暗红的格子衬衣和牛仔裤,估计看上去同下岗女工没什么区别。

那女子立即露出理解和同情的神情,感叹说:"带孩子学画真是不容易……找什么工作呢?"

我猛地想起无意间听到家庭旅店的女老板说要请人的事,就说:"听说一家旅馆招服务员。"

"我们这里倒是要一个人,管理女生宿舍,打扫卫生。"那年轻女子说。

对她的好意,我只哦了一声,不敢继续说下去。然后问在附近租房子的事,她表示理解地介绍说租地下室比较便宜。我又问与人合租,好租不?她说合租也贵。

我问她要了电话号码，如果到时候来这里的话，方便联系。她把一本画室的宣传册给了我一份，上面有联系电话。

　　从画室出来，芇芇说："妈妈，刚才你的脸同你的衣服一样红。"

　　已经是下午五点了，该看的画室也都看过了，这才记起还是早上在火车上吃了一盒方便面的。看见一家面馆，我们就进去了。北方人吃东西真是蛮实，满满一大碗，抵得上在湖南的两碗。我再怎么饿，也吃不了这样一海碗，味道还不好，难以下咽。孩子也吃不下，辣酱也没有，后来弄了一点辣椒油，味道还是不好。

　　从面馆里出来，已是万家灯火。跑了一天，这时我才感到两腿有些迈不动了，拦了一辆"慢慢游"①去找明天将要落脚的旅馆，心里直叹气：早知道国庆期间各画室都放假，也就不来了，在家待着多好！现在只能待在旅馆白白地花钱。

　　又是钱！

眼袋突然来袭

　　坐"慢慢游"去曾经住过的那家工厂招待所，我心里有些惶惶不安。今晚落脚的那家旅店只能住一晚，也就是说我必须在明天十二点前找到住所。这原本是一件多么简单的事，但是考虑到省钱就麻烦起来。来京前就听说奥运会后，北京的物价噌噌噌地涨上去了下不来，旅店的房租无疑也涨了。更何况遭遇十一长假，不仅涨价，说不定还早已

----

① "慢慢游"，方言，指的是一种城区载人的小三轮车。

客满。

　　到了那家招待所，一个男子刚好在我们的前头办理登记。服务员是个中年妇人，她说只有一间房了，230 元一晚。

　　这个价格在京城的旅馆里也算是很便宜的了。但是我听了，心里仍然一哆嗦，去年夏天才 160 元呢，今年就涨了 70 元。奥运会果然让房租提价不少。

　　这家招待所隔我们今晚落脚的旅店有三站地，我同孩子走路回去，一路讨论着十月份到底该去哪个画室。芃芃考虑来考虑去，说还是去单老师那里吧，因为 N 画室要到四号才上课。

　　回到旅馆，已经快晚上十点了。我让芃芃洗了澡赶快睡觉，一整天马不停蹄，孩子已经很累很累了。

　　我给单老师打电话，她的画室刚搬了地方，在新航线。

　　画室定下来了，我就上网查出租房信息，我必须尽快把住的地方找好。这次将要在北京待五个多月，钱又有限，除了必须的开支，其余的能省则省。每天花一两百块钱住旅店，总觉得那是糟蹋了。以前听人说花钱像割自己的肉，现在我也有了同感。找好了住的地方，我的心才会安定，孩子也才能最快地进入学习状态。

　　可到底是在单老师画室所在的新航线租房呢，还是在黎明画室所在的南湖渠小区租房呢？

　　在新航线吧，一个月后还得搬到南湖渠，到时候又得去租房，一想到还要折腾一次，我就开始畏难。在南湖渠吧，虽说两个画室相距只有五六站地，可这一个月孩子每天跑来跑去，时间又浪费不少。

　　最后，我把两个画室附近价格能承受的房子各找了一大堆，恨不得立即打电话联系去看房子，看看时间到了夜里一点多，只好作罢。

心里有事，觉也睡不安稳。第二天早上五点多就醒来了，就想打电话联系房子，可这个点人家还在睡觉呢，不得不耐着性子等，一分钟一分钟地挨，好不容易挨到八点多，电话打出去，对方基本上都还没开机，要么手机通了没人接。

终于接通了一个电话，我问有没有单间。对方说有，价钱从1500元到1800元一月，可以租一个月。我又问有没有带阳台，能不能便宜点。之所以要找带阳台的房间，就是考虑到天天关在一个狭小的空间里人会憋闷得慌。有阳台，感觉就有一个透气的地方，住在里面，我和孩子的心情就会好一些。情绪会影响学习，我必须在力所能及的范围内让孩子心情愉快地迎接高考。

对方没有立即回答我，只说他们商量了再给我回话。我可等不得，接着打电话。电话不间歇地拨出去，有的说房子已经租出去了，但大都还没有开手机呢。九点多，一个电话通了，一个年轻女子的声音在那头说今天不能看房，她住在父母家，回去要两个多小时，要等到第二天下午三点才能看房。她自己是房主，网上贴了照片，房间靠南带阳台，房租1200元一月。

这个房子在黎明画室这边。那就是这家吧。

这么定下来了，可是心又悬了起来：到时候，孩子考不上黎明画室怎么办？

芄芄倒是信心满满，说："黎明画室都考不上，还考什么央美？"又说，"我看黎明画室里面，也就同我差不多。也有很差的。"

我想来想去，觉得还是应该去找黎明本人说说看。芄芄坚决反对，说她要考进去。

住所大致算是定下来了，我心里也安定了许多，像是完成了一件大事。上次寒假在北京学画用过的棉被等用品打包寄存在一个朋友的办公室，我打电话给她，她邀我带孩子去她那里住。我想着也行，但又犹豫着，因为路途不近，这次带来的一大箱行李拖来拖去可不方便。

我跟房东商量能不能把行李寄存在她家，明天下午一准来拿。房东是朝鲜族人，基督教徒，夫妻两口子都挺和善，曾经在韩国多年，也是经营家庭旅店。她迟疑了一下就同意了。后来又问我，要不就住在她家，一个晚上70元，把她女儿的房间腾出来。——她女儿比我芄芄小一岁，还在上初三，一张小小的韩国美女脸，爱漂亮，小小年纪每晚都敷面膜。她就住在一个小隔间里，里面没有床，被子铺在地板上。

我想了想，也不错。70元一个晚上，估计全京城找这么便宜的地方也不容易。地铺就地铺吧，她家很干净，白袜子踩在地板上，袜子还干干净净的。

晚上有了着落，我松了一口气。朋友那边就不过去了，免得来回跑。

北京的天气非常奇怪，已经是十月了，还闷热异常。汗一出，身上就像涂了一层油垢。来北京时，湖南已经很凉爽了，所以夏天的衣服一件没带。去超市买了一件廉价的套头衫。芄芄懂事得让我心疼，为了省钱，怎么也不同意买一件夏装，依然穿着薄线衣。

回到旅馆，实在是太累了，把门插上，我和孩子竟然昏昏沉沉睡了一下午。下午睡了，晚上睡不着就写稿子，一直写到夜里两点多。

到北京的第三天上午，孩子在旅店看书，我又去了一趟黎明画室。我依然不死心，如果芄芄这个月在黎明画室，就能省掉许多麻烦，可还是没看见黎明本人。

在黎明画室门口碰见从东北来的母子俩。几大件行李，儿子小肖背着画夹，正举棋不定这个月该去哪里画画。他们也是奔黎明画室来的，现在黎明画室进不了，也就同我们一样，想先在别的什么画室先画一个月，等到十月底再来参加黎明画室的招生考试。

小肖妈妈拿出相机翻给我看，都是拍的小肖的画。图像太小，我也看不大清楚，听这位妈妈的语气，她儿子画得不错，我便推荐他去单老师那里。我也是有心的，如果这孩子真画得好，芃芃去了也有一个学习对象。

中午回旅店与孩子一起吃了中餐。下午三点是约好的看房时间，我又去了南湖渠小区。那房子说起来是个三房一厅，也就六七十平方米。房东是个年轻女子，她和她男朋友住一间。北边的一小间住着一个大学毕业没两年的男孩。我去的时候，大家都在。我心想年轻人没有中老年人那么多怪习惯，好打交道。

二话没说就签了合同，付了三个月房租一个月押金，拿了钥匙。

回到旅店，女儿说，今晚我们住过去吧。

我有些迟疑，今晚就住过去的话没有棉被，因为现在单位都放假，搁在朋友办公室的棉被只能等她上班了去拿。芃芃是多么体谅家里的难处，她说："我们不是带了棉袄吗？今天晚上，我们就盖棉袄。在这里住太不划算了，那边已经付了房租，还在这里住旅馆，白白浪费70元。"

于是，这天晚上，我带着我的孩子，在租来的房间里，把从家里带来的被单往席梦思上一铺，盖着棉袄睡了一晚。

睡了一晚起来，我眼睛下面忽然吊了两个鹌鹑蛋——长眼袋了！

什么叫不相信自己的眼睛？此刻就是！

我坐在镜子跟前，恶毒的情绪迅速泛滥：眼睛下面的皮松垮垮的，松垮垮的皮里裹着两个煎鹌鹑蛋，人看上去一下子像老去了十岁！我就这样一夜枯萎了呀！前些天在家的时候，觉得自己看上去还年轻着呢。突如其来的衰老让我顿时生出许多感伤。

芃芃早上醒来也说："妈妈，我鼻孔里、喉咙里都干得很。木乃伊就是这样制成的。"

外面阳光普照，但是我丧气的脸，足够遮住满天的太阳。都说北京的十月是一年中最好的时候，不仅秋高气爽，还有香山红叶可以怡情。适合的才是好的。我一点感受不到北京十月的好。十月干燥的北京暴土扬尘。只要出门一趟，回来就是一身灰，每一根发丝似乎都在灰尘里打过滚，衣服的每一根纤维似乎都裹满了灰尘。我怀疑是干燥让我三天就长了眼袋。

一世不出门，是个大福人。我非常认同老家这句话。我没出息，只愿意待在有着绵绵雨季的江南，湿润的空气滋养着我的皮肤，心情在淅淅沥沥的小雨中，也分外的宁静安详。可是，我不得不出门来到不适合我的京城，因为我要陪孩子。

于是，我的孩子遭殃了。

"不知道来北京干什么。别人家的孩子都是自己来的。"

孩子满腹委屈，不满地嘀咕一句："什么都怪我。"

孩子的话又遭来我一顿抢白，然后我也不理她，独自去了楼下的花园，突然意识到自己的情绪失控了，又想起只有几个月就要高考了，不能影响孩子的情绪。等我在楼下坐了一会儿回来，孩子正在房间里面哭。

我道歉说："宝贝，以后妈妈说你，你不要生气。妈妈肯定是到更年期了。"

情况越来越糟，到北京的第五天，脸上的皮肤摸上去如同摸一块糙树皮，还火辣辣的疼。皮肤也变成锅巴了。

虽然我在孩子跟前控制着自己的情绪，但是心情依然像被毒蔓缠着，缠着我的情绪往下落。我越来越打不起精神，什么都不愿意做，电脑都不愿意开，更甭提写稿子。我努力调整自己，想让自己高兴起来。走在大街上，就刻意去想着太阳多美好呀，对着太阳咧嘴打哈哈吧。可是嘴咧开了，笑意没有。

还是孩子对我的心态调节作用最大。十月三日，芃芃开始画画了。画室十月份的课程安排是这样的，先画油画静物，再画油画头像。芃芃的头像无疑是这个画室画得最好的，不仅让同学们观摩学习，也让每一个进画室的家长在她的画前驻足。有一个老师毫不怀疑地跟我说："您放心，您孩子肯定能考上央美。"老师们都希望芃芃能进全国前几名。

老实说，我丝毫没有为之沾沾自喜，心里非常清楚这只是一个六七十名学生的小画室，既没有名气，也没有高手，就算芃芃是这里画得最好的也不一定能考上央美，这就同普通中学的第一名不一定能考上清华北大是一个道理。再说没有高手，芃芃就没有学习对象，反而是在带着别的孩子画。当然好处也不是一点没有，既然画得好，老师对她的关注自然就会多一点。

不管怎么样，孩子画画能获得好评，对我就是一种莫大的安慰。

为了让心情好起来，我努力让租来的住所变得有家的感觉。我是一个习惯性很重的人，在一个习惯了的环境里，才会感到安稳。我把从家里带来的用品悉数摆上，又买来两盆盆栽，其中一盆是茉莉。植物的绿色和洁白茉莉花的香气能助我心宁气静。

孩子画画去了，我又强迫自己打开电脑，尽管看电脑眼睛灼痛。

这一招还真灵，才写几个字，心就静下去了。写完带孩子去中国美术馆看画展的那篇日记，毒蔓在我的心里消失于无形了。

对孩子，我满心愧疚：芃芃不仅学习不错，还懂得心疼妈妈，可我稍不如意就埋怨她。我真的好过分！

芃芃知道家里经济不宽裕，处处节省。去画材店买颜料，她喜欢金色和银色的颜料，付款时，听说要19元一支，又把这两管颜料放下了。我要她买，她依然不肯。

孩子不愿意看见妈妈老去，得闲就轻轻地抚摩我的眼睛。

有一次吃过中餐，距离下午上课还有一点时间，我们就去超市买东西。芃芃一直说要买洗面奶的，我总是忘记。这次我记起来了，她却说不买了，看见去眼袋贴和面膜，却一定要我买，说："这个抗皱的，这个去眼袋的。妈妈，买吧。"

说起来简直令人难以置信，我人到中年了，还从来没有关注过护肤品。一瓶橄榄油，脸上手上全靠它，从春搽到秋，从冬搽到夏。虽然如此马虎对待，皮肤竟然还很好。但是来北京没几天，皮肤就变成了"锅巴"。我不经意在网上才得知原因，说是秋天气候干燥，应该更换护肤品。

我不能把钱花在护肤用品上，孩子的学费、房租、生活费、画材等都得花钱。可是脸上的问题也要解决，于是便买了一盒既便宜又放心的儿童保湿霜和几张补水面膜。还真有效，补水面膜一贴，然后搽一点儿童保湿霜，脸上的"锅巴"就无影无踪了。

但是眼袋去不掉。我想这是内里的一种改变，里面鹌鹑蛋样的两坨肉不是喊没有就没有了的。

我纳闷了，怎么突然长眼袋了呢？

也许是太累了。来北京之前的几天，碰上一堆烦心事，人陷入极度焦虑中。我通宵通宵睡不着，疲劳异常，白天眼睛都打不开，只能眯着。后来发展到眼睛灼痛，眉头皱着，眼睛皱着，心情也皱着。

再一个就是北京的阳光似乎比南方的充足，白晃晃的分外刺眼。走在阳光下，眼睛就紧张，不自觉地眯着。一个动作无限地重复，那块眼袋肌肉得到了格外的锻炼，自然就明显了。好笑的是，我自己长了眼袋，那些日子对别人眼睛下面也格外地留心。看人的时候，不看别处，单单盯着对方眼睛下面看，结果发现北京人长眼袋的还真多。心里越发肯定长眼袋与北京的气候有关，不然，湖南怎么没有那么多人长眼袋呢？

芄芄提醒我注意休息。她说："妈妈，你以为你的眼睛是铜墙铁壁呢。一天到晚，不是看电脑，就是看书，要么就是看电视，从来就不保护它。"

我深以为然。我开始保护眼睛，贴去眼袋贴，按摩，早晚两次兢兢业业搽眼霜，可惜不见一点效果。买了一副廉价的墨镜戴上，还不错，眼睛躲在镜片后面，很放松，能睁得大大的。街上没有人戴墨镜，我也不管，反正谁也不认识我。

芄芄笑得咯咯的，说："你这个样子是装大腕呢。"

孩子话音刚落，迎面来了一个戴墨镜的男疯子，一边走，还一边手舞足蹈。我说："满大街，现在只有我和疯子戴墨镜。"

后来又在市场上讨价还价半天花一百块钱买了一个加湿器。买不买加湿器，我犹豫了好些天，一百块钱也是钱呀，能买好几管油画颜料呢。但是长眼袋与干燥脱不了干系——眼部皮薄，一干燥，皱纹和眼袋就出来了。我想象着加湿器喷出来的湿雾滋润着脸部肌肤，多少就有了点江南微风湿雾的感觉。为了排除所有让我突然长眼袋的因素，我到底还是买了。

中年妇人爱惜自己的容颜，就像老太婆爱惜自己的最后一颗牙齿。

为两个眼袋，我的心情好些天像被阴霾遮蔽的天空。有一个晚上，我没有看书就早早睡了。第二天早上起床，第一件事就是照镜子。镜子告诉我，我没眼袋了。那两个眼袋就如同突然来袭时一样，又突然神奇地消失了。

我的心情立即像窗外的阳光一样明媚。

当孩子遭遇负面情绪

十月中旬，每天早上醒来，我就能听到院子里喜鹊喳喳地叫，就像有喜鹊在我心里喳喳地叫一般。我觉得喜鹊的叫声仿佛给我送喜报来了，我对孩子的高考充满信心。

毕老师没有我这样的好心情，他儿子去了京郊小汤山的一家画室。去的时候，画室的老师看了他带去的画，说："你的水平在这个画室里应该是最好的，考中央美院没有问题。"做父母的听了这话，自然是喜气洋洋。

但是孩子一进画室画画，情况突然来了一个大逆转。孩子的母亲在画室陪了儿子一星期，等她前脚刚走，人还在火车上呢，孩子电话就追打过去了，吵着要回家先画一段时间再来，说自己是画室里画得最差的。

孩子无法坚持下去，毕老师直叹气："这怎么得了，肯定大学都考不上。"

虽然是个男孩，自小也是娇生惯养，含在嘴里怕化了，捧在手里怕飞了。在家时，因为父亲是画画的，办班的同仁自然对他照顾得多一点。但是到了北京，画室的老师对他并没有特别的关照。再加上起步晚，基础相对薄弱，老师对他的关注就更少了。画室的情况基本上都这样：画得越好，被关注得就越多。孩子得不到肯定，对自己也就越来越没有信心，最后完全找不到自己的位置了。

在这种情况下，依靠孩子自己的力量很难一下子调适过来。更何况到底只是一个十六七岁的孩子，又从来没有离开过父母，所以当母亲离开，他心里最后一点依靠也没有了，便大大地恐慌起来。

孩子失去信心，父母只能在遥远的地方干着急，除了打电话安抚，还能有什么办法呢？父母要上班，不能为了孩子的高考，把饭碗给丢了。

没承想，芄芄不久也出了状况。

十月十八日是央美九十年校庆日。画室的老师要么是央美毕业的，要么央美在读，都参加校庆去了。没有老师上课，就安排考试。上午考素描，下午考创作。

芄芄告诉我：如果考试第一名，老师说奖 50 元钱。

我估摸着孩子度量画室的情况后，觉得自己有把握拿到第一，同时又不放心，怕万一拿不到，就说："宝贝，考试是不是第一不重要，你只想着把画画好就行了。"

芄芄没再吱声。

那天上午送孩子去画室后，我去照相馆拿送洗的照片。这些照片都是创作素材，一部分是芄芄拍的，一部分是在网上下载的。拿了照片，我再到美院附近的画材店买下午创作要用的水粉颜料，再坐车送到画室来。

到画室已经快十二点了，芃芃还在画画。

一幅素描前站着几个学生，我一眼就觉得那张素描不错。也就在那一瞬间，我也有点为芃芃在乎，因为孩子在专业上一直很骄傲。可是转而一想，有对手好呀，不是正发愁没有高手吗？

芃芃见我来了，起身拉我到那幅素描跟前，说这就是我在黎明画室门前碰见的推荐来这里的那个东北男孩小肖画的。他已经不在画室了。芃芃说他只画了两个小时，画得真好，很抒情，又很扎实。

我说你要向他学习。

芃芃说，这种感觉是天生的，不是学来的。然后又拉我去看另一个学生的画，这张素描没有画完，但是画这张素描的学生也不在画室了。芃芃悄声跟我说，这是那个央美附中的复读生画的，你看神吧？他才画一个多小时，虽然没有画完，但是看得出画得很好。

考试要考到十二点半，我就去老师的办公室坐会儿。等到考试快结束时，再去看了芃芃的画，一眼就瞟见了问题，于是就直截了当说道："比例不对。右胳膊短了。"

孩子突然生气了："你说话怎么这么难听？！不是说我这里画得不行，就是说我那里画得不行。你能不能不说？！"

画室里的小孩都散了，只有三两个女生在房子的一角不知道商量什么，还有两个学生在阳台上准备下午考试的颜料和纸张。我被芃芃这几句话一下子给气蒙了，但是这是在画室，我不能当着其他孩子的面训斥她，只得压低声音严厉地说："你怎么说不得呢？！"

芃芃的眼里顿时就含了泪，坐在凳子上抬脚对着画架一脚踢过去，但是到底有所控制，恨不得狠狠的一脚，变成了轻轻的一脚。气没有发出来，便化成了滚滚的眼泪，顺着脸颊流了下来。一边流眼泪，还一边手不停地修改画面。

看着孩子莫名的眼泪，我气得不行，怎么就只能听好话呢？我作声不得，憋了许久，到底压住了火气，尽量语气淡然地说："算了，不画了。"

孩子也不听我的，手依旧机械地用纸搽着画。我把画板提起来，搁到旁边，低声地严厉地说："算了。去吃饭吧。"

孩子赌气地低声说："我不同你吃饭！我昨天晚上不是已经跟你说了嘛，我中午不同你吃饭。"一个女生正蹲在不远处整理调色盒，芃芃把头往那边偏了偏，说："我同她们一起吃饭。"

我站在那里，半天说不出话来。忙忙叨叨一上午，刚才坐在办公室等她下课，感到肚子饿起来了，才记起早餐还没有吃。已经快一点了，孩子不同我一起吃饭，我既不能发火，又无话可说，就那么站了一会儿走了。从画室一出来，我气得眼泪从眼眶里一滚就出来了。

很快我就醒过神来。我的孩子碰到对手了，她在乎了。以前也不是没有碰见过比她画得好的同学，但那时她是低年级，人家是毕业班的复读生，她可以不在乎。现在不一样了，大家都将处于同一个竞技台上——这些画得好的孩子，都是瞄准中央美术学院造型去的。来这个画室后，一直在画油画头像，今天画素描，突然发现有人出手不错，她预感到对方的素描比她强，这个被关注被表扬宠惯了的孩子，原本以为稳拿的第一名受到挑战，情绪开始出现波动。那些原本每次看她画画的同学都去看别人的画去了，她被冷落了。被冷落了的孩子心里负面情绪不断累加，画画还如何专心？

而我当时根本没有理会到孩子这种心情，反而直通通地指出画面的不足，于是孩子的情绪就发泄到了我身上，也因为我这里是她发泄坏情绪最安全的地方。

人同此心心同此理，我不能责怪芄芄。作为陪读家长，除了搞好后勤服务，为孩子排除生活杂事的打扰让她安心画画外，还得时时关注孩子的心理动向。当孩子遭遇对手，出现嫉妒、自卑，甚至放弃等不良情绪，一定得及时疏导。只有摆正心态，才能博采众长，学习才能进步，也才能有自信有劲头往前冲。后来我发现，不说所有在外学习的美术生，至少也是大部分，他们都曾遭遇过类似于芄芄和毕老师的儿子之类的心理困扰。有的随着时间的推移，会慢慢适应过来。而有的孩子则长期陷在一种负面情绪里，寻不到出路。

第二天，我心平气和地问芄芄，昨天为什么是那个态度。

"因为画室里有比我画得好的。"

果然被我猜中。我说："宝贝，你来北京，不就是找人学习的吗？如果没有比你画得好的，你来学什么呢？人家画得好，你应该高兴才对。把人家的长处学过来变成自己的，你不就进步了？你看武打片里面那些功夫盖世的人，一开始并不怎么样，但是他们善于博采众家之长，最后才成为盖世高手。再说，也未必就是他画得好一些，你也有长处。你的素描有人物个性。他的素描虽然像你说的很抒情，但是把一个土得掉渣的农民模特画成了一个优雅的知识分子，失去了人物特征，也未必就好呀。"

芄芄平心静气了许多。她说："小肖如果参加国画系的考试，肯定分数很高。不过，他的画法我不喜欢，同别人的画摆在一起，冲击力不够。但是，他画得真是很扎实，又快又扎实。"

孩子的心态很快就调整好了。因为十月底黎明画室招生考试考素描，为了考前热热手，她每天只画半天油画头像，留半天时间画素描。她说她从小肖的素描里得到了启发，随后的几天里，她觉得自己的素描画得也越来越有感觉。

毕老师的儿子到北京后的较长一段时间里，情绪都不稳定，刚开始是吵着要回家去，后来又是每天几个电话打给父母，吵着要去别的画室。

毕老师心急如焚，孩子一直这么毛躁，如何还能沉下心去画画？心不沉静，又如何能进步？但是他得上班。他原本想等工作告一段落后即刻去看孩子的，没想到这个时候他老父亲偏偏病倒了，而且病来势汹汹，幸亏送医院抢救及时，才缓了过来。

一边是儿子一天几个电话，一边是躺在重症监护室插着各种管子的老父亲，他们都到了人生最关键时刻：儿子将要迈出他人生最重要的第一步——高考，老父亲的生命受到了威胁。作为儿子的父亲，作为父亲的儿子，毕老师不能弃任何一方不管。高考日益临近，儿子目前还五心不定，再不去管就会考不上大学。考不上大学，儿子以后几十年的人生该怎么办？他不敢去想象。但是他不能离开，身体陷入巨大痛苦中的老父亲，再不去陪护，也许他将永远见不到了。

何谓"上有老，下有小"？守在医院重病的父亲身边，接着儿子让他忧心的电话，这个时候便分外显示出这句话的分量来。他心疼、焦虑、疲惫，又毫无办法，只能在电话里一再给儿子做安抚工作，又电话拜托我去打听他儿子想去的那家画室情况。

我在网上搜索，没有找到那家画室的相关信息，然后七打听八打听，原来那是家二三十人的小画室，就在中央美院附近。我把相关情况告诉了他，请他斟酌。然而他到底不放心，说还是亲自来一趟北京。

等到老父亲情况稍微稳定，毕老师度其情形，觉得一时半会应该不会有什么变故，于是狠狠心丢下还插着呼吸机的重病中的父亲，赶往北京。他不知道儿子的情形有多么糟糕，他恨不得一步跨到儿子的身边！

急匆匆地赶到儿子所在的画室，守在儿子的身边亲自指导。孩子的画迅速上了墙。上墙的画，都是老师从众多学生的作业中挑出来的优秀习作。父亲的到来，给了孩子一根主心骨，孩子的自信心顿时大增。

人在儿子的身边，心时时牵挂着医院里的老父亲。在儿子身边待了不到两天，他又匆匆地往回赶。他原本想坐火车回去，后来还是直接去机场了，他担心老父亲的生命等不了他坐火车的这十几个小时！他恨不得一步跨到父亲的身边！

写下关于毕老师的这段话，我自己都感到沉重得不能负荷。

不让父母省心的孩子

十月下旬的一个晚上，我照例七点多出门去画室接孩子。下楼了才发现天上飘着麻麻细细的雨点，懒得再爬楼回去拿伞，心想这小雨来得悄没声息的，天上没见乌云，事前也没刮狂风，来北京二十多天了，天气一直晴好，应该不会下大雨吧。

坐公交车在新航线站下车时，一阵风旋过来，旋起地上一层黄叶，头顶上也成阵地飘下树叶来。

啊！叶子都黄了，零落了，前几天都还没见地上有落叶呢。雨也下大了，似乎一落地就能溅起一个小水窝，只是天暗下来了，看不见罢了。

离画室下课时间还早，我就去画室附近的超市买一点日用品，不期碰见了那个东北男孩小肖的妈妈，我们俩便坐在超市门口的凳子上等外面雨停。

"你儿子画得很好呀。"我夸赞说。

小肖的妈妈一口地道的东北腔。她也毫不掩饰地夸赞自己的儿子："我孩儿画了九年国画，三年素描。现在刚开始画，上手了会越画越好。我孩儿国画过了十级，书画过了九级。原来上附中时，老师布置了书画作业，我孩儿把自己的作业写完了，还帮好几个同学写。"

原来小肖曾以优异的成绩考进央美附中，并在附中读过一年书。我看过他的素描，感觉有国画线描的味道，又听他妈妈说他书法也很好，就说："你儿子可以考国画系呀。"

"他不喜欢呀。他要画油画。"

这孩子真是不错，素描画得好，国画也好，字也写得好，可见做父母的对他从小的培养没少花心血。我心想这孩子专业高考应该问题不大，就问文化成绩咋样？

她哎呀一声，说："就是文化成绩不好。数学不好。"

"大概专业好的，数学都不怎么好吧。"我想起了芄芄的数学成绩。

"我孩儿不爱学习，贪玩。在附中读了一年，不好好读书，我就把他又弄回去了……我看你女儿好呀，一看就是憨厚听话的。我孩儿不听话，他是跟了好人学好样，跟了坏人学坏样。"说着说着，突然生起气来。

她儿子怎么了？我听得一头雾水。

"你说吧，我孩儿在这里画得好好的，他也跟着跑来了。这又不是怎么有名的一个画室，我孩儿在哪里，他就跟到哪里！"越说情绪越激动。

我这才想起前些天芄芄跟我说的画室来的那个附中复读生，当时芄芄还很高兴，因为一直认为附中的学生应该专业很牛，正好可以见识见识。自从那男孩来了，小肖就不认真画画了，每次画了几笔，两个孩子就跑得无影无踪。有一天下午，我带一个独自在京学画的女孩在我所住的小区租房时，还碰上了他们两个在外面玩。

"你是说那个附中毕业了的男孩吗？"我问。

"不是他还是谁？我孩儿在附中上学的时候，他就伙着我孩儿一起玩。就是因为他，我才把我孩儿弄回去的，北京户口都不要了——孩儿还是不能放手早呀。我孩儿以前多乖呀，特别听话，就像你孩儿一样。你孩儿带得好，一看就带得好。"

我还以为这两个孩子是在这个画室认识的，因为都画得不错，物以类聚，才玩到一起去的。谁知道渊源这么长。

她又说："这个画室呢，我看那个管理员妈妈还好，还管孩子。只是画得好的太少了，我孩儿说只有你孩儿画得好一点。"

我注意打量了一下这位对儿子恨铁不成钢的妈妈。她个子高大，本白色的休闲裤，棕色休闲软皮鞋，墨绿色的紧身套头衫外面是一件长长大大的黑色灯芯绒马甲，围一条墨绿色暗花丝质围巾。头发染黄了，脸上涂了眼影、口红、粉。看得出是个讲究的人。

她决定二十七号回去，因为这天上午黎明画室招生考试，她要看着儿子进了黎明画室再走。问她为什么不陪孩子这几个月，只有几个月就要高考了。

她为难地说："我在一家公司上班，假期超过一天都不行。请假也请不动。说这几个月不要工资也不行，要么就别干了。我不能为了这几个月，把工作也丢了呀，以后还得活呀。"

她原计划是租房子的，因为她不能陪读，租了房子让儿子一个人住反而不放心，还不如让儿子住在画室的宿舍里。刚来那些天，她就住在画室的女生宿舍里。住了些日子后，宿管员不让住了，她只好去亲戚家住。设身处地想，住亲戚家也不自在。再好的亲戚，哪抵得上长住呀。她不想打扰亲戚太多，又没有地方可去，于是白天就满北京城逛，到晚上了才去亲戚家住一下。

外面雨似乎小下去了，我们赶紧趁这当口去画室，怕等会雨又大起来。从超市出来，我把风衣的帽子戴上，心想她穿一件套头衫，外面才一件马甲，肯定有些冷。只见她从包里掏出白天逛街时买的一条围巾，罩在头上。大概是感觉太冷了，虽然只是一条轻飘飘的丝巾，也是一层麻布挡一层风吧。

谁知道到了画室，别的孩子都在画速写，只有她儿子小肖和那个小伙子不在。

画室的老师说小肖早走了。

失望顿时写在这位母亲的脸上，她转身出门去了。我担心她会伤心，迟疑了一下，也跟着出去了。

"……那个死犊子呢？"她站在楼道里给她儿子打电话，非常生气的声音，"……我买的油画颜料是给你用的，上面写了我的名字，姓我的姓。你怎么给他用呢？……"

我拍了一下她的后背，轻声说了句："别生气。"然后走开去。她的语气慢慢和缓下来了。

她打完电话告诉我，她儿子说明天画油画，现在在宿舍刷乳白胶，中午刷了，宿舍同学回去了会踩在上面，只好现在提前回去刷了好干。又说那个复读生没有画油画，只画素描，没有用他的油画颜料。这倒是真的，我听画室的老师说过，那孩子素描好，但是色彩不行。色彩画不好，他就干脆不画。

我问她是不是等儿子下来。

她说不等了，外面这么冷，又是风，又是雨。

又是风又是雨，她自己穿得单薄，还这么晚了，去亲戚家不是也很犯难吗？她说不去了，等宿舍女生下课，不然她进不了宿舍，看来她是不想惊动画室宿管员了。是呀，住旅馆怎么也得一两百块钱一个晚上，一个工薪阶层的人，负担起来不是那么轻松的。只能悄悄地进宿舍睡一晚了，不想让宿管员知道。谁愿意被人说什么呢？哪怕是委婉的语气。

想来真是难受，这里将就一晚，那里将就一晚。

都是为了儿子，儿子却在敷衍她。现在考前班的学生基本上都不刷乳白胶，因为乳白胶干得慢。为了应付高考，做底都是在画画之前刷塑型膏，要么就刷白色丙烯。

后来画室管理员，也就是单老师画室的合伙人的妈妈也说，小肖这孩子真是跟着好人学好样，跟着坏人学坏样。刚来画室的那几天，还认真画画，后来那个复读生来了，他就不好好画了。难怪他妈妈生气。有一个晚上，他妈妈也是到画室来了，小肖说他感冒了，要回宿舍睡觉去，他妈妈就送他回宿舍。等他妈妈前脚刚走，他跟着就出去玩去了，一个晚上没有回来。那男孩的妈妈也来了，儿子花钱费米在附中读了四年，结果什么学校都没有考上，做家长的也是闹心，就准备在北京陪读。小肖的妈妈听说那孩子的妈妈来了，就要去找她吵架，被别人劝下了。

她心里焦急，逮着机会就劝诫儿子。有一次母子俩在街上走，那个复读生又来电话拉他不知道要去什么地方。她便开始念叨，小肖不耐烦了，手机往马路中间一掼，被开过来的车碾得稀烂。

尽管儿子说在刷乳白胶有可能是个借口，但是做妈妈的更愿意表示相信。不相信又能怎样？她跟我说："生儿子真是不好。你有福。生女儿有福。生儿子，他到外面根本不认我这个妈，也不认他爸。"

　　我不好做声，只能听着。她又说："我孩儿以前也挺好的。就是到附中后，才不学好的。我现在是明白了，孩子不能放手早了——我就是放手早了。叫他不要跟那孩子在一起，他还说那个孩子除了不爱学习，其他的都好，特别义气。碰见那个孩子，我也说，那孩子就一个劲地说：'阿姨，我错了。阿姨，我错了。'他也只是一个孩子，我也不能说狠了，是不？"

　　下课了，我进画室去等芃芃，她则站在走廊上等女生出来。

　　回去的路上，我跟芃芃说那两个孩子原来是铁哥们。

　　芃芃马上接过话去："他们哪里是铁哥们哪，简直就是金哥们！"又说，"他们根本看不起这个画室，一心只想到黎明去。每天到画室来，画不了两笔就跑了。哪里像我呀，画得好也老老实实坐在那里画，没有感觉也老老实实坐在那里画。"

　　我心里真的为自己有这样的女儿感到非常宽慰。

　　芃芃又唧唧咕咕笑着说："那个附中复读生才来的时候，我们正在画油画。他不画油画的，他说他要画素描，就去隔壁的另一个画室画素描去了。后来又到我们这边来，管理员妈妈拦着不让他进。他说：'不就是要钱吗？我给你钱。'一把就撞进来了。管理员妈妈说他好凶哟。"

　　真是不让父母省心的孩子呀。

　　为芃芃学画的认真态度，途经小区的烤串店时，给她买了几根烤串以资鼓励。

最牛画室招生

终于等来了黎明画室招生考试。

单老师知道芃芃想去黎明画室，之前就跟我说，如果芃芃不走，可以减免部分学费。

对眼前这个年轻女孩，我一直心存好感。她算不上漂亮，但是白净的肌肤和宁静的眼睛里透出一股出尘的气质。芃芃从初中毕业那年算起，前前后后在她的画班里学习了四个月。现在要离开，还真有点难以启齿。但是这个时候，我个人对老师的喜恶，减免的那部分学费，都远远不及一个合适的画室来得重要，因为后者关系着孩子的前途。

黎明画室主要是针对造型专业的考前培训。根据历年专业考试情况，大家都知道只要在这个画室成绩优秀，专业考上央美就不会有问题。所以，芃芃必须在高考之前见识那些将与她处于同一竞技台上的高手，参与他们的排队。不然，我心里没有底。

报名那天，黎明画室的院子里摆了许多素描，都是半开的长期作业。画得既深入，又生动，又准确。我开始还以为是要报名招生了，画室做宣传，把平时收罗的一些范画摆出来了呢。问了一个学生，才知道这些素描都是黎明画室的学生上周画的。原来，他们每次作业，老师都会从中挑选一部分画得好的，摆在院子里供大家观摩学习。

这个画室学生的水平果真是名不虚传呀。我赞叹不已，同时也觉出了芃芃的画与这些画之间的差距。芃芃倒没说什么，只拿着相机拍。

看得出她很用心，拍画很有针对性，比如说单拍手等部位。

我跟负责报名的老师打听，这次画室招多少人，有多少人报名。

得到的答案是：报名参加考试的有四五百人，招四十五个。画室容纳的学生有限，这次是因为有一部分学设计的学生离开，所以才招一部分学生补进来。（这些离开的学生七月份就来了，想在这个画室里把造型基础夯实一点。到了十一月份，必须开始学设计了，才去那些设计比较强的画室。）

从学生那里获得的信息是：这次来参加黎明画室考试的，基本上都是复读生，还都是专业成绩比较好的，相当一部分专业考试都上了中央美院。之所以没有上大学，是因为文化成绩不行，所以一直在家复习文化，等到十一月份才出来画画，也就是考前热热手，再提高提高的意思。

形势容不得我乐观。我没有想到一个考前培训机构的招生考试，竞争激烈程度竟然不亚于高考。芃芃万一考不上怎么办？除了想到上黎明画室，我没有打算让孩子去任何别的画室，我也想不起还能去哪个画室。

黎明画室的小院子里，有一对中年夫妇开的小卖店，卖一些画材、食品和日用品。女的开店，男的负责画室卫生。他们的孩子也在黎明画室画画。

于是我借在里面买画材之便，同他们攀谈起来。这两口子都挺热心，告诉我说去年有一个女孩没考上，等到考试结束，她找到黎明本人，黎明同意了。只是那个女孩不努力，来了也不认真画画，经常看到她在外面玩。他们还透露信息给我，黎明每晚都来画室教速写，万一孩子考不上，那时候再去找他。说黎明人挺好，他们的孩子在这里画画，他们每次把学费缴上，每次都被黎明退了回来。

我想就这样，万一芃芃没考上，我就照他们的话去做。

想进一家私人办的考前画室，竟然这么难，就这点也足以让人刮目相看。也见识过别的画室，也说进去要考试，事实上是来者不拒。画得好不好，根本没关系，学生越多挣钱越多。只有黎明画室的招生考试是真的考试。

围绕中央美院到底有多少考前画室，根本无从统计；中央美院毕业了的、在校的，或者与美术相关的其他院校的学生有多少人在办画室，也无从统计。总之，只有几个学生的也是一个画室，几百几千个学生的也是一个画室。一些画室为了招到学生，不仅要跑到全国各地去招生，还要给一些中学美术教师回扣。这也是美术生的学费水涨船高的一个原因。曾经在单老师的画室里碰见一个山东的中学美术教师，她给画室送去了十来个学生。我早就耳闻过回扣的事，等那个老师走后，就问画室管理员给的回扣是多少。管理员说："她要得不多。前几天有一个中学老师送了几个学生来，说要百分之七十的回扣。"她摇摇头，很气愤的样子，"要得也太多了。我让他们走了。"

画室给的回扣据说一般是百分之三十，也就是说一个学生如果每个月3000元的学费，五个月就是15000元，按百分之三十计算，中学老师可以从每个学生身上拿到4500元的回扣。中学美术老师拿回扣是不争的事实，湖南某中学的美术老师就因拿回扣被罚款20万元。

我曾与一位在长沙办过考前画室的湖南画家聊到过回扣的事。他半开玩笑半认真地说："回扣拿百分之三十是最基本的，拿百分之七十都还算好的，有的巴不得把学生缴的学费全部拿走，只给你办画班的赚一点食宿费。"他后来干脆不办画班了，一是时间被拖住了，自己画不成画；二是中学老师回扣一拿，办画班也挣不到什么钱。

但是黎明画室不仅不必给人回扣，而且还可以招到优质生源，这是因为这个画室每年中央美院和清华美院录取比率之高，让美术考生蜂拥而至，形成了良性循环。又因为没有回扣，所以黎明画室每月的学费比一般的画室还要便宜几百块。

大部分画室还有这样一个规定：如果是复读生，早一年中央美院专业过线在前两百名的，也就是有效名次内，可以减免全部学费。三百名之内减多少，专业过线又减多少，这都已经是行规了。为了留住一些专业稳上央美的复读生，有的画室甚至给这些复读生一些费用，因为这样可以稳稳当当提高画室央美和清华的升学率。这两所大学的升学率高，画室下一年的生源肯定好；再就是画室里有高手，就能留住甚至吸引别的学生前来，有的学生到画室一看，因为没有高手，转头就走了；还有一个就是这些画得好的学生在画室里相当于小老师的作用。

但是黎明画室的每一个学生都得交学费。尽管没有那么多优惠条件，那些画得好的学生，甚至专业过了央美的复读生依然选择黎明画室。

考试安排在10月27日上午，这天正好是周一。北京各考前画室每周一天的休息都安排在周一，这大概是因为画室的任课教师大多是美院学生，要照顾他们上课的缘故。考试内容为素描半身带手。考试时间三小时。

我没有想到会来这么多家长。当画室院子的小铁门打开，参加考试的学生持准考证一个个鱼贯而入的时候，簇拥在门口的家长们看着自己孩子进场的神情无异于孩子进了高考考场。

学生进场后，画室小院子涂鸦的铁门又紧闭了。等候在门外的家长们相互攀谈起来。他们一致认为这个画室办得最好，猜测着黎明办学每年能挣多少钱。他们热切地希望自己的孩子能考进去，但是竟然没有一个家长对自己孩子的这场考试充满信心，有的甚至已经开始做第二手准备了：相互咨询除了黎明画室，还有哪个画室好一点。如果黎明画室考不上，就准备立即奔赴下一个目标。

家长们希望什么，自然就有相关的服务送上门来。

这一天，竟然有许多画室来这里招生，带着各自画室的资料。看来他们不仅知道黎明画室这一天招生，而且还知道必将有大部分学生不会被录取，可见黎明画室的名气还真的不小。

来招生的还有一家沈阳的考前画室。那是个六十岁左右的老头，非常抢眼。他胸前挂着一个牌子，牌子上写着几个大字：××画室全国第一。这家画室我在网上看过它的介绍，说是上一年出了一个央美造型全国第一。我心想谁还从北京跑到沈阳去学画不成？但是转而一想，也未见得，真要是画室办得好，去沈阳也不是不可以。那老头的儿子在沈阳办画室，他来北京招生。他向家长们推荐他儿子的画室，谈起艺考，他简直门清，说考央美设计有运气的成分，但是考央美造型靠碰运气是不行的，因为素描和油画头像得有真功夫，但是速写和创作有变通的余地，还举例说他儿子就曾经帮某学生在考前几天把这两科成绩提高上去几十分。

比较有意思的是，这些招生的人中，有的手里竟然拿着好几个画室的资料，向家长们推荐这个不成，又推荐另一个。他们同时为不同画室招揽生意，如果有学生通过他相中了某个画室，他就可以从那个画室拿几百块钱的介绍费。美术考生真的养活了不少人哦！

如果有家长表示想看看某画室，立即就有车接他们去实地考察。

芃芃考完后出来告诉我说："今天运气不好。我这组画的是一个光头模特，没有头发，不好画。你知道我善于画头发的。"又不无担忧地说，"妈妈，我发现别人都喜欢做效果，我没有，画面就没有别人的那么强烈。交卷的时候，我还跟那个收卷的老师说了。那老师说，如果画得好，会看得出来的。"

小肖的妈妈也在门口等儿子。小肖同芃芃分在同一组，我问他考得怎么样，他语气很轻松，说："一般。考上应该没有问题。"又说看了我家芃芃的画，也没有平常画得好。

真让人担心呀。

下午两点放榜。吃完中饭，我们就去看结果，没想到还不到一点半呢，录取名单已经贴出来了，办事效率真高呀。我的眼睛迅速找到了芃芃的名字，高兴得与孩子情不自禁地就拥抱了一下。

悬了好些日子的心终于放下了。

单老师的画室来了七八个学生参加考试，只有芃芃和那个央美附中的复读生考上了。榜上没有小肖的名字。之后，他去了什么画室，我无从知晓。不过我想，这次黎明画室没能考上，对他来说未必不是件好事，这算是提前给他敲了一记警钟，让他认识到自己的不足，说不定从此他就认真画画，不再三天打鱼两天晒网了。

后来我与芃芃一道去单老师的画室收拾东西。管理员妈妈说："芃芃走了，某某也走了，画得好的都走了。"她脸上那失望与落寞的神情，让我觉得芃芃的离开很无情似的。

高手云集，你更自信

芃芃要去黎明画室了，我感到很舒心，觉得从现在开始才走上正轨似的。画室与我们的住所同在一个居民小区内，与原来相比，省了许多脚力，也省了车费，更节省了时间。时间对于很多人，也许是可以大把大把挥霍的，但是对于面临高考的孩子，那才真正是一寸光阴一寸金。

鉴于她那次闹情绪，我担心她面对画室众多高手又会出现类似状况，就提前给她打预防针：

"宝贝，你看到别人画得好，不要就觉得自己不行。你是来学习的，你这次能考上说明你也不错。不是一直想找高手，向高手学习吗？要自信，好好向比你画得好的同学学习。"

芄芄早早就起床了，坐在阳台上不知道在日记本上写什么。她突然跟我说："妈，我对那种技术好的，不羡慕，也没什么感觉。但是小肖不一样，他是很有天赋的。"

孩子吃完早餐就去画室，临走时又跟我说，她这些天在单老师那边画画很有感觉，如果在黎明这边画得没感觉，她依然还去单老师那里画两天。

我明知道已经不可能回去了，但还是顺着孩子的意思说"行"。之所以口头上不拂孩子的意，也是为了避免引起她情绪波动。

到了新画室，面对一帮画得都不错的同学，我不知道芄芄心理上会出现什么样的变化。我时时都担着心。

画了一上午回来，芄芄说现在画两天一张的素描，算是长期作业。我问大家画得都怎么样。她说才画半天，看不出来，都差不多，只说老师指出她画的脸大了，要她改过来。

"我觉得我画的已经很像了。比以前严谨多了。"孩子有点不肯承认。

我笑道："你以前画画很夸张哟。前两天，我给陈老师打电话，陈老师也是说你画画总是玩味。黎明画室画风严谨，正好可以把你的画收一收。你同学也说，说你总是把嘴巴画得鼓鼓的。"

　　"你别说得那么夸张，好不好？"芃芃说。隔了一会儿，又冒出来一句，"我现在觉得在大画室画画不好，让人感到很迷茫。"

　　我的心顿时提起来了，现在可千万不能出状况呀。

　　"我这几天刚刚找到感觉，觉得我会画了。现在到黎明画室再去看别人的画，肯定影响我，让我无所适从。"

　　"你是想把你刚找到的感觉再强化一下，是吧？"我试探着问。

　　孩子不置可否。

　　进步也许总是这样，水平在某个阶段徘徊一段时间后，突然有一天有了一个新的认识。这个新的认识也许就是突破停滞不前状况的一个契机，抓住这个感觉，赶紧进行实践强化，说不定水平就上了一个新台阶。画画也应该是这样。

　　如果孩子才找到的感觉又受到影响，那只能说明目前影响她的肯定是绘画能力更强的。但是，任何人的感觉在太短的时间内调整来调整去，往往会让自己无所适从。我得先稳住她，给她一个暂时的方向："那你就按照你刚刚找到的感觉画下去。别人的画，你也看，休息的时候看看，就当看风景，一直到发现自己的不足再改变也不迟。"

　　画了一下午回来，孩子又变了。

　　"妈妈，我画得根本不行。高手太多了。同别人比起来，我的画面效果一点都不强烈。"过了一会儿，又说，"我现在知道小肖没有考上的原因了。他的画同别人的比起来，根本显不出来。难怪黎明看不上。"孩子把才刚认为有天赋的同学也给否定了。

这可怎么是好呢？我又不能进画室去看，家长是不能进画室的，我也就无从知道画室里到底是个什么情形。

"那你就把明暗关系拉开，画强烈一点？"我试着说。这无异于没话找话，情况不明，就给孩子乱支招。

"根本不是那么回事。哪里有那么简单。"

孩子的心思时时刻刻都在画画上。吃晚饭的时候，突然又说："我已经受影响了。本来前几天的感觉也不稳定，一些东西也是刚学来的……他们都画全元素。"

我作声不得，心想画全元素也好，现在只要能扎扎实实画进去，到时候高考素描只画半天，才能做到画面有东西可看。

过了一会儿，孩子忽然又开心地笑道："不过，我发现了黎明画室有一个好处。一边画画，一边放音乐。都是重金属的，摇滚类的，乱喊乱唱的。很有感觉耶，一下感觉就起来了。不像在单老师的画室里，总是情绪平平淡淡地画下去。画累了，就与旁边的同学说两句话。"

芃芃向来就说画画要有激情才能画好。那天黎明画室考试，她也是说自己情绪平平，感觉没有上来，画画没有激情，画面就不洒脱。我笑道："那好，高考的时候，给你听音乐。"

孩子嘿嘿地笑着说："今天的模特儿是个老头。我看见他难受死了，音箱就放在他身边。"

做模特不容易，坐着只能一动不动，一坐还得半天。尤其是耳边还炸着那乱喊乱叫的摇滚乐，在那些年轻的孩子们听来是音乐，可是对一个上了年纪的老头来讲，那大概是难于忍受的。

芃芃饭碗一丢，就去画室了。画室上课时间安排得非常紧凑，下午五点下课，五点半就上课，中间来去还得花十来分钟，所以一分钟都不能耽搁。从上午八点半画到晚上十点，扒去中间休息和吃饭的时间，算起来比单老师的画室每天要多画两个半小时。

上晚课回来，芃芃依然说她的画在画室里显不出来，没有别人的画面效果强烈。听得出她似乎有些信心不足了。

我对孩子依然充满信心，仿佛每天早上醒来，就能听到窗外有喜鹊在喳喳地叫一般。前几天，孩子能敏感地发现同学的长处，并且能迅速地尝试着去掌握，表明她心里是很笃定的。突然到黎明画室来，高手相对比较集中，看到别人画面效果好，孩子一时又寻不到突破口，也是正常的。我赶紧稳定她的情绪，说：

"宝贝，你看奥运会比赛的时候，比到最后，其实是在看个人心理素质。心理素质好的，就能最后拿冠军。你还记得看雅典奥运会的乒乓球男单冠亚军争夺赛吧？只要柳承敏连赢两个球，王皓就开始不停地用手臂擦汗，一看就是心慌了。心一慌，球也就越打越慌。那个柳承敏就很沉稳，所以他思路清晰越打越狠，最后他把冠军拿走了。其实王皓实力很强，如果他心理素质好，就不会自乱阵脚，那次冠军，到底花落谁家就不一定了。一个人最后能不能成功，有时候关键在于他的心理素质。不要一碰上强的对手，就乱了方寸。抱定一个宗旨，把心放稳，一点一点地学习，一点一点地进步。"

芃芃默默听着，估计她听进去了。

两天后，芃芃在黎明画室画的第一张素描拿回来了，在我的水平范围内一眼就发现存在一些问题，当然我必须把这些问题都跟她讲，不能让她在下一张素描里犯同样的错误。第二天是周一，画室放假一天。不巧那天晚上，孩子因为画速写的事跟我拧着了，睡了一晚起来，小脸依然冷冷的，不理我。不理我就不理我，自己的孩子，过两天就会好的。不理我正好，我该说的还得说，还可以严肃地说。

芃芃看我严肃的样子，乖乖地把那张素描摆在桌上。

我想我也不能只挑画的毛病，担心孩子反感，就说："第一眼看这张画，觉得很多地方值得肯定。我一直以为你画不进去，但你还是画进去了，画得还比较扎实。但是，你看这只手，就像一只没有生命的塑料手，没有肌肉的感觉。这个手臂是平的，你想手臂怎么可能是平面的呢？你有时候画手呢，画得还可以，但是经常出问题的也是手……这样好了，你以后画画，存在什么问题，就解决什么问题，各个击破。手存在问题，就解决手的问题。不要每一张画都追求完整。每张画都只求画完整，存在的问题不去解决，那你永远都不能进步。以前也有老师跟你说过，画到你这个程度，就要一个问题一个问题去解决。"

芃芃冷着小脸有些不耐烦地说："不就是手吗？"

不高兴，我也必须说下去："你看这个老头的手，像老头的手吗？"我顺手拿起一本素描书，翻到一张老人的素描，"——你看，这双手，苍老的感觉就出来了。"我又伸出自己的手，"——你看我还没有你画的这个老头年纪大吧？你看看我手上关节，折皱比你画的这老头还要深一些。"

"去年我带你去黎明画室的时候，看见一个学生正在画素描，旁边摆一本《附中50年》。正好那天那个模特是书上的那个模特。那个小孩就很有心，他找到那本书上模特的角度，一边画，一边看书。同样的问题，看别人是怎么处理的。这样才能进步。你以后画画，要一边画，一边看范画。同样的角度，同样的问题，你看范画是怎么处理的。"

芃芃一直听着不做声，等我说完了，她默不作声背着包走了。她肯定听进去了。

我等着看孩子的第二张素描。

又隔了两天。那天下午下课回来，芃芃突然说起一些不着边际的话："如果我将来有两条路可走：一条很辉煌，可是很艰难。一条平庸，但是幸福。妈妈，你说，你愿意我走哪条路?"

我不假思索就说："后者。只要能幸福地生活，平庸又有什么关系? 事业再怎么辉煌，如果感觉不到幸福，辉煌也失去了意义。"

孩子眼睛也不看我，边吃饭边说："如果不追求辉煌，那现在就不要那么努力了，考一个一般院校就行了……"

我对孩子这话并没有多想，只觉这个话题对她来说还太遥远，眼下不过是为了应付高考。

过了一会儿，孩子又说："我今天把素描给黎明老师看了，被老师批评得一无是处。"

"老师说什么了?"我关切地问。那两天，孩子回来也没怎么说画画的事，我也不能总逮着她问，怕她烦。在高手相对集中的画室里，我很希望听到画室老师的评价。

"说手臂的明暗关系太过，像要与身体脱节了一般。"芃芃淡淡的语气说。

"还说什么了?"

"还要说什么? 这就够了。"

"这有什么关系呢? 否定一点，又不是否定全部。其他的地方肯定是画得还可以了。"我突然想起这张素描已经画了两天，应该画完了，眼睛便在她背回来的包里搜寻，问道："作业呢? 带回来了吗?"

"没有。"孩子的脸上想笑又不好意思笑的样子说，"老师留下来了。"

"老师不是说不行吗？"

"又不是只有一个老师。"

我笑道："耶，不错呀，第二张素描就留校了。明天可以拿回来给我看一下不？"

"不行。明天会摆出来吧。"

"那我明天去看。"

我真是很高兴。画室里几百个孩子都在画素描，每次老师都会挑几张好的留下来。尽管我知道芃芃的素描事实上存在很多不足，但是，第二张素描能被当作优秀习作留下来，说明她还是有一点实力的，这对她在一个新的环境里对自己充满信心大有好处。

孩子是需要肯定的，得到肯定，她对自己才有信心。她看一眼手机，说快上课了，饭还在口里嚼着，就背着包出门去了。

孩子跟我拧着了

芃芃进黎明画室之前，具体到她画画本身，我并没有怎么上心过，也许是觉得离高考还远，更主要的原因是，外界对她的表扬从来就不绝于耳，她画得怎样，我就听之任之了。事实上，她也一直是那帮与她在一起画画的孩子中的佼佼者。眼下，当我把注意力全部投注到她的画上面时，由于我说话过于直截，孩子一下接受不了，便跟我拧上了。

到黎明画室后的第一个休息日，芃芃约了以前画室的同学到南湖市场画速写。上午八点出去，晚上九点才回来。我翻了一下她当天的速写，总共只有七八张，就问她怎么画得这么少。

"还有被同学拿去做纪念了，都是画的她们。"孩子站在我身旁说。

"那也没有几张呀？你一大早就急巴巴地出去了。我听那个美院高考速写第一名的学生说过，他一天画一百张——跟同学玩去了吧？你是不是到以前的同学中去找自己是高手的感觉去了？要找高手的感觉也应该在黎明画室找。以后，你不要再同以前画室的同学去画画了，你现在是在黎明。"

我当时也是只想着芃芃应该把成为黎明画室的高手当成短期目标，所以话非常刺人也没有多想就脱口而出了。

孩子顿时就生气了，一句话顶了过来："我只有这个本事，我一天只能画这么多。"

我心里着急，现在都什么时候了，还这样没有紧迫感，就忍不住说："现在是什么时候了？现在已经是十一月份了！十二月份就要回去参加省联考！离中央美院考试，也只有四个月了!"

孩子不理我了，兀自爬上床去。我再说下去，她就跟我不耐烦地来一句："我要睡觉!"

此后好些天孩子都跟我拧巴着。我只要一指出她的画存在问题，她就不高兴。要她画速写时人物基本形要画准，至少不出现比例错误，她就说我用尺子量她的画，搞得她画画一点感觉都没有了。还强调她画速写只是找一个方面的感觉，这个也要求，那个也要求，还画什么速写。

又到了画室的休息日，因为与黎明画室的同学还不熟悉，所以芃芃依然同以前的同学结伴去画速写。碰巧那天下午，我得到一张很好的考前素描习作。把这张习作同芃芃的画摆在一起，对比之下，发现芃芃的素描存在许多问题：复杂一点的透视关系不会处理；细节刻画敷衍；衣服里面没有人体，只画表面的东西；对人体内部结构不甚了解，导致形不准确；还有画面总体把握不"整"。总之，问题一大堆，而且不是一下能解决的。

我忍不住立即给芃芃打电话，说有话跟她说。

当时她在附近的市场与一个女孩画速写。我去的时候，扫了一眼她正在画的那张，很糟糕，死巴巴的，形也不准，我心里又添了一层愁，但当时没说什么，就买菜去了。

回去的路上，芃芃带着明显的抵触情绪问道："你又有什么话跟我说哪？"

我恨不得把我发现的问题即刻让孩子也能意识到，但是孩子情绪不对，这个时候说了恐怕又会跟我抬起杠来，于是压了压说："回去说吧。"

回去后我先把晚饭弄了吃了，再去看她当天画的速写，挑出几张画得不错的，说后面画的那几张不行。

"我一听到你的电话，就一点感觉都没有了。"芃芃说。

"我有这么讨厌吗？"也不管她是不是真烦我，我拿起那几张没画好的该说的照说，"你看看，这个人到底是怎么坐在车里的？——无论怎么坐，这个姿势也摆不出来。你轻轻地用铅笔把这个人的外轮廓线画一遍，就用两根最简单的线表示，看能不能画得出来？你画画，也要略微过一下脑子……你再看看这张，这个坐在地上的女孩，胳膊长到腰上来了，大腿也画短了。"

"反正我看到什么就画什么，坐在车里的人就是这样的。这个女孩子的脖子用围巾挡起来了……你又不懂。"

"我天天看人，一个人胳膊长一点短一点，我看不出来？你不要为自己的画找解释。高考阅卷老师听你解释吗？考造型，考造型，比例都不准，还考什么造型？"

"你总是用尺子看我的画。"孩子辩得在理。

我气得一时语塞，可是骂又骂不得，打又打不得。眼看着高考逼近，她还认识不清。我憋了一会儿，又只能耐着性子说："你知道你同学抓得多紧吗？听说他们每一根线都要求画准。一根线不准，老师就要骂，画到深更半夜也要重画，一直到画准为止。到时候，你们班同学都考上了他们理想的学校，你没上，看你怎么办。"

"你怎么知道我就不能上?!"孩子气愤愤地质问我。

孩子有这份自信当然是好事，我也不能打击她的自信心。隔了一会儿，我说："那个……"

我刚启齿，她就切断了我的话："又要说什么哪？"

我也来了气，说："喂，我现在不能说你了吗？"

"我一天到晚很卖力地画画，一拿回来，你就说这里不行，那里不行。我还有什么劲画画？"

"我没有说你的画所有的地方都不行，我只指出你画面存在的问题，是想让你改掉这些毛病。你这些问题总是存在，你怎么进步？你为什么就只想听好话呢？说你画得好有什么用呀？"我突然觉得心里特别烦躁，起身把画一兜，丢到阳台上去，说："你快点上大学去！随你考一个什么学校，你都得去上。眼不见心不烦。"

"我也巴不得快点上大学，免得你天天跟我叨叨。"孩子的语气幸灾乐祸，"等我上大学去了，你就拿着我的照片，天天对着我的照片喷口水吧。"

孩子这句话，又让我忍不住哈哈大笑起来。

孩子接受不了批评，接受不了批评就无法进步。这种状况继续下去，最后结果怎样，还真悬了。我暗暗急得不行，院子里每天早晨喜鹊喳喳的叫声，似乎都听不到了。又不能直截了当把这种担忧跟孩子说，说得不好，不仅担心她反感，更担心她会失去信心。

但是我不说又不行。

我琢磨，是不是这段时间面对那些比她画得好的同学，芃芃已经感到压力了？或者说已经对自己信心不足了？如果真是这样，这个时候她最需要得到外界的肯定，让自己重树信心。而我总是只说她画面的缺点，才导致她如此反感的吧。

我得把说话的方式改一改，语气尽量温和一点。

那天晚上，芃芃从画室回来已经是晚上十点四十了，我把洗脸洗脚水给她准备好，等她洗漱完毕，才语气和缓地说："宝贝，今天晚上你把你的素描都看一遍，你自己在你的画里面挑毛病，好不好？挑出毛病了，再想办法改正，这样才能进步。你说是不是？"

孩子这次一点都没有表示反感，就同意了。

我又说："宝贝，你躺到床上去，盖上被子趴着看，别冻着了。"

我把孩子在北京画的素描绕着床依次排开，把从家里带来的那张素描也摆上，再把从别人那里得来的那张范画也摆上，然后我自己也上床，同孩子一起趴着看这些画。

我先不说她的画存在什么问题，我先说那张范画："宝贝，你看人家画的手掌、手指，都有厚度，有肌肉的感觉。即便是暗部，也不是简单地涂黑了事，暗部也是有东西可看的，有层次、有空间感的。宝贝，你再看看你画的手——"正好从家里带来的那张素描摆在旁边，我指点那张画说，"你看看你画的这个手指，完全没有厚度，就像一张手指外形的薄片。

"你再看人家画的这个胳膊，衣服袖子是依着人的胳膊走的，衣服的褶皱一看就知道里面包裹了人的胳膊……你再看看你昨天晚上画的这张半身带手，衣服硬挫挫的，把手挡起来，就完全看不出来这里面还有人的胳膊。"

"你再看看你画的这张光头模特儿。你是怎么处理他的胳膊的？把他的手挡起来，他的胳膊像不像一根没有骨头的香肠？整个就是一根香肠打了一个弯。"

芃芃咕咕地笑了起来，她也看出了问题。

"你看你昨天晚上这张画，腿部就是马马虎虎涂几笔，打一个叉叉就算是画腿了，结果一条腿老小，一条腿老粗。越是这种用笔少的地方，越要准确。你得用潇洒的几根线条，准确地画出人物的腿部结构才行。你想想，央美阅卷老师的眼睛多毒，他还能看不出你是不是画得不到位？"

"至于这张从家里带来的，你看你是怎么画这个女人的下半部分的？一顿乱涂，画黑就行了，里面完全没有结构。就算是穿的黑衣服，里面也是有结构的。"

芃芃哈哈大笑起来，说："你看那个鼻子，画得那么小小的一点。"

我也笑道："就像小鸟叼来的一个鼻子形状的东西，搁在她的脸上。你的画，鼻子和嘴巴都存在问题。你要仔细看看人家怎么画的。"

芃芃看了看自己的画，又看了看范画，说："鼻子没有和嘴巴一起弯进去。我以前是看到小的，就拼命画小；看到大的，就拼命画大。"

"结果就那么夸张，只画了表面。你还是要看结构的书。"我建议。

芃芃终于同意去买人体结构方面的书看，以前她总是把这话当耳边风。她又问从家里带来的那张画是什么时候画的。我看了看上面的签名，说是八月份。

"可以撕掉了。"芃芃说。

我打趣道："喂，不撕了，还要带回去的。都是珍品。"

就这样边看边说，芃芃一直很愉快的样子，不时发出快乐的笑声。等到躺下来准备睡觉了，她说："要画色彩了，你再跟我说色彩吧。"

"我色彩感觉不好。"我说，可是心里非常宽慰，孩子总算能听进我的话了。

我正在高兴呢，芃芃突然给我来一句："终于有你不懂的了。太好了，你就可以闭嘴不叨叨了。"

这个小东西什么意思呀？到底是愿意听我说，还是不愿意听我说？我心里直犯嘀咕。可已经是凌晨快一点了，看看芃芃闭上眼睛一副睡觉的样子，我也不忍心再占用她睡觉的时间，只能闭上我的嘴不再叨叨了。

表扬，孩子的动力加油站

芃芃每次从画室回来，我只看她的情绪，就知道她这天画得怎么样。如果劲头足，有说有笑的，肯定画得不错，要么就是老师表扬她了。如果情绪低落，唉声叹气的，一准是画画出了问题。

十一月中下旬，画室安排白天画水粉静物，两天一张。记得芃芃画第一张色彩的那天中午回来，跟我说老师表扬她画的色彩很有感觉，还问她是不是复读生。

在美术生中，说对方是复读生，没有丝毫看不起对方的意思，反而是对对方绘画水平的肯定。芃芃非常高兴，说她画画时，有时候花很长时间思考，没有动笔。

孩子这话，让我想起了那个藉一只苹果就震惊巴黎的塞尚。他为了画出物体之间精准而微妙的颜色搭配，常常久久地站在画布前，不能画上一笔。有时候在房间里来回踱步，有时候走到花园，突然有所领悟，又匆匆折回画室。物体与物体之间的颜色关系是多么丰富，多么千变万化呀。如果不对绘画对象仔细观察，认真思考，而只是凭借一种习惯就调出颜色画上，那毫无疑问会画得非常概念化，与真实的颜色差距也许就非常大了。

我鼓励孩子观察和思考后再动笔。

芃芃一直开心地笑呀笑呀。孩子画画被老师肯定，我也高兴，看见窗外阳光很好，突然记起我高中时代唱过的一首歌，不觉哼了起来："今天天气真好，生活充满了欢笑。让我们迎着阳光，哼一支快乐的曲调……"

开始只是哼旋律，哼到第二遍，歌词竟然都记起来了。简单的歌词与旋律，唱起来似乎能听到自己的歌声里穿透了阳光，而且阳光就像风铃一样清脆作响。我感到一种纯净的快乐，恍惚又回到了少年。也奇怪，以前的歌曲仿佛都具有一种阳光般健康向上的品质，也许是因为那些歌曲承载了我年少时代的回忆，才让我有如此感觉的吧。

芃芃也顽皮地唱周杰伦的歌，说是跟我比赛。

吃了中午饭，我看看离上课还有一点时间，就让孩子休息一会儿。芃芃躺在床上还在说："妈妈，我一点也不累，我还是很兴奋。"兴奋的孩子好不容易刚刚眯着，我看看时间，已经快上课了，又不得不把她喊醒，真是挺心疼的。

芃芃被我从睡梦中喊醒，一扭身坐了起来，说："哦，要去画画啰。"

回来吃晚饭时，芃芃告诉我说老师又表扬她了，还问她是不是附中的。

孩子非常自豪地说："我现在也不觉得附中的怎么样了……也许我认识的是附中最差的吧。"

央美附中有很好的师资和氛围，一直以来，说到附中的学生，第一感觉就是专业好。因为也没有碰见过几个附中学生，所以在芃芃的印象中，他们的专业简直是好到神龙见首不见尾。现在，我的孩子终于可以以平常心看待他们了。这无疑是一个巨大的进步！

因为接连被老师表扬，晚上睡觉，孩子依然兴奋得不肯睡，说："妈妈，我感觉我还可以去画画。我现在很有画画的感觉耶。"

一张水粉静物画两天。第二天早晨，孩子起床第一句话就是："真担心今天把这张画画坏了。"

我说看好了再动笔，就不会了。

"有时候本来觉得很好的，颜色一干又变了，又改。有时候越改越坏。"芃芃不无担忧地说。

孩子说的是实情，水粉不好把握，干湿之间差距很大。于是，我也就惦记上了孩子这张画最后的命运了。

画了一上午回来，孩子说："妈妈，今天又有一个老师表扬我了。"

"是昨天那个老师吗？"

"不是。是隔壁教室的老师过来看了一下，还问我是不是复读生。"

我暗暗高兴，看来这张画进展顺利。吃了中饭，依然让孩子抓紧时间睡觉。芃芃躺在床上跟我撒娇地喊："妈妈，抱我。"

我就不收拾碗筷了，过去抱着她说："又紧张了吧？"

孩子像是自言自语："黎明画室怎么不留水粉作业呢?"

我微微地笑了一笑，原来孩子希望这张水粉能被老师当成优秀习作留校呢。

到了吃晚饭的时候，女儿画了两天的那张水粉终于摆在我面前了。我曾经接受过一点色彩训练，但是仅凭我那点微薄的色彩知识，根本不足以去指导我的孩子。具体到细节，我更是无能为力。孩子的这张习作，我只笼统地感觉还算和谐，尤其是其中一块米白色衬布和桌子那种带一点铜锈味的蓝色漂亮而特别。

孩子说："黎明老师说画得有点灰。"

"黎明去你画室了?"

"没有。我送给他看的。"

孩子是想让这幅一直被其他老师表扬的作业再一次得到肯定呢，我不觉笑了一下。

芄芄刚进黎明画室的头二十天左右，不断地需要外界的表扬来肯定她自己。不到一个月，这种状态就过去了，我再也没有听到孩子说哪个老师表扬她的话了。并不是此后老师没再表扬过她，事实上，老师和同学对她的画越来越好。只是，对那些表扬和肯定，芄芄已经置若罔闻了，她不再有兴趣跟我说，也不再需要外界的表扬来肯定她自己，我的孩子已经心理笃定，稳步向前了。

白天画水粉。晚上五点半到八点画素描，两个晚上画一张。晚上八点半到十点画速写。

色彩我说不上来，我就等着看芄芄这次画的素描，不知道我说了那么多，她是否改过来了。

两个晚上过去，芄芄从画室一回来，我第一件事就是把她的画从包里拿出来看，觉得还不错，手、胳膊都处理得比以前好多了。

"你提出的问题，我都解决了。"芃芃说。

我真是非常高兴呀，我的话孩子全听进去了！

那张范画一直贴在墙上。孩子每画一张素描，我就摆在这张画的旁边挑毛病，有比较才有进步嘛。

"是我的画得好些，还是这张好些呀?"芃芃问。

我还来不及回答，孩子自己比较着看了看，说："比我画的还是要好一些。"又问衣服画得怎么样。

孩子的提问，我无法回答，对于画，除了明显的错误，我的水平实在是有限。平常看她的习作，就是单看人物本身画得怎样，至于衣服画得如何，我竟然从来没有在意过。现在这个薄弱环节暴露出来了，孩子不知道怎么去画好衣服，我也无法给出具体的指导，画室的老师更不可能具体详细地单独辅导。孩子想把衣服画好，就只能去看人家怎么画，然后自己琢磨。

靠孩子自己去摸索太慢了。我得马上去看书，总结别人画衣服的经验，然后再告诉我的孩子。

母女同心，全力以赴

我买来一套关于素描、速写、色彩的教学丛书，上面对照范画有文字讲解。那些文字讲解，都是老师教学与画画的经验总结。曾经给芃芃买过不少美术方面的书籍，但孩子看书属走马观花型，只看图片，文字部分基本不看。所以我决定自己先根据文字阅读那些范画，理解消化后再讲给孩子听。

这样一来，我每天就忙得跟打仗一样了。原计划还想写点东西的，从此根本连想都没时间去想这档子事了。

一天三餐饭，说起来几个字，做起来实在是又琐碎，又耗时间。吃完早餐，收拾收拾，去市场买一点菜，回来就该做中饭了。下午四点就得开始准备晚餐，五点必须准时开饭。时间就被这一日三餐切割得支离破碎。被割碎的那点空闲就争分抢秒用来看书，我必须尽快把这套书看完，早一天看完，就能早一天帮助到孩子。

芃芃的时间更紧。

每天早晨八点进画室，晚上十点半以后回来，吃饭基本上就是囫囵两口，也不知道是怎么吞下去的，拿两张画纸又走了，根本连与我说话的时间都没有。

这样一天下来，孩子已经累得不行，尤其是开始画油画头像后，画油画还是个力气活。

有一天晚上，芃芃回来就说：

"妈妈，我拿画板的力气都没有了。"

我只能赶快给她准备洗漱水，让她洗了睡觉去。有时候孩子精神好，回来洗洗，也十一点多了，我不忍心再唠叨太多，耽误她的睡觉时间。

只有中午还能挤出一点时间来。中午十二点下课，一点半上课，扒掉路上来去的时间、吃饭的时间，还有那么一点富余。我就抓住这点富余时间，同孩子一起看书，讲解书上那些范画。尤其是速写讲得多，从画单个人物速写到画场景速写时要考虑的各种问题都与孩子一起探讨。

芃芃说："妈妈，你简直是嚼烂了再喂给我吃。"

通过阅读，我读画的水平也有了一定的提高。每天晚上孩子从画室回来，我第一件事就是看她的画，尽我的能力挑毛病。然后又等孩子的下一张画，看那些毛病在下一张画里是否改掉了。

孩子真可谓是从谏如流，下一次回来必定是把画往桌上一摊，跟我说：

"妈妈，你上次提出的问题，我都解决了。看还有什么问题吗？"

除了打理生活，我的全部注意力都集中到了孩子的画画上，以至于在生活中观察到的、感受到的似乎都与绘画有关。晚上去画室接孩子，我留意到黎明画室的小院子里有几个雕塑，雕塑流畅优美的衣纹丝丝依附着人体。我突然明白衣服在绘画与雕塑里的作用就是为了突出人体为表现人体服务的，而芃芃一直还停留在为画衣服而画衣服的阶段。等孩子下课后，我赶紧指点那雕塑，把我的理解告诉她。

我跟孩子说，不要因为某张习作被留校了被表扬了，就觉得自己画得很好了。画得好的那张，也许恰恰是那天对那个模特儿比较有感觉呢？也许恰恰是那天选择了一个比较好表现的角度呢？这只能算是幸运，不是常态。芃芃画画的常态就是时好时坏，画面总是存在一些这样那样的问题。这就说明，一些问题没有从根本上得到解决。偶尔也会听到某个学生平常画画不怎么样，但是高考考得好，我不奢望这种幸运会落到我的孩子头上。我只相信，只有在常态下，保证每张画都画得比较好比较稳，高考才能稳操胜券。

我要求芃芃对待每一张习作，都要像对待高考一样。

芃芃再也没有出现过任何情绪上的波动，她全身心都投注到学习中去了，只有不断地学习，不断地思考，才能不断地进步。

俗话说画虎画皮难画骨，当孩子真正意识到她的画之所以不能进步，是因为对人体内部结构的不甚了解，她便开始认真阅读《伯里曼人体结构与绘画教学》那本书，有丁点空就临摹。中央美术学院校园里有一个思想者的雕塑，为了实际了解人体结构，我的孩子在凛冽的寒风中坐着小板凳在那个思想者的雕塑下画了一整天。

芃芃学习非常主动。

她虚心向比她画得好的同学学习，不再闹任何小情绪。画室里有一个学生复读多年了，他的色彩好，有一张习作还荣登一本教学丛书的封面。芃芃画水粉时，就把画架摆到那个同学旁边，这样不仅可以随时看他如何调色，课间休息时还可以请他看一下她的画。

她随时向老师请教。画室里人多，老师不一定对每个学生都照顾得过来。有一个女孩，是我们老乡，复读生，她每天就是闷着头画，画完一张提回去，第二天又闷着头接着画，好像与老师和周围的同学都没有什么关系。而芃芃一般会主动喊老师帮她看画，这样在画画的过程中出了问题，就可以随时改正。芃芃说，在北京的考前画室里，老师能教你一些具体的方法去解决画面存在的问题。但在地方中学，老师就给你来一句"画灰了"，至于怎么解决不画灰这个问题，老师却不能给你方法。

偶尔，芃芃也会挑选出一部分画，课后找老师单独指导，或者找中央美院认识的学长指点，然后再把那些指导意见用笔记下来，提醒自己下次画画时注意。能得到这些老师和学长哪怕一点有用的指导，我和我的孩子几乎都觉得是受了天大的恩惠，心底里充满了感激。

每个人在专心于某件事情或工作时，都会有灵光一闪的时刻。芃芃在她的日记本上、画的空白处、手机里，随时记录她突然体会到的一些绘画心得。比如：

冷黄配冷灰、黄绿、紫红。紫配蓝绿。

脸手拿小笔刻画清楚，边形准确，有虚实。指缝细、虚。找高点使之鼓。指骨要完整，形清晰。暗部和投影分开。

猛一点画，刚开始画松一点。画面要有气氛，保持新鲜感。头颈肩舒服，不像寸照。空间感大虚大实。对比强。多种工具。

……

太多了。这只是我在孩子以前用过的小手机里随便抄录的几条。每一点心得，事实上都意味着孩子的进步。

芄芄的画越画越稳，再也很少出现连我这个外行也能一眼就发现的问题。有一天，孩子跟我说："妈妈，我知道了，画素描就是画结构。比如说画头像，头骨、额骨、眉骨、鼻骨、颚骨一画，一连接，就画好了。"

当然画素描是画结构，但是别人说一千遍，自己不能真正理会，也等于是白说。只有真正体会到了，这个经验才变成自己的东西。芄芄说她以前画画只看表象，看见了大眼睛，就努力把眼睛画大；看见了小嘴巴，就把嘴巴画得小小的。现在孩子能说出这样的话来，尽管这也未必就一定正确，但是较之从前无疑是进步了。

每天除了睡觉吃饭必须的那几个小时，其余的时间芄芄全都用在画画上。用心之专，可以说是到了极限。有一个晚上，芄芄睡着了，我睡不着就躺在床上看书，突然听到她说："刮掉！刮掉!"同时看见她的右手在一动一动。我赶紧握住了她的小手——孩子做梦在画油画呢，说"刮掉刮掉"，肯定是对画上去的颜色不满意，在用刮刀刮呢。

有一天中午，芃芃从画室回来就说头晕，我没在意。下午回来又说头晕，饭刚吃两口就不吃了，说画室里的气味肯定有毒，闻了就头晕恶心。

——可不是有毒。画室里人又多，松节油的气味、底料的气味、油画颜料的气味，又门窗紧闭，再加上暖气一烘。

上完晚课回来，孩子进门就说："妈，我受不了了。"小脸黄黄的，一副病恹恹的样子。说完就倒在床上，衣服也不脱，有气无力地说："我没力气洗了。"

芃芃从来就没有回来就往床上一躺的习惯，这肯定是累坏了。我帮她把棉衣和鞋子脱了，然后倒水给她洗。她眼睛也不睁开，也不动，也不说话，由着我给她洗手洗脸洗脚。我用手试试她的额头，有点发烧。

我真是太大意了，中午就说头晕的。可平时又没有准备一点备用药，当时已经是晚上十一点多，药店都已经关门了。我赶紧上床把孩子抱在怀里，芃芃很小的时候，偶遇咳嗽感冒什么的，我就这样抱着她，神奇的是，每次她就这么好了。

孩子在我怀里很小很弱，就像她还只有几岁。后来似乎烧退了，我心想，也许是累的，说不定休息一晚就好了。

第二天早上醒来，芃芃说好一些了，要去画画。我煮了一点水饺，可她吃了一个就不吃了，说没胃口吃不下，准备拿了纸去画室，才发现刷好底料的油画纸已经没有了。

我赶紧铺开油画纸准备刷底料。刚开始刷，孩子就说闻了这个底料的气味又开始恶心了，要我拿到阳台上去，又说："妈妈，我今天不去画画了，好不？"

芃芃不是实在不舒服了，是不会说不去画画的。我说那就不去吧。

她又爬到床上躺下了。没一小会儿，就开始往卫生间跑，一趟一趟的，之后就倒在床上，棉被严严实实盖上，直说好冷，要我用电吹风给她吹。

电吹风包在被窝里吹，温度非常高，我的手伸在里面都觉得烫。孩子身上虽然出汗了，可还是说冷。

中午我熬了一点肉末稀饭，孩子勉强尝一口就不肯吃了。

孩子不想去医院，我只好自己跑一趟去开了一点药，回来赶紧给孩子服下。

芃芃自小就是个懂得心疼妈妈的孩子，她自己病着，可是看我又着急，又忙个不停，就说："妈妈，你上床躺一会儿吧。"

晚餐依然没吃，说一吃就想吐。几餐没吃了，晚上却坚持画画去了。我以为情况有所好转，谁知道晚上睡觉的时候，孩子又说想呕吐，堵在胸口难受，半夜不停地喊肚子疼。

看着孩子遭罪的可怜样，我真是又心疼又发愁。发愁的是，当时已经是十二月十一号了，元月二号湖南联考。孩子的病如果不尽快好起来，不能参加省联考的话，那真是大麻烦了。

幸亏老天保佑，第二天早上起来，孩子感觉好了许多，又画画去了。要她再休息半天，她也不肯。

画画的孩子缘何都像犀利哥？

天冷得出奇，也不知道是零下几度，总之我不敢出门。那天，芃芃说上完第一堂晚课后再回来吃晚餐。

晚上快八点了，楼下一位陪读妈妈拉我一起去画室接孩子。虽然画室就在这个院子里，但是一个小姑娘晚上在院子里走，做妈妈的依然不放心。我戴着口罩、帽子，再把羽绒服的帽子套上，只留一双眼睛在外面。那位妈妈穿着黑色的又长又厚的羽绒服，戴着有毛的帽子，活脱脱的像只狗熊。

我们站在画室的院子里等。才站一小会儿，感觉寒气就渗到了肌肤，层层衣甲似乎薄成单衣。八点了，老师还在讲课，那位妈妈的孩子出来了，我的孩子没出来。那位妈妈觉得拉我一起来，她自己却先回去了，很过意不去似的跟我说："你就跺跺脚吧。"

没法子站在外头，我就到院子里的小卖店去，里面有暖气。

小卖店里，学生进进出出。老板娘穿着大棉衣，双手抄在袖子里，站在柜台后面喊："你们不要总是把画板放到我这里。画室里画板难道很紧张吗?"老板娘喊归喊，学生依然把画板放在门后面。老板娘咕噜道："我这里成什么了? 成垃圾堆了。"

一个高个子男生问饼干多少钱一盒，老板娘说两块五。他又问另一盒点心多少钱，听说要四块，他不要了，打开钱包掏出两块五毛钱把饼干买下了。我站在旁边瞟见钱包里只有少许零钱。他吃着饼干，又买了一根五毛钱的火腿肠。

看他狼吞虎咽的样子，我问："没吃晚饭吗?"

他说："哪有时间吃呀。"

"这就算晚餐了?"

男孩说是。

每天只有午餐由画室统一联系了盒饭。至于晚餐，这些孩子各自是怎么混的，根本无从知道。眼前这个牛高马大的男孩，从中午吃了那份盒饭，一直挨到晚上八点，才吃这点东西，而这点食物的能量还要维持到明天吃早餐。他们差不多都是这样混一餐算一餐，还得时时想着省钱。

这些在小卖店里进进出出的孩子都支棱着头发，手指乌黑，衣服脏兮兮的沾满了各色颜料。虽然邋遢，但是因为长期接受美术培养的缘故，身上随意混搭着的衣饰依然显示出一种不俗的品位。

他们看上去个个都像"犀利哥"。

"犀利哥"是个流浪汉，他杂乱的头发酷似日本最流行的牛郎发型，褴褛的衣衫无意中混搭出不凡的品位，偶然被猎奇的镜头拍到，从此红透网络，被追捧为"乞丐王子"。

画画的孩子都像"乞丐王子"，不了解的人也许还以为他们是在玩酷，这种看法无异于认为真正的乞丐"犀利哥"是在玩酷一样。首先他们根本没有时间，也没有精力去收拾。其次他们手里成天拿着的不是铅笔，就是炭笔，要么就是颜料，想穿着干净一点几乎不可能。再说画室那种环境也由不得他们穿戴干净。画室人多，挤挤挨挨在一起画画，一不小心衣服上就蹭了一块颜料。油画颜料粘在衣上，想洗干净非常不容易，一般的洗衣粉洗洁精根本不管用。有的孩子画油画时就干脆不换衣服，由着它去。等专业学习结束，那身衣服就只能是扔了了事。

黎明画室办学时间比较长，画室的地板被日积月累的铅笔灰覆盖，经过人们长久地踩踏，不仔细看还以为铺了一层青石板。画室里空气卫生状况不好，芃芃每天从画室回来，鼻孔里是黑的，耳朵眼里是黑的，从喉管里咳出来的痰都是黑的，咳很久都咳不干净。

有家长陪读的当然要好一些，至少能吃一口热的，穿得也干净一点。为了免于洗涤的麻烦，我给芃芃买了一件长长的罩袍，让她画油画时罩在衣服外面。有一次，我送一张画纸到画室门口，芃芃穿着那件罩袍跑了出来，猛地一下我竟然没有认出那是我的孩子——她那件罩袍经由一层层颜料覆盖，又脏又腻，活脱脱像个小修鞋的。

　　小卖店里又进来一位接孩子的妈妈，长春的，她女儿是个复读生。她说她孩子不知天高地厚，去年只报了中央美院和清华美院两所大学。今年她请假来陪读，无论如何，今年报考不能由着孩子了。说黎明画室的孩子都只想上央美，哪能个个就都能上央美呢？

　　可是眼见得身边的同学这个那个都上了央美，那些没考上的孩子又怎么甘心？他们的心气都被吊起来了，有的甚至都不能正确评估自己的实际专业水平，普通大学不愿意上，这也是导致一年接一年复读的原因之一吧。

　　我问小卖店的老板娘，画室的这些孩子有不用功的吗？

　　老板娘断然说没有，只是复读生比应届生更加用功，因为他们压力很大。

　　美术复读生普遍压力都非常大，也非常辛苦。有的复读生经济上完全靠自己，家里不再寄钱给他们。学画耗资大，每月学费最低也得两千多，还要吃、住、车旅、买画材等等，一般的家庭本来就承受不起，更哪堪一年一年地复读。再说，在复读的过程中，他们年纪一年年地也大了，二十多的人了，按说也不能再依靠父母。有一个四川男孩，也不知道复读了几届，他每年上半年到处接活干，给别人画行画，挣了钱就交下半年画室的学费。为了省钱，他们大都选择与人合租在不见一点阳光的地下室。地下室里没有洗澡间，有一次一个男生为了不让别人插队守一个厕所里的简易洗澡间，竟然和一群民工打得头破血流。

146

他们大都吃得很差，仅仅是为了填饱肚子。有一个复读多年的女孩，她常常买回一箱箱的廉价泡面。问她为什么总吃泡面，是不是家里不供她学画了。她说还供着呢，可是家里经济条件一般，她只能在吃上省下钱了买油画颜料。

来自农村的美术生尤其艰难。一般农村的家长对艺术本身就不理解，认为孩子学艺术没前途，是浪费时间和金钱，这就造成大多数农村孩子与艺术无缘。幸运点有机会接触艺术的，都学得非常艰辛，因为家里很难提供艺术培训的高昂费用。就像在前面提到的那个农村男孩，没钱租床位，夏天就是一床草席铺在画室的地板上将就。

现在，就在我写这篇文章的时候，我给芃芃打了一个电话，询问她关于画室里复读生的情况。

现在我的孩子已经是央美油画系的学生了，她说："能应届考进央美真是超级幸运儿。那些复读生，一年一年地复读，他们重新实践的时间是以年为计算单位。这真是太恐怖了。妈妈，对生命本身来讲，你不觉得以年为单位的计算方式太恐怖了吗？他们努力想进步，但是找不到方法，不知道该怎么样才能进步。他们郁闷、彷徨，但是画画有时候就是不能进步，就像陷进了泥沼，无法迈步向前。虽然是这样，他们还是很努力地画，也只能很努力地画。他们像老牛拉磨一样，只能年复一年埋头画下去，还无法知道这么努力会有什么样的结果。就算画得不错了，也不知道前途会怎么样，因为美术高考时画得好还不行，还受制于各种客观因素，有运气，还有临场的状态等等。他们一个人漂在北京，家里对他们也没有经济上的支持，吃得很差，年纪也大了，也没有恋爱对象，前途还非常渺茫……"

孩子说到这里，我忍不住叹了口气。

我的这声叹息，芃芃在电话里敏感地觉察到了。她说："说起来都感到压抑……其实应届生也很努力，也常常郁闷、彷徨，但是他们的周期短。复读生是长期情绪不高，他们对那种生活已经麻木了。或者说，他们长期生活压抑，这种压抑的生活，让他们麻木了，麻木到以为生活本身就是那样的。这真是可怕。考前画室里像我这样的很少。"

我笑道："我知道，你在黎明画室的后阶段，情绪很稳定，只知道进步，再进步。"

有一个复读了四年的美术生说，他复读到后来感觉自己快要疯了，内心天天面对的就是压力、希望、失望、家长的交代、高昂的学费、过年时亲友的询问和目光。而且关键的是，他根本不知道复读到第四年他能不能考上！也许复读到最后依然是白读了。

"一鼓作气，再而衰，三而竭"，这话是很有道理的。美术生的复读先不说以年为计量单位，也不说耗资巨大，首先就需要非常的勇气。复读生尽管对自己够狠，付出了百倍的努力，但实际上很多人内心斗志衰退、信心动摇，而且专业进步也不明显。因为压力大，普遍比应届生沉闷，在画室里也不大与人说话。

接孩子回到住处，芃芃说有个同学丢了一千多块钱，找她借钱。

我问钱丢了为什么不告诉父母？告诉家人比去求外人帮忙总要好些吧。芃芃也觉得是这样，说把什么事情告诉妈妈了，就觉得安稳了。

"那个孩子为什么不告诉她父母呢？"

"还不是觉得父母为自己已经付出很多，结果还把钱丢了，所以只好自己扛着。其实最后还是家里出的钱。他出门的时候，他妈妈在他内衣里面缝了一个口袋，他出门后又把钱拿了出来，装到钱包里。后来发现钱都不见了，也不知道是被人偷了，还是放到哪里去了。他说那些钱是这个月用的，下个月就可以找他妈妈要钱了，他扛到下个月就可以了。"芃芃说。隔了一会儿，又说，"一个孩子出门，带很多钱确实不安全。"

那孩子的母亲是个小心谨慎的人，可是没有世道经验的孩子如何懂得，结果钱不见了。

吃饭的时候，芃芃说："我同学说他身上只有一块钱了，要我回家吃饭的时候拿盒子给他带一点去。"

我听了真是非常难过，也许那孩子已经在挨饿了。我打量桌上所有的食品，也就只有正在吃的面条，而且是就着我和孩子两个人的量做的。我起身准备再做一点。

芃芃说："不用了，我告诉他前面有一块钱一份的大饼。他买大饼去了。"

我是个穷人，当然懂得没钱买饭的滋味，便问道："他还有心思画画吗？"

"我感觉他好像没有心思画画了，有些恍惚的样子。"芃芃说。

吃完饭，芃芃去画室画速写，我让她带去了一百块钱，可是一百块钱能用几天？我自己经济上同样捉襟见肘，无法给他提供帮助，只能给他解一下燃眉之急。我让芃芃转告那孩子，务必赶紧把情况告诉他父母。既然体谅父母为他学画付出那么多，现在眼瞅着要高考了，却因为丢了钱影响学习，那才是因小失大，真正对不起父母亲。再说一个孩子扛不了的事，对一个大人来说也许就简单多了。与其去求别人帮忙，还不如找自己的家人。

后来芃芃告诉我，把钱给那个同学时，他一脸的感激。我问要他把情况告诉家人的话转告没有。芃芃说转告了，可是他不听。

唉，这些孩子。

我认识的几位陪读家长

芃芃说画室里有一个老乡，她妈妈也在这里陪读，并带话过来，要我去她那里玩。

虽然同住在一个院子里，因为忙，我一直没去。直到十二月中旬，买回来的那套书与孩子看完后，我才去见她。小区里住了不少陪读家长，我认识的很少，一是各自有各自的事，二是因为我平素就不喜欢与人闲聚。但是身处异乡又在这个狭小的范围内，能遇到老乡大概每个人都会产生一种本能的亲近感，觉得那是家里人吧。

她租的是个一居室，这让我很羡慕，在外地能带着自己的孩子住在一个独立的空间里真是件幸福的事。与房东住在一起非常不自在，这是我之前没有想到的。原以为房东是个年轻女孩好打交道，事实上年轻并不是好打交道的理由。当你接一盆水都有人虎视眈眈地盯着的时候，日常生活似乎就被人监管起来了。还有共用卫生间的卫生状况，同样令人难以忍受。

老乡是个矮小的妇人，在南方也许还算适中吧。她打量的眼神考量着我，判断和询问着我的身份和经济状况，同时迅速让我知道她混得不错。她在一家效益不错的工厂上班，上一年在北京陪读七个月，今年同样。虽说是请假，但工资奖金照发。她丈夫在外地做工程，许诺她女儿如果考上北京的高校，就在北京给她买房。

她说她孩子的色彩不错，去年考某综合性大学打了八十多分，现在复读，主要是攻素描。说着一边从床底下拖出一堆她女儿的习作给我看，说是去年画的。又告诉我，她女儿在他们工厂里很有名气，小的时候，画画得了一个全国的什么奖，奖品是全家海南岛旅游，她周围的人为此都非常羡慕她。

"那次获奖把我的胃口吊起来了，就一直把孩子朝美术方面培养。"

她说话的时候，眼睛直愣愣地看着我，期待着我的赞许。可是摆在地上的水粉头像，颜色非常俗。贴在墙上的素描是最近才画的，结构松散，连最基本的形都不准。我没有想到复读生了，还这个水平，真是太出乎我的意料了。如果对这样的习作我也说"画得好"，那我真是太坏了，但是也没有像平常那样就直通通地说画得不行，只说孩子的素描确实要进一步加强，还很具体地说了几点意见。我知道热切地希望孩子进步的母亲一定会一字不落把我的意见转告给她女儿的。

看着这位老乡女儿的画，当时我一个强烈的感受就是，这孩子小时候的那次获奖把她给耽误了。儿童某幅画画得好，一有可能是在老师的指导下画出来的，二有可能是孩子的无意之作。及至画获奖了，外行的家长就铆足劲把孩子朝这方面培养。这在家长来说并没有错，因为他们根本无从判断孩子的天赋所在，只以为获奖了就能证明孩子有这方面的天赋，谁知道这个奖竟成了一个致命的误导。

木棍原本不是做笛子的料，无论在上面怎么钻孔，最后也做不成笛子。任何艺术门类都需要天赋。最常见的比如写字，同样没有练过书法，有的人字写得漂亮，有的人书读到博士，字还是写得不咋地。画画同样。当然没有绘画天赋的人，素描通过长期练习，也能把形画到准确，但无论怎么练，造诣终究有限，要画得气韵生动，是无论如何也做不到的。

我关心地问她女儿的文化成绩怎么样。这位老乡说去年高考考了三百多分，外语成绩不好。不过这位妈妈很有信心，说复读一年，文化成绩肯定能加几十分。

我只能是无言。这个成绩无论是上专业美院还是综合性大学，都是不够的。复读一年，想多考几十分也不是容易的事。如果换上我的孩子是这种情况，我恐怕一点也乐观不起来。

老乡的陪读很轻闲，她说她同院子里住的那些陪读家长差不多都认识，每天不是同这个就是那个在一起闲聊，所以就不觉得时间难打发。她拉我去看另一位妈妈，那位妈妈的儿子上一届考上了北京某工业大学的美术设计专业。现在她仍然住在一套叫"学生宿舍"的出租屋里。房子是她租的，租来后买进几张上下铺放进去再转租床位给学画的学生，从中挣取差价谋生。她自己负责出租房的卫生和管理。

坐在挤满上下铺的房间里，女老乡跟那位妈妈说："现在考大学，只要有钱，考不上也能买进去。中央美院十五万就可以买进去了。"语气不容置疑，好像她对内幕完全门清。

这种小道消息也不知道她从哪里获悉的，让我很是吃惊：中央美院真的可以买进去吗？同时心里又怀疑：既然十五万可以买进去，为什么她小孩不买进去呢？她不是说她小孩去年在北京学画就花了六七万，今年又花了这个数嘛。愿意出这十五万的人实在是太多太多了。

从那位妈妈那里出来，女老乡又跟我说这个女人的小孩根本就没有考上，是开后门进那所工业大学的。

我很快就不愿再与这位女老乡有什么往来了，她的精力不放在怎么协助孩子专业进步上，天天就是打探和传播一些歪门邪道的消息，仿佛考上好大学的都是凭借关系进去的。她小孩在厂矿中学，听说我孩子在楚才中学，她竟然说："楚才中学乱得很，乱七八糟很多谈恋爱的。"她这话异常刺耳，从来还没有人说楚才中学校风和学风不好的，大家都削尖脑袋把孩子往楚才中学送。当她获悉我孩子主动请教老师和画得好的同学时，她竟然很气愤的样子说："我女儿从来不去问老师。我们厂矿中学的学生，就是老实听话。不像楚才中学的学生，都是社会上的，特别厉害。"

听她说这话，我当时恨不得扇她一个耳光。

这位老乡的女儿确实不善于学习，她每天就是拿着画纸进画室，一个人自顾自地画完，既不请教老师，也不请教同学。虽然那天她妈妈诋毁善于学习的孩子，但是私底下又开始教她女儿要主动学习了。听芄芄说，从那以后，她女儿经常请她指点画。

尽管我疏远这位女老乡，但是偶尔还是会碰见。碰见了，她必定很骄傲地跟我说她带孩子去找了这个那个，央美某学生同她女儿关系好，央美某老师是他们家熟人，也给她小孩看画了。找老师看画无非就是为了请老师指出问题，并找到解决问题的方法。可是听她的语气似乎意不在此，而是在炫耀一种关系，仿佛找这些人看画有什么了不起似的。

十二月底回湖南参加省美术联考，考点设在我们当地一所大学的美术系。她知道我在那所大学里工作过一阵子，想通过我让她的孩子得到一些照顾。说实话，考试除了孩子自己考自己的，我还真不知道能有什么照顾。她想当然地说："怎么会没有照顾呢？肯定有照顾！"气冲冲的，好像认识那学校的人就可以舞弊似的。我懒得再跟她说半个字。

时隔两年了，现在我写到这位家长，心里依然有种不耐烦的情绪。

跟芄芄玩得最好的一个女孩是河南人，已经复读一年了，上届专业过了央美造型，六百多名，不在有效名次内。芄芄对她赞美有加，说她性格好，待人好，学习非常努力，老师总是表扬她油画头像画得好。那女孩的妈妈也在陪读，租了一个很小的单间，房租一个月

600 元。

这位妈妈比同龄孩子的妈妈年纪要大一些，五十多岁了，朴实得有点土气的打扮。我带芃芃去美院对面的画材店时，碰见过她们母女几次。那个长相秀气的女儿总是挽着妈妈的胳膊，很温顺的样子，典型的妈妈的贴身小棉袄。这对母女间的那种亲热和紧密，对周围的无视，似乎她们就能成为一个独立的小世界。芃芃也喜欢吊在我胳膊上走路，但有时候她又像个小牛犊似的在我跟前撒性子，哼哼的。

美院对面的画材店有很多家，我们都找同样材料卖得最便宜的那家，因为画材实在是比较贵，一支铅笔几块钱，一支油画颜料十几块，天天要用，消耗得还特别快。

孩子们挑选画材的时候，我与这位妈妈就站在外面聊天。她家经济条件不好，丈夫是个残疾人，一个月工资几百块钱，只能顾到他自己。她还有个儿子在交警大队工作，母女在北京的开销基本上就靠儿子。女儿上高二时就考上了中国美院，不想去，一心只想上央美。

"女儿只想上央美，也很努力。无论怎样，我也要成全孩子。"这位妈妈说，言辞间流露出的是对女儿绝对的信任与支持。自己这辈子过得低微已经无法改变，但是孩子不一样，就算自己再怎么深陷于穷困的泥沼，也要在泥沼中尽全力撑出手来托出自己的孩子，让她有别样的人生。

在中国美术馆也碰见过她们母女两次。妈妈是个忠实的跟班，抱着孩子脱下来的棉衣在旁边静静地等。这位妈妈虽然看不懂这些画作，但是她一定这么想：女儿就是一只饥饿的小老虎，这些展品里肯定有她需要的营养，画室只有周一这天放假，来看一次展览不容易，那就由着她慢慢吃个饱吧。

我的那位女老乡在小区门口碰见我带孩子去美术馆，也就带着孩子一起来了。俗话说，外行看热闹，内行看门道。可是对美术作品看不懂，热闹都没得看的，只会感到索然无味。她浮皮潦草东张西望了一番，说没什么好看的，转眼就带着她孩子不见了人影。

　　陪读也许是个不正常现象，但是在现行考试制度下，陪读对孩子来说，可以说是有百利而无一害，最明显的就是能够排除所有生活琐事对孩子的干扰，让孩子心无旁骛地学习。有个叫雯雯的女孩，开朗活泼，独立生活能力也比较强，她住在几个人一间的宿舍里。只要有人的地方，就有摩擦。距离越近，摩擦强度越大。这种摩擦无可避免地影响到了她的心情。高考前夕，学习上全力以赴尚且不敢保证能考好，何况还要分心。后来雯雯决定单独租一间房，我陪她到处找房。合租房里，什么人都有，一个小姑娘住在里面，肯定不让人放心。租与房东住在一起的房子，保不定又会受房东的闲气。有的房东小到一个星期洗几次澡都要规定。我也听说过房东找学生碴的事，大都是学生忍气吞声。如果有家长陪着，这些矛盾就都被家长消化掉了。

　　男孩子心粗一点，生活细节上马虎一点，也许没有这么多麻烦。但是一个女孩子单独在外面，真是不让人放心。当然让孩子磨炼也是必须的，这话虽然不错，可是这种磨炼也不应该是在高考前夕。

　　家长陪读的主要作用也就是照顾孩子的饮食起居，但是作为大学美术教师的毕老师的陪读又不一样些。

　　他的陪读是时断时续的，也不能不是时断时续。

　　十一月中旬，毕老师在医院送走了他的老父亲，爷爷过世并没有让在京学画的孙子知道。等到老人的丧事完毕，他就带着丧父之痛，拖着疲惫的身体去北京了。儿子马上就要高考了，现在情况怎样呢？他一刻也放心不下！

悲痛、牵挂、奔波、劳累，让本来显得年轻的他一下子苍老了十几岁！

赶到孩子身边的第一件事就是看画，第二件事就是给孩子洗衣服。本来画画衣服就脏，又是碳铅，又是颜料，泡在水里时间长了，洗起来滑溜溜腻巴巴的，就像衣服上长了一层青苔。

画室所在的位置是京郊的一片待开发区，他就在画室附近租了一间看守土地人的房子，是间平房。他每天按时去画室守在儿子身边指导儿子画画，晚上踩着嘎吱嘎吱的积雪回去睡觉。住所周边只有一个看守大门的人和一条小狗。如果换上是平时，他也许根本没有勇气一个人夜里睡在这么个人烟稀少的荒郊，但是当时儿子的学习让他无暇旁顾，即便是这陌生荒郊的深夜醒来，他也忘记了还有畏惧和孤独。房间里冷得出奇，本来这地方供暖就不足，再加上是一排平房最边上的那间，暖气形同虚设。挨了一夜冻后，他去买了一个电烤炉，虽然对着烤，身体依然通宵不觉得暖和。

这样坚持了一段时间，觉得还不如回去。儿子在北京的画室里也见识过了，知道了他自己同高手之间的差距，知道了差距，就明确了一步步往前走的目标。离湖南联考还有一二十天，他带儿子回到了湖南，他决定自己教。

地方的美术培训班，只有周六周日或者是某个晚上上课。在朋友的画室里，一个模特，一个老师，一个学生。模特是他请来的，老师是他本人，学生是他儿子。南方室内没有暖气，他担心儿子刚回来身体一下子适应不过来感冒了，又往画室里背去了一个烤火炉。

有时候请不到模特，他就成了模特兼老师。

有人说：毕老师恨不得把他自己骨头缝里的肉都抠出来给他儿子吃了。

艺考第一枪：联考来了

自元月一号起，全国各省市联考先后拉开序幕。美术联考是由各省统一组织的美术专业考试，本省所有的美术考生都必须参加，只有省联考成绩合格才有资格参加外省高校的校考。尽管湖南省联考的阅卷老师宅心仁厚，知道画画的孩子们都不容易，不是画得特别差的基本上都让他们合格。但是联考合格仅仅代表有资格参加外省院校的校考，与高考录取一点关系没有。省内高校及部分承认联考成绩的外省院校招生是根据联考成绩划线，由高分到低分录取。

芃芃的志向不在省内高校，但是我依然希望她认真对待每一场考试。谁能保证自己一定能上央美呢？省联考考好了，就有了保底的学校。

自2002年起，全国各省市艺考大潮可谓是风起云涌，而艺考生中七成是美术考生。艺考大省山东2002年艺考生3.2万人，之后年年攀升，到2006年是16万人，四年翻了五番。而2007年居然到了16.9万人，2008年增幅虽然放缓，但仍然有16.1万人。仅就2005年的14.6万人来讲，在山东全省73万名的高考考生中，艺术类考生就占21%，即5名考生中就有1名艺考生。

这种现象不独在山东，全国各省市都差不多。江苏省2005年艺考生约3.3万人，2007年6.3万人，两年翻了一番。2010年，全国高三人数下降，而一些省市艺考仍持续升温，河南省2008年是98456人，

2009 年为 10.3 万人，2010 年到了 10.5 万人。在湖南，单就美术考生这一块，2008 年是 4 万人，2009 年也将近 4 万人。

艺考生人数的增长速度到了令人瞠目结舌的程度。

艺考生人数年年攀高并不能说明国人对艺术突然有了浓厚的兴趣，而是因为有的家长看到艺术生高考录取文化分数比文化生要低一些，"学习不好走艺考"，以为艺考是条捷径。过去有几年确实如此，在很多人不熟悉有艺考这条路的时候，先知先觉的人通过艺考上了很好的大学。然而随着全国性地出现艺考热，竞争越来越激烈，现在艺考不仅不是捷径，反而比文化高考门槛高、难度大。

普通高考就是一条文化分数线，而艺考却有几条分数线，哪个门槛过不去都不能升学。山东 2006 年普通高考的本科录取率为 25.9%，艺术本科录取率为 24.6%；2007 年普通高考的本科录取率为 27.8%，艺术本科的实际录取率为 23.2%。广东 2008 年普通高考总录取率 50%，美术考生总录取率约为 25%。河北 2008 年省高考人数 57.48 万，普通本科计划招生数 11 万，约占考生人数的 20%，而艺考生为 61395 人，高考本科录取不足 6000 人，录取率约 10%。人们想象中的艺考捷径实际上非常狭窄，它的淘汰率要远远高于普通高考，早已经变成比普通高考还要难挤的独木桥了。

如果把美术教育当成提升个人品位和修养的一种方式，那么美术的大门应该是向所有的人敞开的。但是大学里的美术专业是当成个人未来职业进行培养的，那么它选拔的就应该是那些具有美术才能和天赋的人，而不是没有什么美术天赋，甚至对美术根本没有兴趣的寻求便捷之路的淘金者。

而现实就是，凡想升学的人（包括家长）几乎都敢报考艺术专业，对报考普通专业畏惧的人更敢报考艺术专业。常常听到一些为子女的未来犯愁的家长说："我孩子成绩不好，又不喜欢读书，看来只能学美术了。"真是言者无奈，听者唏嘘，让人感到美术这个专业的尊严与荣耀丧失殆尽。至于那些热爱画画的人与美术从业者听了，恐怕更会为他们尊重的专业领域变成没有求知探索欲望者的集结地而深感悲哀吧。

我朋友的孩子考上了某重点大学的美术设计专业。有一次在她家，遇到一位妈妈带着她进了高三的儿子找他们取经。她儿子高二最后一次期末考试成绩不理想，看到我朋友的孩子考上了重点大学，以为考美术上重点大学容易，于是临时决定让她儿子去北京的考前画室画画。

这位家长不清楚艺术院校的专业考试同样是千军万马过独木桥，专业上线难，专业上好学校更难。我朋友的孩子从小就热爱画画，并为之付出了艰辛努力。当初我那朋友并不怎么支持孩子学画，是孩子强烈坚持，说他喜欢画画不想放弃，本来他理科成绩更好一些，为此，他毅然决然放弃理科，选择了文科。而不是像这位妈妈的儿子，对美术既没有兴趣，又毫无积累，仅仅只是为了考大学。更何况当时已经是八月份，离专业高考只有几个月时间了。

先不说这本身是对美术的一种亵渎，而且事实上，这种文化生改行靠短时间狠练、临时上战场的做法，也容易对艺术产生反感。据长沙某大学美术教师说，有的学生靠考前短短的时间天天临摹和默写某个人物头像混过专业考试速成进了大学，结果在大学里上最基础的静物写生课，他们连笔都不会动。基础差、兴趣低，令他们艺术发展后劲明显不足，于是就整天在宿舍玩电脑、打游戏。这种学生最后怎么可能成为真正的艺术人才？这就有点像两个并不相爱的人，因为一时的利益需求走到一起，以后的日子再靠什么维持下去？家长在帮助孩子（包括学生自己）选择美术专业时要认真审视一下孩子对美术的热衷度，是出于投机盲从还是真正的热爱？如果只计一时之短长，把艺考作为曲线高考的途径就轻易踏上这条道路，最终多半会耽误了孩子。

而且就算是凭借艺考进了大学，也未必就能学有所长。20世纪80年代之前，全国只有中央美术学院等十几所艺术院校。近十年来，全国开设设计艺术类专业的院校猛增到近1400所，在校生近120万人，甚至还出现了在校学生规模超过万人的很普通的艺术大校。随着大学艺术专业教育的规模呈几何数增长，艺术专业在各地的综合性大学遍地开花，这其中无疑就有一些高校的艺术专业是仓促开设，学科基础薄弱，这必将导致大量的艺术毕业生走入社会时，专业质量低劣，甚至毫无技能。

这真是一种疯狂的局面。

而且从2003年开始，艺术专业经过连续几年的大幅扩招后，就业形势日益严峻，艺术专业毕业生大量囤积，毕业对他们来说就意味着失业。就有专家建议："把艺考作为考大学途径的学生，不如去学一门技术，比如汽车修理，都比艺术专业好就业。"

任何一条道上挤的人多了，竞争就会越来越激烈，要想胜出拔得头筹，绝不是件容易的事。

1月2号湖南省美术联考，我们提前一个星期回去，一是要报名，二是因为在北京画室画的内容与联考内容不一样，要回去专门针对联考画几天。离开北京的那天早晨，我把被窝一卷搬家了。尽管早已跟房东说好，但是临到搬走，年轻的女房东却不肯退押金。我说那我把钥匙拿走，因为我缴了三个月房租，租期还不到。房东担心她房间里的东西不安全，挨到最后一刻还是把押金退给了我。当我带着孩子一大清早离开那个住了两个多月的地方时，心里真是说不出的轻松和庆幸。

省联考是美术专业高考的第一场考试。考试之前，各种关于考试内容的小道消息在传播，上午说素描画静物，下午又说是画人物半身带手；今天说色彩画香蕉，明天又说画白菜。芄芄对这些小道消息充耳不闻，她有足够的自信赢得这场考试。

考试那天天气晴好。大冬天，温暖的大太阳照着，考点又在离家很近的大学里，人又多，我便觉得有点过节的气氛了。来了许多家长和中学的美术专业老师，考试开始后，熟悉的不熟悉的就站在红线外一起闲话，谈论的无非就是谁谁的孩子画画好。家长们碰见了老师，依然是围着让老师给他们的孩子判前途。

上午考素描和速写。

素描是八开的人物半身带手。素描人物写生，一般考生都喜欢画模特儿四分之三侧面，因为这个角度好画一些，正面和全侧就不太好画。我不知道芄芄坐在什么位置，但是我很放心，无论哪个角度对她来说都一样，因为高考的位置是随机的，你不知道你会被随机在什么角度，所以平常我就要求孩子各个角度都加强训练，都要画得一样好。

开考不到一个小时，考场开进去了一辆救护车。就有消息从考场传出来，说有学生晕倒了。人群中一位家长顿时就急得不行，说肯定是她的孩子，她孩子这两天吃不下饭，昨晚还睡不着觉，肯定是她孩子身体虚脱晕倒了。

后来弄清楚，是某县中学的一名女生。监考老师在考场看到那个孩子脸色苍白得吓人，又吐血，当时就要送她去医院，可是那孩子无论怎么也不肯离开考场——联考与其他学校的校考不一样，校考无非就是单独某所学校组织的一场考试，而联考没有成绩，就失去了参加所有大学校考的机会。这么多年的努力，在外面的苦与累，现在到了关键时刻，怎么甘心放弃？考务人员拉她去医院，她就抓着桌子不放，一直僵持到联系上那个孩子的家长。

后来医院检查的结果是：因过度劳累和饮食不当引起的急性胃出血。

不难理解：在外地学画几个月，学习上辛苦不说，吃得无疑也很马虎。回来后因为要熟悉考场，又提前两天从县城赶到考点。考前这两天也得不到好的休息，专业指导老师随他们一道前来，抓住考前这点时间争分抢秒对他们加紧训练。孩子一直处在高度紧张中，又住在猪窝样的小旅店里，吃得又差，几下里一凑，结果就病倒了。

美术生真的不容易！

每一场考试快结束时，家长们便向考场门口陆续聚拢，从不断涌出来的考生中热切地寻找着自己的孩子，观察孩子从考场出来时的第一个表情。如果孩子神情愉悦，说明考得不错，他们的心情就跟着愉悦起来。如果孩子神情黯淡，他们的心立即就跟着一沉。但无论是哪种情况，这个时候，家长们除了对孩子予以鼓励，任何责备的话都不会出口了。

我的孩子从考场出来时，神色淡然。神色淡然就是正常。果然芃芃说她考得一般。从进初中起，对任何一场考试，芃芃用得最多的词也就是"一般"。我不用太多担心。

芃芃说她坐在最前排正对模特儿的位置，画的是一个大正面。虽然这不是一个好画的角度，但是难不倒她。她无疑是她所在考场的高手，模特儿中途休息时，这个考场的学生都去看她的画，还呼朋引伴对隔壁考场的学生说："我们这个考场有一个高手！"于是隔壁考场的学生也跑去看芃芃的画。甚至，坐在芃芃旁边的那个学生后来干脆不看模特，就只照着她的画临摹了。当然，某一个考场的高手并不代表什么，因为一个考场只有三十个考生，按照本科的录取比率来分的话，一个考场根本分不到一个本科。

"我不想让他临摹我的画，可是我坐在最前面正中间的位置，想挡住也不可能。他影响我画画的情绪了。"芃芃有点不高兴地说。

下午考色彩，水粉静物。

芃芃曾经看过一些湖南联考色彩高分卷的照片，画面用色纯度都很高，就说湖南联考的色彩根本不用调色，直接把调色盒里的颜色画上去就行了。所以孩子进考场前问我，到底是把颜色画得纯度高一些，还是画高调灰。我说你觉得怎么画好看就怎么画，不要去猜度阅卷老师的好恶。

省联考的色彩考试内容几年来一直是实物写生一部分，默写一部分。有一年色彩考试的写生部分是：陈醋一瓶、全开白色衬纸一张、鸡蛋一个、白色一次性纸杯一个；默写部分是：两个西红柿、一把菜刀。后来就传出笑话来：有的孩子把菜刀的把柄画得非常短，如果用他画的菜刀切菜，就只能用大拇指和食指捏着菜刀的把柄。这不奇怪，如今的孩子时刻刻都在朝着高考奔命，有几个还有时间去熟悉厨房用品？没有留意过菜刀完全有可能。

开考不久，聚在考场外的家长就获悉了色彩写生部分是：红苹果四个，其中三个装在一个透明的保鲜袋里，蓝灰衬布一块。至于默写部分，有人说是画香蕉。

孩子们都吃过香蕉，估计平时也画过香蕉，但是谁能肯定孩子就一定记得很具体呢？于是，就有家长立即去买了几根香蕉，用手机拍了，给他儿子的手机里发彩信。但是，那位家长又说他儿子的手机可能关了——关了也发，万一没关呢？

等到考试结束，孩子们出来告知，默写部分是白瓷盘一个，面包一个，根本没有香蕉。

下午的色彩考试，芃芃同考场的学生依然有很多模仿她的构图，有的画着画着，看了她的构图后又改过来。但是芃芃对她的色彩考试并不满意，说都怪我，别人都是用很纯的颜色，只有她一个人画高调灰。

我内心也忐忑不安，但是我依然坚信："只要画得好，阅卷老师不会看不明白的。"

后来联考成绩出来，果然芃芃的分数远远超过了湖南省一本的录取分数线。

每一场考试结束，除了总结经验，那一页就算翻过去了。哪怕考得不理想，也没有必要拿已经过去的无法改变的事再去伤害孩子的情绪。

第二天我们就起程去北京了，尽管我是多么想留在家里呵。

成了高手

我们的新住所是一大套房子中的主卧，三十多平方米，带阳台和卫生间。虽然还是与人合租，但不再与房东住在一起，也不再与人共用卫生间，依然是令人高兴的事。当时正逢全球金融危机，又是年末岁尾，中介手里的空房能租出去就租出去，短租也不计较了，租金比平时还要便宜几百块。

2008 年的冬天，北京干燥异常，自十月份下了一场雨后，就再也没有见过一滴雨。一直到第二年立春过后的二月十七日，才下第一场雪。住所前面的路总在施工中，路面终日爆土扬尘。我这个在水乡长大的南方人，感觉那种干燥的尘土飞扬的空气似乎把心脏都能烘干。每天晚上睡觉，加湿器搁在床头，对着脸喷雾。不然第二天起来，喉管准干裂了不可。

我主要的工作依然是一日三餐，再就是把孩子每天的画贴到墙上，然后对照以前的画认真点评，优点发扬，不足之处改正。

联考后，离过年就只有二十来天了，过完年各高校艺术专业就将紧锣密鼓开始招生考试，所以年前这段时间，画室的老师常常会对学生的习作给一个大致的估分。芄芄有时候会把这些信息告诉我，无论是素描、速写，还是油画头像，老师给的分都不错。

"妈妈，老师说我画画很生猛。生猛到底代表什么意思呀？"

生猛到底是说精致不够，还是说生动有力量呢？我也具体说不上来，但我琢磨应该是偏于比较好的那层意思吧。

中央美院造型考四科：素描半身带手、油画头像、速写和创作。芄芄一直在为考央美造型做准备，素描、油画头像和速写每天都在画，联考结束后，才开始准备创作。

创作是素描、色彩和速写知识的综合运用，我比之为作文。创作的目的无非就是通过具体的人、物，或者是生活场景来传情达意，表达思想。对于中学生来讲，高考绘画创作与高考作文应该差不多，所表达的不要求有什么深文大义，有一股健康向上的品质就好。芄芄很小的时候，就能通过稚拙的画表达她的所思所想，我相信她的创作应该没有什么问题。

一对老年夫妇，在冬夜寒冷的街头卖烤红薯，炉子里的红火光显得格外温暖——这还是某个晚上，我和孩子回家碰见的一个场景。芄

165

芄说她要画出红火光那种暖老温贫的感觉。

两个建筑工人在阳光炙热的建筑工地搬着纯净水桶倒水喝，画面采用的是俯视的全对角构图。还有厚厚积雪的街边，卖菜的农夫农妇都是芄芄的创作题材。

在《附中五十年》那本书上，央美教师刘小东有一幅庆丰收的创作。芄芄触类旁通，创作了一幅南方采摘橘子，果农肩挑手提往卡车上送橘子的画。

年末岁尾，街头出现了一些卖剪纸、年画之类的货摊，我便对孩子聊到我小时候过年看皮影戏的热闹。没想到芄芄过后马上收集资料，创作了一幅一个简陋的乡村舞台上，一个老人带几个孩子玩皮影戏的画。

这些创作都是芄芄在家完成的，我无法做出评判，于是带上孩子所有的创作去画室找黎明老师。

每天晚上八点半到十点，黎明老师都在画室带学生速写课。实际上到点根本下不了课，因为速写画完后要点评。晚上十点半大致可以下课了，他还走不了。我去接孩子的时候，常常见他被一群学生围着问这问那。看得出他也想早点回去，每回答完一个学生的问题，他就朝院子门口走一步，可是另一个学生接着又提问了，他又不得不停下来回答。学生真可谓是步步紧跟，一步一催。

"黎明老师说他每天晚上到家就快十二点了，坐着抽一根烟差不多就快一点了。"芄芄说。还评价说黎明老师人不错，他办画室不仅仅是为了挣钱，而是把它当成事业在做。

我在晚上八点半之前在画室的一间小办公室找到黎明。他看了芄芄的创作，谈了一下修改画面的具体意见，然后说："你孩子能力很强。就是将来上央美了，成绩也应该是比较好的。"

我顺势问了一句芄芄上央美有没有把握。

"如果不出意外，根据往年的经验，应该没有问题。"黎明老师说。

话也只能说到这个分上了。黎明老师是我的同龄人，毕业于央美油画系，加之多年的办学经验，他对芃芃考学前景的判断应该比较准确。但是我也许天生就不是个乐观的人，对老师的话也就是听听。这当不得真，高考可不是画室的指导老师说了算，而是看高考成绩。而且任何事情，看似稳操胜券，事实上过程中依然变数很大。

但是有一点给了我信心。黎明画室历年专业上央美的学生都比较多，如果芃芃是这个画室的高手，上央美胜算在我看来就比较大了。有一个晚上，我去画室门口接芃芃，等了许久没见出来，正等得有些不耐烦，一个认识的学生出来了，告诉我芃芃正在给人改画。

呵呵，有人请芃芃改画了，也就是说我的孩子已经成为黎明画室的小高手了。

还有一次碰见几个陪读的家长，其中一个家长说："你就是那个小毛孩的妈妈吧？人家说你小孩会考全国第一呢。"

我愣着，不知道她说的那个小毛孩是谁。

那位家长又进一步确认，我这才知道她说的那个小毛孩就是芃芃，因为芃芃是应届生，年龄比较小，所以才叫她小毛孩。

哈，想不到我的芃芃在画室里竟然有这么大的名气了呢。

我把这话转述给芃芃听，她生气地说："他们瞎说！都怪我们老师！他在画室里说我很有戏，比他当年考央美的时候画得还要好，他们才这么传的。"

说芃芃考央美"很有戏"的老师是央美油画系大四的学生。他当年就只报考了中央美术学院，专业考试成绩全国排名第二。那天我带芃芃在餐馆里吃饭，碰巧遇上了他。

当时已经有很多艺术类大学开始网上报名了，芃芃到底报考哪几所大学，我还举棋不定。于是，我把这个问题拿去咨询这位老师。

"报央美就行了。"他说。

我吃了一惊，说这也太少了吧，清华怎么也得考吧。

"报清华也行，就当练练手。"

这老师说话也太牛了，我听着简直有点不靠谱，但至少有一点可以说明他看好芃芃的高考。

那段时间芃芃情绪非常平稳，画得也很稳。

转眼就要过年了，画室里很多学生都没有回家。我去黎明画室的时候，看见办公室摆满了一筐一筐的水果，一筐一筐的烧烤。画室的院子里拉着鲜艳的横幅：

祝同学们新年考出好成绩！

黎明是个用心的人，听说他自画室创办以来，每年的元旦节和大年三十都是陪画室的学生一起度过。元旦期间，我们回去参加联考了，回来后听说画室举办了元旦节化装舞会，还评奖了，奖励面也比较大，奖品全都是学生画画的一些必需品。跟芃芃常在一起的那个河南女孩也得了个三等奖，奖品是一本考前色彩书，价值大概是六十元左右。那女孩说，她一直就想买这本书的。

就为那个女孩得到她一直想要，又因为钱的问题犹豫着没有买的那本书，也让我对黎明这位考前画室的老师心生敬意！

大年三十晚上画室聚餐，黎明还为画室的孩子们准备了几百个红包，每个红包里装着六元钱。钱不多，但那是他的心意，他把新年里对孩子们的希望都装在那个寓意为"顺"的小红包里。所有的点点滴滴，都显示出黎明对学生就像家长对自己的孩子一样用心！而且这种用心不是刻意做作出来的，而是源自于他内心里真诚的祝愿。

芃芃本来想在除夕夜轻松一下去参加画室聚餐的，后来又不去了，说还是在家里画创作吧。也许懂事的孩子是不想让妈妈在新年来临的时候一个人待着，想陪着我吧。

这即将来临的新的一年对我们来说，对每一个有高考孩子的家庭来说，都是那么不同寻常。我这个历来就把过年过节都当成最平常一天来过的人，在这一年新年来临的时候也有些在乎了。

合租房里原本住了九个人，过年之前都陆陆续续走了，只剩下我和我的孩子。客厅的灯一直是坏的，平常我也没在意，这时便分外地留意到了。我买来灯泡，拖桌子搭凳子换上了新灯泡。我老家的习俗是大年三十晚上每个房间的灯都应该亮着，我要让我的孩子经过的地方都亮亮堂堂地迎接新年的到来。

我铺上了新床单，上面是中国最传统的民俗图案：喜庆的红牡丹和凤凰。

我还买来一长串的小红灯笼，把它挂在了阳台上，让它整个正月里都向外闪烁吧。

我要让一切都预示我们在新的一年里会迎接喜庆！我要让一切都预祝我的孩子这一年高考顺利！

赶考，怎一个"累"字了得

2月2日从岳阳到长沙

2月2日 ——厦门理工学院报名（考点：湖南艺术职业学院）

2月3日——厦门理工学院考试

2月4日——广州商学院报名（考点：湖南艺术职业学院）

2月5日——广州商学院考试

2月8日——广州美术学院报名（考点：湖南艺术职业学院）

2月10日——湖北美术学院报名（考点：湖南师大美术学院）

2月11日——广州美术学院考试

2月12日——湖北美术学院考试

2月13日从长沙坐火车到北京

2月14日——北京工商大学和中国戏曲学院现场报名确认，北京工业大学报名

2月15日——北京工商大学考试，首都师范大学现场报名

2月16日——中国戏曲学院考试

2月17日——首都师范大学考试

2月18日——北京工业大学考试

2月18日晚从北京坐火车到汉口

2月19日——中国美术学院报名（考点：江汉区杨汉湖考试基地）

2月19日晚8点从武昌坐火车到长沙

2月20日——四川美术学院考试（湖南师范大学工学院）

2月22日到武汉

2月22日——鲁迅美术学院现场报名（考点：江汉区杨汉湖考试基地）

2月23日——中国美术学院考试（考点：江汉区杨汉湖考试基地）

2月25日——鲁迅美术学院考试

2月26日——清华美术学院现场报名

2月28日至3月1日——清华美术学院考试(考点：武昌区沙湖考试基地)

3月4日——中央美术学院现场报名

3月7日至3月8日——中央美术学院考试（考点：江汉区杨汊湖考试基地）

这是毕老师认真研究近两年外省院校在湖南招生考试的报名人数和录取人数等情况后，为他儿子安排的考试日程表。

这就是说，从2月2日到3月8日，毕老师必须带着他儿子穿梭于长沙、北京、武汉等各大城市完成十三所大学的报名及考试。没有经历过艺考的人看到这张表，不知道作何感想。但是，作为艺考生和他们的家长，根本就认为这很普通，基本上所有的艺考生都是这样。芃芃班里有四十多个艺术考生，差不多都参加了十余所大学的校考。如果不是一些学校考试时间重叠，有的甚至会参加二三十所大学的校考。

学生报考情况一般会有如下几种：成绩好的，当然就直奔目的院校而去，但大部分都会像毕老师的儿子，报考的学校拉开档次，考几所保底的，考几所有把握的，再考几所冲刺。至于成绩不够好的，那就只能碰运气了，能多考就尽量多考，广撒网，说不定还能捞到一条两条小鱼。考生普遍的心理就是：多一次考试或许就多一次升学机会。

但是很多高校在全国设立的考点有限，有的只在本校考，所以艺考生不得不从一座城市转战到另一座城市，从这个考场转战到另一个考场。

人的记忆，总是选择性的。对于过于艰辛的往事，往往选择失忆。现在与毕老师聊起当年他带儿子转战南北参加考试的情形，他多次说不愿提及，不愿回忆，深深刻在内心的记忆只有一个字：

累。

先说在同一城市中的赶考。

2月12日在长沙参加湖北美术学院校考，13日毕老师就带儿子踏上了北去的列车，14日早晨到北京，下了火车直奔北京工商大学，先排队报名，再找旅馆住下，然后才去吃饭。这时已经是中午了，他们还没有吃早餐！吃完饭旋即打出租车去中国戏曲学院报名。报完名，返回北京工商大学住下，准备第二天的考试。

从2月14日进京到2月18日晚上离开，总共是五天四个晚上，毕老师带着儿子住了四个不同的旅馆，参加了四所大学的校考，到三个大学现场报名确认。每个学校报名，都必须排队几个小时。报名的人太多，只好来来回回用绳子拦着，让人想起春运期间的火车站。（只有北京工业大学不需要考生本人现场照相确认，毕老师就提前把孩子的报名材料特快专递给朋友，托朋友代报。）

在北京的那几天，毕老师每天是这么度过的：

上午八点送儿子进考场，然后提前打探好中午吃饭的餐馆，再回旅馆稍事休息。为了节省房钱，十一点左右退房，行李寄存在旅馆，十一点半之前去接孩子。

中午带孩子在餐馆度过。

下午儿子考试，他没地方可去，就在学校附近寒冷的街头徘徊。挨到下午考试快结束时，他去旅馆取了行李等在考场外，儿子从考场一出来，父子俩就立即奔往下一个考点。在第二天考场附近找旅馆住下，再吃晚饭。

找旅馆是件令人头疼的事：住的地方不能离考点太远。住远了，第二天一早赶时间必然会慌慌张张，说不定还丢三落四。心里发慌，还能不影响考试吗？住所离考点近，孩子的睡眠也能多一点保证。但是，考试那几天，全国各地考生和家长几万人都汇聚在这里（据报道，2009年仅湖北美院武汉考点就有2.8万考生），考点附近大小旅馆都爆满了！为了找到住的地方，有时候毕老师必须带着考了一天的儿子在考点方圆一站地的地方背着行李画具来来回回走很多路，那真是又疲惫又焦虑。考试就是打仗，大战在即，住的地方没安顿好，身体和心都是漂泊的，孩子的体力和士气怎么不受影响？旅馆还必须干净安静一点，房钱还不能太贵，太贵了谁消费得起？

毕老师不仅是儿子的后勤供给部队，驮运行李，安排吃住；他还是指挥官，指挥着儿子怎么在艺考的战场上作战。每天晚上，他把儿子第二天考试要用的材料准备好后，还针对第二天的考试给孩子做一些指导。每次儿子进考场前，他总是两手不自觉地在比他高半个脑袋的儿子胳膊上重重地拍几拍，这个动作容易让人联想起奥运会赛场举重运动员上场前，教练在他们脸上或肩膀上用力地拍打，他们都是通过这种方式传递他们的力量和期望，意思就是：

我给你鼓劲！加油！加油！

再说在各大城市间的赶考。

2月18日北京工业大学考试一结束，毕老师带儿子当晚就上了去汉口的火车。在火车上坐了一夜，第二天早晨六点多赶到汉口，七点多赶到杨汊湖考试基地。这时，工作人员还没有上班，而考试院黄泥巴地的球场上，中国美术学院的报名点前早已经摆起了弯弯绕绕四五百米的长龙阵！

天下着雨夹雪，黄泥巴地的球场上泥污稀烂，站在露天的湿泥地上，越发感到阴冷拖沓。长长的队伍像蜗牛一样缓慢地往前挪动。毕老师急得不行，因为这天他还必须赶到长沙！第二天长沙有一场四川美术学院的考试！

好不容易挪到了报名点前面，考务人员又吃中饭去了！

下午报完名，就心急火燎往火车站赶。真是越急越出岔子。到了武昌火车站，警察从熙熙攘攘进站的旅客中单单把他挑出来盘问，并要他出示身份证。毕老师到处翻身份证，偏偏一时又找不到，他急得火烧眉毛，与警察吵了起来，质问道：

"我像一个坏人吗?!"

毕老师平日给人展现的形象是文雅整洁，所以他才有那么自信的一句质问。但是当时他那样子怎么不像一个坏人呢？这几个月来，他遭遇父亲病故，又为儿子的学业操心，早已是心力交瘁。加之连日来，又为儿子一场接一场的考试奔波劳累紧张，头发忘了理，胡子忘了刮。身上的衣服都是棉质的中性色休闲服，这种衣服平时穿就是潇洒帅气，可是在火车上汽车上这里那里打滚多日，衣服就成了一团"腌菜"。他哪里还有闲心理会衣着打扮，就那么胡乱地裹着，只求保暖。更何况火车上一夜没睡，白天又在寒风的露天泥地里排队等了许久，脸没洗，鞋子上沾满了泥巴，手里拖着一个行李箱，关键的是肩上还背着一个蛇皮袋子！

本来没有那个蛇皮袋子的，因为行李箱装满了在北京给孩子买的各色颜料罐罐，他和孩子的衣服只得临时买一个蛇皮袋子装上。

试想一下，一个背着蛇皮袋子衣着邋遢脸色灰暗头发蓬乱胡子拉碴，又因为心里有事而显得神情紧张的中年男人，还能不活脱脱地像个亡命在外的逃犯吗？

幸而买火车票还顺利。从武汉到长沙，途径岳阳的时候，毕老师这时便分外感觉到家是那么舒适，他有点伤感地想：真是过家门都不能回了！

到长沙已经是晚上八点多。湖南师范大学附近条件好一点的旅馆都已客满，左找右找，最后在一家小旅馆住下了。那一晚，他哪里又能睡踏实了。那年湖南闹冰灾，长沙连月的雨雪天气，被子不仅有一股浓郁的潮味，盖在身上又硬又沉又不暖和，而且总感觉到脏，天气不好，被子肯定很久很久没有洗了，也不知道被多少人盖过。

岂止是马不停蹄转战南北的劳顿，有时候还会遭遇一些不顺心的事。

艺考开销大，每场考试的报名费基本上都要 200 元到 300 元，吃住行等费用加起来，平均摊下来，每场考试怎么也得花费一千多块钱，所以能节省的地方就尽量节省。在武汉考试的时候，本来鲁迅美院和中国美院的考点都安排在江汉区杨汉湖考试基地，偏偏清华美院的考点却挪到武昌区沙湖考试基地，家长和考生不得不临时迁徙。为了省钱，毕老师就与别的家长一起拼车，上车前跟出租车司机讲好送到四十块钱。等到下车，司机说是每个人四十块钱。本来想省钱，这下反而花得多。你还没有精力和时间跟人家吵，孩子考前要有个好心情，吃点亏算了，能省事就省事吧。

还比如说在考点附近住旅馆，一个家长带一个孩子住一个单间或双人间就可以了，旅馆明明刚空出了单间或双人间，可服务员偏偏就要给他贵一些的三人间。你还不得不住，你不住，说不定马上就有人住进去了。

当所有的艺术考试结束回到学校，学校马上召开了艺考生家长会。会上，陪考的家长们都说：

175

"一辈子没吃过这样的苦！"

我给孩子报考的学校少，与别的家长比起来，似乎要轻松一些。可事实上，同样劳心又劳力。

联考后，我就开始琢磨给孩子报考哪几所大学。住房里没有网线，我带去的电脑无法上网，只好常常跑去网吧，查看一些大学的艺术招生简章：什么时候网上报名，什么时候现场确认，什么时候考试，考什么，在哪里考，我把这些信息都抄录下来，进行排序。

可是，芃芃几次跟我说："妈妈，如果今年我考不上央美，我想复读。"

这是孩子人生旅途中第一个最重大的心愿，我不能不认真思量，于是也就有了如果孩子这年没能考上她理想的大学就让她复读的打算。

那就只报考央美吗？

有朋友说：还是要报考几所大学。考上了可以不去。万一这年没能考上央美，孩子到时候又想上大学怎么办？

根据芃芃的文化成绩和专业成绩，我最后决定给孩子报清华、人大、北师大、广美和央美五所大学。中央美院的校考在最后，前几场考试就当去收获一点考场经验也是值得的吧。本来还想报考国美，但是北京没有考点，最近的考点在石家庄。我实在是畏惧带着孩子拖着行李画具在途中来回奔波，在陌生的城市找地方住的那种艰辛，再说来来去去要花好几天时间。为了一所就算是考上了也准备放弃的大学去受那份累？于是干脆就放弃了。

芃芃本意只想考央美一所大学，对我的安排自然一百个不满意，埋怨我浪费她的时间，因为报名差不多要一天时间，考试也要一天。每所大学的考试内容又都不一样，考前还必须有针对性地画两天。尤其对我给她报考综合性大学表示不满，说我像他们中学老师一样，只看大学牌子，不看对她的专业发展是否有利，说综合性大学就招那么几个人，能是画画的地方吗？！

孩子的话是对的。专业美院艺术气氛浓厚，关于本专业的各种观念都会在那里交汇，有利于孩子专业的进步，而且毕业后还有很好的同学资源。综合性大学的艺术专业，肯定不是那所大学的主打专业，少数几个专业生在一起，难免就有点冷火秋烟的味道，难成气候。但是社会上有几个人不看重重点大学的牌子呢？不仅是说起来好听，而且还关乎就业前景。

北师大和人大都在本校考试，广美的考点设在北京城市学院。从我们住所到考点所在的大学，都有三十里地左右。本来想考试那天与别的家长和考生一起拼车去，但是芄芄担心进考场前同别人在一起会听到一些这个那个的闲话，影响考试情绪，于是我就放弃了拼车的打算。考前的那天晚上，我在小区里联系第二天早晨去考点的车，但是人家要价远远超过了正常价，也只好作罢。

只能是考试那天早晨拦出租车了。连续三天的考试，每场考试的前一天晚上，我的心都悬着，既担心第二天早晨睡过了头，又担心第二天一大清早拦不到出租车。心里有事，根本无法入睡，五点就起床准备早餐，考试的时候，孩子必须吃好一点。六点多出门，天还是黑的，在路边等了许久也没有看见一辆出租车，心里急得不行，担心会迟到。好不容易看见一辆空出租车，坐上去了，心才放下来。

孩子考试，家长就站在外面等。只有人大安排了家长在有暖气的食堂里坐着休息，让人倍感温暖。上午孩子进了考场，我就在附近找餐馆，必须早点定好中午吃饭的地方，不然等到考试结束学校附近的餐馆就都坐满了。

三个学校的校考都还算顺利。只是人大考试的那天，上午考色彩，天气也挺好，芄芄说考得不错，如有神助。中午突然下起雨来了，芄芄说不喜欢下雨。下午考素描和速写，这是孩子的强项，但是考完出来，却说考得不行。她用手机偷偷地把考卷拍下来了，我一看，虽然没什么差错，但是画得死板，根本没有平时画得那么洒脱生动。孩子说她对下午的模特儿一点没感觉，还有下雨也影响心情。

这时，人大校门口车与人已经挤成了一团乱麻，走出很远也拦不到一辆出租车。北京久旱后的一场雨并没有给我带来丝毫欣喜，只感到拖泥带水的阴冷。

后来人大的校考成绩出来了，果然色彩得了九十多分的高分，而素描和速写都只有七十多分。芄芄虽然拿到了人大的专业录取通知书，但是素描和速写的成绩并不代表她的实际水平。可见，平时画得好未必就考得好，影响美术考试成绩的因素真是太多了。

事实上，艺考的时候，一部分孩子有家长陪同，还有绝大部分孩子是与同学结伴而行，要么就是自己单打独斗。

今天在这个城市参加某大学的考试，当天晚上乘飞机或者火车赶往另一个城市参加第二天另一所大学的考试，这是艺考生赶考的常态。有一个美术考生说，有一天他在沈阳参加考试，当天晚上买了一张火车站票站了一晚赶到北京，到北京后赶紧去某大学排队报名，下午又再回沈阳参加另一个学校的考试。艺考期间，半夜里常常可以碰见一群拖着沉重的脏兮兮的画材行李从火车站出来的美术考生，大家都很辛苦，他们来到一个完全陌生的城市，手脚也许都冻麻木了，但是同学中的友爱还在，男生都会主动替女生分担一些。火车站旁边举着牌子介绍的小旅店，他们不敢去。他们就沿着长长的街道寻找那些看起来比较安全又便宜的旅店。进去后，他们会当着服务员打一个假电话，说他们已经到某旅店了。打假电话的目的是告诉店家，他们如果在这里出了什么意外，会有人找到这里来的。

有一次在途中，我碰见一个十七八岁白净文弱的男孩，他全身上下挂满了大大小小的包裹，我数了数，有七个之多：一手拖着一个大行李箱，一手提着工具箱，背上一个双肩包，双肩包上压着装有画板三脚架的画袋，肩上斜挎一个大的旅行包，脖子前面还吊着一个小包和一个相机包。看着那孩子负重的样子，我似乎都能感受到他每走一步的艰难！

这篇文章写到这里，我在网上看到一个记者在某考点附近的小旅店里拍的一张照片：房间里挤满了上下铺，凳子上堆着一垛速写稿、美术书籍。水泥地上各种物品摆满一地：画、画箱、颜色斑驳的调色盘、拖着长线的插线板、鞋子、洗笔筒等等。一个戴眼镜的女孩蹲在地上，手里端着一碗方便面，一边准备颜料。

记者用一句这样的话描写这个女孩脸上的表情"坚强中透着心酸"。

我知道考点附近那些民房改造的廉价小旅店里住满了这些没有家长陪同的美术考生，他们大都是十七八岁依然稚嫩的孩子。他们身在异乡，没有人关心他们的冷暖与饥饱，没有人在乎他们的心情，没有人替他们分担。所有的困难他们都必须独立面对：为专业不能进步郁闷迷惘，为父母对他们付出太多心存愧疚，为自己的未卜前途担忧，为考试车马舟楫在全国各地疲惫地奔走，为省钱住猪窝一样的宿舍吃最便宜的饭菜……

他们的苦，他们的累，他们内心承受的压力，有几个人能体会得到？

我的孩子，我一路陪读陪考，孩子的压力就分出一部分给我了。

这分出来的一部分压力，尚且让成年的父母都感到累不堪言，更何况这些没有家长陪考的孩子！

此刻看着照片中这个女孩，我真是心疼不已，眼泪突然奔涌而出！

沈阳之役

中央美院和清华美院是最后两场考试，在北京都设有考点。但是这两所美院在招生简章中明确规定，北京考点容量有限，为了合理分流考生人数，只允许北京天津内蒙古等六省市的学生在北京考点参加考试。央美还特别强调"考生必须严格遵守此项规定，违者后果自负"。

湖南考生被排除在北京考点之外。尽管我的孩子在北京参加考试最方便，也只能离开。去哪里考呢？

画室的老师建议去沈阳，因为沈阳汇聚了较多水平比较高的考生。

"高手多不把我淹没了吗？"芄芄问。

"高手还怕高手吗？"老师说。

老师的理由就是考场里水平高的考生多，就有一股气场带动整个考试水平的发挥。我把这个观点跟一个朋友探讨，朋友说：不一定对。如果在其他考点，孩子的水平高，那就是鹤立鸡群。相反在一片森林里，一棵比较高的树反而不容易显出来。还是到武汉考吧。

武汉离家近，但是武汉冷，室内得穿棉衣。考虑到北京室内有暖气，芄芄在画室里一直只穿一件毛衣，担心她在武汉考试时，穿着棉衣撒不开手脚，就决定不去武汉了。广州呢，气温倒是合适，但是广州留给我的印象一直是乱糟糟闹哄哄的，也不去了。

最后决定还是去沈阳。沈阳和北京气候差不多，都干燥，室内都供暖。做这个决定前，我特地去问了一位沈阳考生的家长，打听到3月7日和8日中央美院考试时，沈阳室内供暖还没有停。

去沈阳的那次，让我落下了一个毛病。以至于后来很长一段时间，我出门在外再也无法从容，总是心慌慌地悬着，担心哪里会出错，上车前时时刻刻担心赶不上火车，坐在车上了又时时刻刻担心坐过了站。

2月25日那天芃芃依然在画室画画，我则收拾行囊。在北京生活了五个月，积累下来的用品看上去很少很简单，可是收拾起来跟个小家庭一样多。我把锅碗瓢盆都收拾干净了放在桌上留给下一个房客，其余的东西依然满满当当装了两个足够大的编织袋。我把那两大袋笨重的包裹吃力地一点一点挪到街边，拦出租车一趟拉到了邮局。为了节省几块钱的出租车费，余下的小件包裹，我就自己步行送到邮局。芃芃当初带到北京的那一大堆教材，根本就没时间看，白带了，我提早把那些书邮寄回去了，专业考试一结束，马上就要用了。至于芃芃五个月来花许多心血画的画，我左挑右选留了二三十张，其余的两块钱都给街边收破烂的了。收破烂的还嫌弃画油画的是布，不是纸，不要。

晚上十点多的火车，晚上八点多我就带孩子出发了。等把行李搬到街边拦出租车的时候，我长长地松了一口气，我终于可以不再与不相干的人合住一套房子了。

上了出租车，我说："去火车站。"

司机问去哪个火车站。

啊？还有几个火车站？我每次回湖南都是去的西客站，我还以为去沈阳也是那个火车站呢。我赶紧拿出火车票看，上面写着"北京站"。

司机又问是去哪里。

我说去沈阳。

他说那就是北京站，到东北去的火车都在北京站。

我的心顿时吓得怦怦乱跳，差点不小心就去西客站了。如果去了西客站，肯定会误了去沈阳的车。真要去不了沈阳，问题就严重了，清华美院现场报名只剩下明天最后一天了。

因为行李太沉，我问司机下车后过马路进站要不要过天桥。司机说不需要。不需要过天桥，行李我就可以拖着走，所以当我从出租车下来时，有人问我需不需要搬行李，我说不需要。

结果不是，结果还得过天桥。

两个同样沉重的大拖箱，我和孩子一人拖一个。一个装满了油画颜料和水粉颜料。本来颜料可以到沈阳买，但是又担心在沈阳配不齐，再说在北京还剩下许多，重新去买还得花钱，因为没钱，所以时时事事对自己必须锱铢必较。另一个拖箱里满满当当装着我和孩子的日用品、沉甸甸的美术书和一块铁样的电脑。孩子手里还提着她的画箱。我肩上则挎着一个大炮一样的藏画器，里面实实地塞满了孩子的画，因为考虑到孩子到沈阳后要看，所以并没有打包寄回去。背上还背着画袋，画袋里装着画板、画架、洗笔筒，还有一些油画纸和素描纸。

短短的一架过街天桥简直把我快压趴下了。

上天桥的时候，我让孩子在下面等，我则先把我身上背的手上拖的行李送上天桥。拖箱实在是太沉了，借助拖箱上的轮子拖着都嫌重，搬起来就更不用说了。每登一级台阶，我都必须使尽全身的力气，而且双腿都在发抖！每上几级台阶，我就不得不放下来歇一歇。送上天桥后，我再下来搬另一个拖箱。下天桥时，又同样如此。

北京站真有点像难民营，候车室只有很少的几个座位，乘客乱糟糟地坐在地上。关键的是，哪一趟车在哪里候车也没有指示牌，我又开始紧张了：万一到时候广播通知进站，我没有听到怎么办？就算听到了，我对北京站又不熟悉，具体在哪里进站也不知道，到时候到处乱撞误了火车怎么办？

于是找人打听，早早地守候在去沈阳的进站口。

站在进站入口处，我真想有个地方坐下歇歇脚呀！这一天，我从早到晚忙个不停，一趟趟搬东西去邮局，脚就没有歇过。可是举目看去，挤挤挨挨的人要么站着要么坐在地板上，就是没有一个凳子。

站着等了两个小时，终于可以进站了。进站的时候，搬行李下楼梯动作还得快，怕火车跑了！可是行李太沉，我就是拼尽全力地想快，也快不了。好不容易带着孩子和一堆行李到了站台上，老天保佑，火车还没有进站。

我终于可以喘口气了！

那一刻，我是多么高兴呀！我终于马上就要离开北京了！我回家的日期又近一步了！这种感觉在当时来得是那么强烈，以至于我在站台上忍不住大声喊了出来："我要离开北京了！我要离开北京了！"

我在北京真的住伤了！

芃芃在旁边提醒我："妈妈，别人会以为你疯了。"

现在回想起来，我每一次离开都像在逃离。从年轻的女房东家搬出来的时候，我如释重负，我的日常生活可以不再在别人的眼皮底下了；三小时前从与人合租的房间里搬出来，我庆幸自己终于可以彻底不再与不相干的人住一套房子，为看不惯的一些事背后生闲气了。

谁知道到了沈阳，还有更大的累在等着我。

2009 年 2 月底，沈阳连降暴雪，气温低至零下二十多度。2 月 26 日上午八点左右，我们到了沈阳火车站，我对着纸条上写的地址跟出租车司机说到沈阳大学，详细地址是大东区望花南街 21 号，这是清华美院招生简章上写的报名地址。先不说没有职业道德的出租车司机欺我们人地两生，本来只有几块钱的车距，他却绕来绕去花了二十块才把我们送到。可是到了望花南街 21 号沈阳大学的校门口，只看见厚厚的积雪，厚厚的积雪上渺无人迹！

走进校园，依然看不到人影。继续往里走，好不容易看见一个包裹得严严实实的人。我上前打听，那人说清华美院报名在南院。

原来沈阳大学分南院和北院，报名的那个南院是联合路 54 号，这个地址是中央美院招生简章里写的详细报名地址。清华大学在中国是多么牛呀，牛大学当然要耍牛态度，招生简章上有那么一个错得不算太离谱的报名地址就行了，还用得着担心考生不来报名吗？

我拖着行李箱在雪地上艰难地行走，越往里走，对清华美院的不良情绪就越深。我没有想到的是沈阳大学北院到南院竟然有那么远！我更没想到沈阳大学校园里竟然有一座桥！桥下面有河流，还有几条铁路线穿过，所以桥修得竟然那么高，跨度竟然那么长！

因为要搬行李箱，我真是望而生畏！

畏也没办法，还得一级台阶一级台阶往上搬！我屏住一口气，咬着牙把我拖的行李箱送上一段台阶后，从肩上卸下画袋和藏画器，再下来接孩子手中的行李。搬到一处后，歇一歇，然后又背上画袋和藏画器，搬起行李箱往上走一段。就那么搬一段，接孩子一段，歇一口气。上桥的时候，我真怕是不得到顶了！我穿得又厚又笨拙，把画袋背上肩都嫌吃力，两条腿因为负荷太重不停地发颤。虽然当时沈阳的气温低至零下一二十度，我里面的衣服还是被汗沤湿了。终于上桥可以拖着行李走了，两条腿依然抖个不停！感觉心脏似乎都累得发抖！

走了一段，前面还有下桥无数的台阶在等着我！

在桥上，还碰见两个家长带着他们的儿子，同样是背着画具拖着行李，肯定也是看了招生简章后去了北院。他们上桥下桥时都像我一样，先往前送一部分行李，然后再接孩子手里的行李。

报完名，我就去找旅馆。报名处虽然有介绍旅店的广告，但是上面的房价都是五六百元一晚，根本不是我问津的地方。打听到沈阳大学有供考生住的招待所，我想住在校园里是最方便的了，于是让孩子在报名处看守行李，我去校园里找住所。因为积雪太深，行走非常不易，有时候想抄近路，刚迈腿踩一脚，雪都到了大腿。问了七八栋楼房，校园内并没有招待所。

我只好走出校门，沿街去找，同行的还有山东的母女俩。沿街大一点的旅店都住满了，往小巷子里走，也有一些民宅改办的小旅馆，里面同样住满了美术考生。有个小旅馆还剩一间只能放下一张床的空房，山东的母女俩就决定住在那里了。房东说还有一间大一点的，旅客下午两点钟退房，问我住不住。我迟疑着，不能决定，鉴于在北京与房东住在一起的经历，让我对与任何房东住在一起都深感畏惧。

芃芃发短信问我什么时候回，她饿了。这时已经是上午十一点多了，我们还是前一天在北京吃了晚饭的，我也早就饿了。我留下这位房东的电话，心想到时候万一没地方住，还得住在这里。

回到沈阳大学，我和孩子在校园里面的小卖店买了一点烤火腿肠和面包充了饥，然后拖着行李去旅店。街边的积雪非常厚，雪化了的地方是污水加雪。孩子的高筒棉鞋进水了，这更让我心急，得赶紧住下来。但是临到进那个小旅店的时候，我还是犹豫了。我让孩子在路边等我，我又往前走了一段，果然过街就有一家规模大一点像样一点的宾馆，碰巧正有人退房，128 元一晚的单间，我赶紧订下了。

总算安顿下来了。

清华美院考试的前一天，我一时忘了把准考证放哪了，抽屉里箱子里到处翻。

芃芃说："没关系，只要央美的准考证没丢就行。"

清华美院往年色彩考试是水粉半身带手。芃芃仅仅只在离京前两天，在我的强迫下才画了两张。报名后，离考试还有一两天时间，让她再画一画水粉半身，她不画，说看看书就行了。她是抱定了非央美不上的打算。可我这个做家长的就世俗一些，清华可是中国版图上名气最大的牛校呀！

2 月 28 日，清华美院开考。上午考完素描出来，芃芃说画得不错。

下午考色彩。开考不久，突然听到有人愤激地吵了起来。原来有一位家长在陪她孩子排队进考场时，看见大连市十五中一位考生的手机短信了，短信内容是关于清华美院的色彩考题。大连市十五中是清华美院的生源基地，短信是该校老师群发过来的。开考后，这位家长发现正在考试的色彩考题与那位考生的手机短信内容完全一致，于是便嚷嚷起来，还拨打了 110 报警电话。辽宁电视台都市频道的《新北方》栏目组记者也到现场做了采访。

考场外家长们议论纷纷。

芃芃报考的是造型，色彩考题是水粉人物写生，无所谓泄题不泄题。我觉得那位家长太在意了，就说："设计类的色彩考题也是静物写生，提前知道考题也没有用，平常水平怎样就怎样。"

我这话一出口，立即遭到其他家长的围攻。其中一个说："知道考题与不知道考题怎么可能一样？这次清华色彩的考题，从衬布到所有物体都是浅色的，没有重颜色，很容易画飘，效果就出不来。如果提前知道考题，老师就可以对学生有一个针对性的指导，学生还可以画几遍，找出最佳的画面效果。当然基本功也很重要，但是对那些基础都比较好，基本功和能力都相当的学生来讲，知道考题和不知道考题结果能一样吗？"

又有家长说："考题都是成套发布的。有本事知道色彩的考题，就有本事知道其他几科的考试内容。明天的设计基础考题说不定他们也知道了。"

设计基础考题就是给出一个主题，围绕主题创作一幅设计作品，有点像文化高考的作文题。那当然泄题不泄题，概念就完全不一样了。我真是感叹不已，这些家长在长期陪读陪考的过程中，个个都锻炼成行家了。

每一场考试快结束时，家长们从考试所在的那栋楼门口，一直排到沈阳大学的校门口。人们常用里三层外三层形容人多，守候在考场外的家长简直就是里二十层外二十层，两边夹住，中间一条窄逢留给考生出来。家长们都拉长了脖子，集体盯着考试大楼的门口，寻找自己家那个从战场上下来的将士。

芃芃色彩考试出来，很不高兴。原来考场里就只给考生准备一个凳子，学生必须坐在凳子上，把画板搁在腿上画。监考老师还特别强调说三脚画架也不许用，否则算作弊。芃芃想坐在工具箱上，把画板搁在凳子上画，监考老师说那也不行，也算作弊。

芃芃气呼呼地跟我说，画水粉时，淋淋漓漓水沓沓的，搁在腿上怎么画？

我一听就火冒三丈：清华美院是在招美术生，还是招玩杂技的？

后来听在武汉的考生讲，他们参加清华美院考试的时候可以用画架。同样的考试，要求还不一样。

第二天考速写，考题是默写运动场上的某个运动项目。这个题材，孩子不能说不熟悉，但是熟悉不一定就特别留意过。我想起了色彩泄题的事，哪怕是进考场前几分钟知道考题，只看一眼相关内容的速写或者照片，那效果都完全不一样。

关于清华美院泄题的事，尽管 2009 年 2 月 28 日和 3 月 1 日辽宁电视台连续做了报道，尽管当时有的家长强烈要求有关部门严肃查处，甚至要求重考，否则他们将抗争到底。但是最后依然是不了了之。

央美第一场考试是色彩。

本来任何一场考试的前一天晚上，我都要求芃芃早早上床睡觉，这样第二天考试孩子才有充沛的精力。但是央美色彩考试的前一天晚上八九点钟了，一位在武汉带孩子考试的家长电话告诉我，说刚看见考务人员给考场送进去很多木棒，于是就猜测第二天上午的色彩考试是不是模特手里拿着木棒。既然拿着木棒，那就肯定不是画色彩头像，只能是半身带手，不然拿着木棒毫无含义。

于是，我让芃芃赶紧准备调色盘画画，我到宾馆的走廊上找来一个拖把，自己杵着给孩子当模特。谁知道孩子画兴奋了，画完后很久都睡不着觉。非常不巧的是，孩子正逢上那几天身体不舒服。第二天进场前，精神状态也不佳。听人说，考试的时候喝了红牛很有劲，我就去沈阳大学小卖店买了两罐烫热了的红牛饮料，给孩子喝。

开考后，传出来的消息根本不是画什么手拿木棒的半身带手，依然是色彩头像。

我信心满满，芃芃画油画头像速度非常快。根据我平时给她当模特的经验，油画头像根本不需要四个小时，她一个小时就能搞定。

可是四个小时的考试结束了，差不多所有的考生都从考试大楼里出来了，我还没看见我的孩子！

我的心揪了起来，不会是出什么事了吧？

又等了一会儿，才看见我的小姑娘一个人恹恹地背着画板提着工具箱出来了。

我忙问是怎么回事。原来这场考试，孩子不停地去卫生间。肯定是喝红牛喝的，本来身体就不舒服。

"那画得怎么样呢？"我小心地问。我有点提心吊胆了，总是往卫生间跑，画画还能有感觉吗？

孩子说还行。只是考试交卷的时候，她把试卷一放上去，另一个考生就把卷子压上去了。也不知道那个考生是怎么回事，他的试卷反面有双面胶，把她蒙在试卷上的保鲜膜都粘起来了，她只好重新贴保鲜膜，画面有点受影响。

"你没有说他吗？"我问。

芄芄说那个考生也是黎明画室的，认识，不好说什么。还告诉我，开考前，监考老师要他们把书籍、纸张、手机和照相机都上缴。有一个考生把他的手机缴上去了，看得出那是一个很贵的手机。但是考试结束后，他去拿手机，手机已经不见了。那个监考老师也很不好意思。

看来，考生也是鱼龙混杂呀。

我突然想起曾经听人说过的，说考场里有画得不好的考生，看见别人画得好，他就在自己试卷的反面涂很多碳粉，等考得好的考生把卷子一交上去，他就压在上面，毁别人的画。难不成我的孩子也遭遇了那种无德的考生？不然，好好的试卷反面怎么可能有双面胶呢？而且那个考生还是认识的，知道芄芄平时成绩比较好。

我估计色彩考试成绩肯定是受影响了。我也开始检讨自己，不该在考前的那晚听风就是雨，破坏让孩子好好休息的常规要她去画画，结果孩子把兴奋点提前了，第二天考试时就状态不佳，只好喝红牛。其实，就算是考题与往年不同，这是对全国考生而言，你不熟悉的，别的考生也不熟悉。

但是过去了的只能让它过去，后悔也无益。下午考创作，芄芄说，再也不敢喝红牛了，就保持平平淡淡的情绪吧，能顺利考完就行了。

下午的考试，我的心一直悬着，既担心孩子的身体，又担心她的考试。创作的考题是《奔》，也不知道孩子画的是什么。

等到考试出来，孩子说下午没有上卫生间，但是太紧张了，两条腿直打哆嗦，担心画不完。她画的是老人带着小孩子们玩皮影戏。这是她画过的题材，我问这与"奔"有什么关系。芄芄说"奔"难道只看成是简单的人在奔跑吗？抢救文化遗产难道不是另一种形式的"奔"吗？她担心阅卷老师不能理解，还特地画了一个向玩皮影戏地方跑去的小孩，又把皮影画成了跑的姿势。

在沈阳，我认识了一位山东考生的妈妈，她在老家摆水果摊为生。她女儿上一届央美专业考试成绩进了全国前六十名，但是文化成绩没过。家长们在一起时，总喜欢发表一下对美术考试的看法，这位妈妈也不例外，更何况她女儿的专业曾经取得过央美比较好的名次，当然就更有资格发言了。可是她一不小心就会冒出一句很明显的外行话，她女儿在旁边就会立即打断她，有点嫌妈妈丢脸的意思。做妈妈的也不在乎。妈妈与孩子之间的关系大都如此吧。考试的那几天，这位妈妈总是提前到餐馆订餐，让餐馆按她女儿的口味做她喜欢吃的菜。

我买了考试完当天晚上就回家的火车票，尽管发车时间是在十二点后，但我吃过晚饭就带孩子去火车站了。因为沈阳市有两个火车站，我担心又会出现在北京差点去错车站的事，宁可早点去车站等四五个小时。

在火车站碰上我那女老乡带着她女儿，我们将坐同一趟火车回家。那位女老乡获悉芃芃的联考成绩比她女儿高出五十分之多时，竟然气冲冲地说："联考成绩都假得很。某某说，只要认识人，想加多少分就加多少分。"

我真是懒得再跟她说一句话。

上车前，我一直条件反射似的担着心，担心行李太沉搬运慢，火车跑了。有一个去沈阳玩的湖南小伙子在我下楼梯的时候帮我抬了一下。这个时候有人搭了把手，我的心里真是充满了感激呀！

终于站在站台上了！终于要上回家的火车了！我是多么高兴！我又忍不住地喊出声来："我要回家了！我要回家了！"

从2008年9月29日出来，到2009年3月9日凌晨坐上回家的火车，这期间，我看见的北京似乎只有树叶飘零过后寒冷的风裹着的飞扬尘土，沈阳街头厚厚的积雪融化时满街的污水，再就是这期间我没有轻松过一天的心情！我对灰蒙蒙的城市忍耐到了极限，对绿色的渴望如同干裂的土地渴望雨水！

火车到了河北，我看见广袤的原野上一点点绿色的春意，顿时如同有一丝清泉流进了我干涸太久的心田，我的心从来没有如此明明白白地感受过被滋润的过程，那份感动那份幸福无法言表！火车向南走，绿意越来越浓，到了湖北境内，我看见好多树上的新绿，还看见了一个村落旁一棵开花的树！

终于到了。我打开自己家门的时候，我闻到家里的空气竟然是甜的！真的是甜的！

文化高考，来吧！

3月10日凌晨到家，六点半芃芃就背书包上学去了，6月7日和8日的文化高考还在前面不远的地方等着她呢，时间已经屈指可数。

什么叫间不容息地连续作战？艺考生最清楚！

与孩子商量，要不要到学校门口的宾馆租房。芃芃说喜欢住在家里。那就住在家里吧，孩子同我一样对住外面也感到腻了。为了节省时间，每天上学放学都打出租车，车费权当付房租了。北方菜真是吃不习惯，尤其是在沈阳的半个月，餐馆里的菜简直可以说是难以下咽。回到家里，孩子连说湖南菜最好吃，连学校门口小饭馆里的菜都是那么可口。

回家后很长一段时间，我人都昏昏沉沉的。人上了一定的年纪，移居异地往往很难适应，就像一棵长了几十年的大树，移栽时就必须砍掉许多根茎，甚至还很难成活。不像幼苗，移栽的成活率高。一直到5月7日，我才打开电脑写第一篇日记：

啊哈，今天终于开电脑写字了。这几个月来，对于写字，已经陌生了，为了孩子考学，我是人忙心忙。等到孩子专业考试结束，从寒冷干燥没有生机的北方回到滋润的江南，人似乎还停留在北方那污浊的空气里，整个身心就像严严实实粘了一层多余的肥肉，拖沓着，往下坠。透不进一丝新鲜潮湿的空气，人一天到晚昏昏沉沉，除了机械地买菜做饭，就是昏昏欲睡，无法轻盈起来。不用说写字，就是看书，都无法进行，仿佛文字也只是一排排包裹着面粉的小方块肥肉，里面没有承载人的情感与思想——在北方真是住伤了。

回来快两个月了，一直到前天，才感到恢复常态，一口气看了几篇学生的毕业论文，竟然还能提出修改意见。只是昨天又有些不对，又昏昏的一天，今天早上六点起床，感觉状态似乎正常起来了，似乎可以正常地看书思考了，这真是让人愉快。

想写点关于陪读陪考的文字，可是发现大脑的记忆不愿意回去，似乎记忆的触角触摸到那段日子，都嫌累。

四月份，各高校的校考成绩陆陆续续出来了。芃芃可谓是捷报频传，每出一个参考学校的校考成绩，她都拿到了专业录取通知书。

中央美院出成绩那天，芃芃在学校上课，她发短信要我上网查她的成绩。不知道什么缘故，那天家里的电脑无论怎么也上不了网，我赶紧去网吧，一路上心紧张得控制不住地哆嗦：这可是孩子唯一想上的大学呀！

到了网吧，手和心一起哆嗦着输入密码后，网页打开了，出现在我面前的成绩让我有些吃惊，好像这不是我孩子的成绩：油画头像只有50分！尽管早就知道考油头时出现了种种意外，但我面对这个分数依然不肯相信自己的眼睛。芃芃上高二时，作为社会青年参加了央美的考试，也就是2008年的央美校考，她的油画成绩是70分。如果不是场景速写非常不理想（当时她还没有画过场景速写），她高二的时候，就可以上央美了。谁知道经过一年刻苦的努力，油画成绩竟然还掉下去了二十分！幸亏其他三科都上了80分，所以名次还是在有效的一百多名。因为央美造型学院连续几年招生专业排名都到了250名，有时还到了 300 名，所以只要芄芄文化高考能过线，去央美造型学院就没有问题。

当我在网吧紧张得哆哆嗦嗦时，孩子坐在教室里也急得眼泪巴巴。当她获悉她的考分和排名后，很不满意，说自己倒霉。我与孩子是一样的心理，这个分数确实出乎我们意料之外，但当我说她平时画油画头像花的时间最多考分却最低时，芄芄当即就反驳我说，画油画又不是只为了这场考试。

几家欢喜几家愁。

当初进楚才中学这个重点高中艺术班的学生，文化成绩都是比较好的，专业则是在文化成绩达到楚才中学录取分数线后，在全市的专业生里选拔出来的。无论是文化成绩还是专业成绩，当初不能不说是优中选优。这些孩子对自己的前途，可以说是个个信心满满。但是两年半下来，一些孩子再也无法做到两头兼顾。有一个孩子仅凭文化成绩就可以轻松考一个二本，可一个专业录取通知书都没收到！有的专业录取通知书来了一堆，文化成绩又毫无希望。有一个学生拿到了清华美院设计专业录取通知单，名次还不错，尽管学校早就有言在先，只要专业过了清华，学校会派专门的老师负责文化，但最后校长和老师对在短期内大幅度提高这个学生的文化成绩依然无计可施，最后的结果无疑只能是与清华美院失之交臂。但无论哪种情况，到了这个时候，这些孩子哪怕一个校考录取通知书都没有而心情沮丧眼中含泪，还得同样努力学文化。文化考分高一点，总会多一分希望。

艺考生必须两条腿走路！

艺考并不是走进高校的终南捷径！

艺考生能进理想的大学，他们以及他们的家长付出的甚至比文化生要多得多，走的路也要艰辛得多！

文化复习刚开始时，芃芃面对一大堆需要复习的教材感到茫无头绪，不无担忧地说："这么多书没有复习，万一高考考不好该怎么办呢？"

我赶紧稳定孩子的情绪："不要去想高考的事。你就是天天担心，又有什么用？白担心了，还浪费时间破坏心情。你就按照老师给你们制订的学习计划，按时完成每一章节的复习就行了。你只面对眼前你必须完成复习的每一个章节，最后的结果不要去想。就像去梳一头又长又乱的头发，不要指望从发根一梳子梳下来就梳顺了，你得从发梢开始一点点梳，梳通多少算多少。"

我要求孩子每晚十二点必须上床睡觉。尽管芃芃不愿意，说他们班很多同学每晚都一两点才睡，甚至老师在家长会上都说了，这个时候了，学习到晚上一点多也很正常。但是我还是强迫我的孩子晚上十二点必须睡觉。休息不好，怎么可能学习好？再说，就算是十二点上床马上能睡着，第二天早晨六点起床，一天的睡眠时间也不足六个小时呀！

刚回来的那阵子，孩子吃饭在学校解决。不久，孩子说感觉大脑没营养似的，想问题都转不过来。我开始在家里给她做饭，一是营养上的考虑，二是担心在外面吃万一吃了不卫生的东西生病。人的生物钟真是神奇，心里只要有事惦记，无论头天晚上多晚睡觉，第二天早晨五点多我照例就醒了。每天早晨，我同时给孩子做两餐饭：早餐和午餐。早餐快做好时喊女儿起床，时间掐好在她起床后洗漱一完早餐刚好上桌。绝不提前喊孩子起床，能让她多睡一分钟算一分钟。午餐就用保温桶带到学校去。

孩子的一天三餐，我真是不少费心思。每天写菜单，餐餐荤素搭配，还不带重样。每晚睡觉前，我就把第二天早晨要炒的菜洗好，能切的就切好。第二天早晨饭菜全都现做，孩子必须吃新鲜的。

学校每次摸底考试，芃芃都能拿到五百来分，这个分数过央美的录取线一点问题没有。但是孩子并没有掉以轻心，她情绪稳定，不急不躁，根据老师的计划按时按量完成每一轮复习。有人说上高三比挖煤还累。芃芃说，她感到累的只是身体，心情还是比较轻松的，有时候甚至还溜到学校附近的船码头去玩一会儿。

她在笔记本上写下了这几个字：

"文化高考，来吧！"

这几个字多么有气势！表明我的孩子已经准备好了，对她的高考充满了必胜的信心！

总的来讲，我也比较乐观。芃芃的语文和英语好，我估计每科考一百多分应该没什么问题，文综也能拿两百分吧，只是数学不好，但多少总要考一点分数吧，只要不出大的意外就行。尽管如此乐观地预测，但只要芃芃任何一次小考成绩不理想，我就会紧张起来。有一次下班后，腿就不自觉地往庙里去了。其实去庙里的目的，我自己也不甚明了，想找寻心灵的安静吗？想祈祷神明的保佑吗？可是对神明的存在与否明明又心中存疑。

那是山上绿树怀抱中的一座尼姑庵。我去的时候，正巧碰上放生。庙里用善男信女供奉的香火钱买来一万多块钱的野生蛇，尼姑们念经超度后，将拖到远处的大山里放掉。过了几天，我再去那个尼姑庵时，又再次碰上放生，于是便与庙里的尼姑们攀谈起来。从此我几乎每周去庙里一趟，渐渐了解了那些尼姑都是在清苦度日，虔心礼佛，以求来生。

人对神佛的祈祷诉说，也许并不是单纯出于对神佛的信仰，有的仅仅只是借对虚无神佛的叩拜这种形式达到自己诉说以求心平气静的目的。人总有一些事不足为外人道吧，而虚无的神灵就是最好的倾听者。

　　去庙里烧香许愿的家长非常多，其中不乏大学教授、医生、公务员，甚至还有高三的班主任。高考的那几天，庙里的香火尤其旺盛。个别家长在高考前甚至住到庙里，出钱请和尚尼姑专门为她孩子高考做道场。长沙某大学教授去宁乡某地，据说那里有一座庙的菩萨特别灵验，教授的三个朋友就托他为他们即将高考的孩子烧香。这位教授丝毫不敢敷衍，去庙里认认真真请了三炷香，谁知道其中一炷香点了几次都点不燃。这位教授心想，这是哪个倒霉孩子考不上呢？回去后跟他那三个朋友提都不敢提香点不燃这档子事。

　　为了孩子的高考，家长们既要保证孩子在现实生活中方方面面顺风顺水，又要祈求虚无的神灵暗中的佑福。神灵有没有先不去论证，当然也无法论证，那就宁可信其有，总之菩萨面前求到了，心里多少有了点依靠似的。

　　有一位考生妈妈紧张得简直到了神经质的地步。她老早就打听到哪座庙的菩萨保佑孩子升学最灵，平常就去那庙里供些香火，不能做那平时不烧香，急时抱佛脚的人，不然菩萨也不答应。不巧的是，孩子考前一天，她来例假了。女人来例假了就不能进庙门，否则就是亵渎了神灵，于是她就逼着不信神佛的孩子的父亲去庙里烧香叩拜，把孩子的姓名、生辰八字、所在学校班级，以及考点考场都写在黄表纸上，压在神位前。因为每年都有无数家长为高考的孩子来求神拜佛，年年因袭下来，写在黄表纸上求菩萨的话都变成了一套押韵的专门祝辞。

考试那两天不能杀生，但是孩子又必须吃得有营养，这位妈妈就提前一天把鱼杀好放在冰箱里。庙里不能去，菩萨还得求，孩子在考场考几个小时，她就兢兢业业万分虔诚在家里跪几个小时，嘴里不停地念叨求菩萨保佑她儿子考试超常发挥金榜高中的话。第一天，她儿子从考场出来，说考得不错。她万分喜悦，说菩萨有灵，说她跪在地上求菩萨的时候，就好像看到了菩萨的佛光照着她儿子在飞快地写。

谁知道出了差错。

那天晚上，她家里不小心进了一只蚊子，嗡嗡嗡地叫得人心烦，孩子的父亲伸手一巴掌就把蚊子拍死了。第二天上午的那场考试，孩子说考得不怎么理想，这位妈妈埋怨的矛头立即指向孩子的父亲：

"都怪你昨晚打死了一只蚊子！说不能杀生不能杀生！"

孩子的高考如同皇帝出行，在哪里下榻，在哪里就餐，家长都要提前去考察并安排妥当；天气太热，孩子穿什么衣服鞋子比较凉爽，家长要考虑周到；准考证、身份证以及各种考试用品，家长都要准备好并反复检查以确保万无一失。考试的时候，全社会都为他们让道，考点附近更是车辆禁行。

每场考试开考前，我把孩子送到考点。看着孩子进场后，我就去庙里。求神拜佛无所谓对错，因为这只是家长热切祈望孩子顺利的一种心情表达方式。我不求神灵保佑我的孩子考试超常发挥，我只愿孩子顺顺利利不出现失误就行，因为如果平时学习不好，考试的时候菩萨也不会帮你做题。

孩子每场考试结束，我都没有问她考得怎么样，我相信孩子尽力了，就一定会有一个好的结果。既然已经尽力了，哪怕结果不理想，我们也无怨无悔。当孩子考完最后一场出来，我情不自禁与孩子拥抱在一起雀跃欢呼：

"哦，考完啰！再也不用考试啰！"

然后，我们非常放松地慢悠悠地走回家去，一路唱着歌。

告别与启航

三天高考，黑洞一样吸纳了孩子们十二年的寒窗苦读。这十二年，他们的人生窄化成一个目的：高考。当高考结束，他们回到教室整理自己的物品，根本不需要任何鼓动和约定，就有孩子一言不发开始撕书，然后大家都在撕，再然后整个教室，乃至整个校园都沸腾起来了，纸片像漫天的雪花一样飞舞。

我们的教育苦心孤诣十二年，没有赢得孩子们丝毫感恩。他们撕掉了自己曾反复诵读练习的课本、习题集和试卷，仿佛这些无言的书和试卷是这些年来重压在他们身上的罪魁祸首。谁都清楚，他们这是在宣泄长久以来的压抑，是在表达对过往十二年除了读书还是读书的日子的刻骨厌恶！同时也是在庆祝他们的解脱与重生！

有个网名叫"今生约定"的说："哥撕的是教育。"

一个叫"飞飞翔"的说："哥撕的不是书，是教科书。"

芄芄很平静地开始了高考后的生活，看看小说，听听音乐，与爷爷奶奶和表弟表妹们欢聚。倒是我在清理孩子那些课本和练习册时，除了留下语文课本和她的作文本，其余的全都被我毫不犹豫清理出去了。虽然那些教材和试卷，孩子曾经倾注了无数心血，但那都不是孩子的兴趣所在，也与她将来的专业没有任何关系，仅仅只是为了高考。高考过去了，它们的命运理所当然就是任由两麻袋装着，进废品回收站。

文化高考出成绩的那天，我通过手机短信查询高考成绩。不知道什么缘故，手机短信发出去无数条，总是收不到回复。从下午出成绩一直到晚上七点多了，我还没有查到孩子的高考分数，亲戚朋友都来电话询问了，我不由得有些着急。换一部手机再发短信查询，随即回复来了，分数超出央美历年录取线八十多分。

2009年湖南省高考文科试卷难度较大，比2008年高考平均分数下降了三十分左右，能考出这个分数，真让我有点意外，我一直以为芃芃的文化高考分大概也就是超出录取分数线四五十分的样子呢。我转身抱住了我的孩子，因为查分等待得太久，又因为考分在意料之外，我们母女俩都流下了眼泪。孩子后来告诉我，她见我看短信的一瞬间眉毛皱了一下，以为分数不好，吓了一跳，后来流眼泪，也有被惊吓的成分。

紧接着就是填报志愿。文化生可以同时填报五个平行志愿，平行的第一志愿不能投档，可以投档第二个，或者第三个。艺术生的录取都在提前批次，而且只有一次选择机会，如果提前批次唯一的这个填报的志愿不能被录取，哪怕专业拿到了八大美院的录取通知单，也全都变成废纸。想读大学，那就只能在第二批次的录取中选择本省二本院校的艺术专业。

芃芃填报了央美造型，根据她的专业排名和文化考分，被录取变得毫无悬念。以至于后来接到录取通知书，我和孩子都情绪平平，因为在我们心里这早已经是一件顺理成章水到渠成的事了。这当然归功于孩子的努力，但还得感谢中央美院本科招生制度：文化成绩全国一条线，在文化上线的基础上按专业排名录取。这样的招生制度不仅相对公平，又最大限度保证招到了专业优秀的学生。如果央美也像别的大学一样给各省分指标，我根本不可能如此笃定。

其他艺术院校的情况又不同些，首先就是地方保护主义。

西安美院 2008 年的招生简章介绍，按综合分排队择优录取，文化占 40%，专业占 60%。综合分计算公式：（文化总分 ÷ 文化满分 × 40）+（专业总分 ÷ 200 × 60）。我有一个熟人的孩子复读三四年了，这年高考文化成绩和西安美院的校考成绩都比较理想，综合得分 73.1 分。根据之前几年西安美院的录取分数线，最高是 68.9 分，于是怀着必胜的信心填报了西安美院。

结果录取分数线一出来，这孩子彻底傻眼了。

西安美院绘画专业在全国各省市的录取分数线是：湖南 73.2 分，山东 70.0 分，其他各省（除湖南、山东、陕西）是 68.9 分。当时陕西的录取分数线没有公布，后来公布的结果是 63 分。

高考成绩有时候一分就是一分的命运。这综合得分多三四分，事实上就相当于文化分高六七十分甚至是八九十分。西安美院的专业考试是全体考生同样的考卷，这就是说湖南考生是在专业与其他省市的考生水平同等的情况下，文化成绩一年之内陡然提高八九十分还惨遭淘汰。

家长和学生找到西安美院讨说法，无果，只听说湖南比上一届录取人数少了三分之二。

而这一切事前都没有被告知，等待这些孩子的只有一条路：复读，或者是继续复读。

再一个就是信息不公开透明，让考生对自己能否被录取感到扑朔迷离。

在我的印象中，只有中央美术学院是在专业上线的基础上，文化成绩全国统一划线，再按专业排名录取。其余大学的艺术专业差不多都是按高考文化成绩和专业成绩各占百分之几十的折合分进行排名，再根据各省的情况择优录取。这样的录取方法，当然有它的合理性，但是却让考生在填报志愿时尤其犯难：

首先你无从获悉自己在本省所有填报该院校的考生中的专业排名以及其他考生的专业分数，因为很多大学不公开专业排名。有的提供了专业排名，但是与其他考生的分数相差几何又无从知晓，考生的分数属于高校秘而不宣的范畴。至于填报同一所大学的学生的高考文化成绩同样不知道。这就决定了考生在填报志愿时，除了专业和文化都稳稳地属于高分的考生外，其余的基本上是靠"碰"。

毕老师差点为此送了性命。

毕老师的儿子专业考试收获了六所大学的录取通知单，文化高考分数不高不低，这种文化成绩填报志愿时最为难。六所大学中最理想的那所，虽然专业考试成绩比较好，但是毕老师估计儿子的文化考分还差那么一点，不敢冒险，只好选择放弃。其中一所专业美院专业分数只超过录取线几分，也只能放弃，这是因为所有大学的艺术专业基本上是按一比四、一比五的比例发放专业录取通知单，专业排名靠后，录取几乎毫无希望。毕老师左右权衡，最后为他儿子填报了湖北美院，他儿子湖北美院的专业成绩超过录取线将近三十分，被录取的胜算大一些。

填报了志愿的当天晚上，毕老师听到上一届被湖北美院录取的两个学生文化考分都超过他儿子的分数二十分，顿时慌了手脚。尽管2009年湖南省高考文科平均分数比上一届低三十分左右，尽管湖北美院绘画专业的录取计算方式是专业成绩占百分之七十，文化占百分之三十，这对专业考分比较高的学生很有利，但是毕老师依然寝食难安：他想起儿子自从学习专业以来付出的艰辛努力；他想起儿子收到专业录取通知单后，精神备受鼓舞，每晚到半夜一两点了，还在光着膀子读书；他想起儿子本意是想填报广州的某所综合性大学，而且那所大学是百分之百的稳录，是他考虑到专业美院的艺术氛围和师资力量都要强于综合性大学，才坚持给儿子填报的湖北美院。虽然最终能不能录取还不知道，但是毕老师已经预感到了前景不妙，他觉得是他把他儿子的大学给填没了，他觉得自己简直成了罪人。

虽然早就被告知，志愿一旦填报，就无法更改，但是怎肯就此甘心？他找到他的同学请求帮忙，他同学的一个下属的朋友在省招办的机房工作。于是，毕老师请他同学的下属吃饭，想请他帮忙打听他儿子在湖南省报考湖北美院的排名情况，如果排名靠后，看能否帮忙改志愿。

吃饭的时候，他同学的下属带来一个年轻人，提出要毕老师的同学帮该年轻人安排工作。又跟毕老师讲，能不能改志愿，还不知道，探探情况再说，先预付一万块钱。

毕老师看见这个阵仗，只好撤退。自己出钱倒也罢了，麻烦同学去解决一个人的就业，这实在是太难为人家。

于是又想着去湖北美院看看，看能不能探听到一些情况。那几天，毕老师是心急如焚，外加神思恍惚，结果驾车去武汉的途中一个走神，车撞到了路边的栏杆，撞得连转了几个圈，幸好保全了性命，可是全身多处骨折。

出车祸不过几分钟，他接到电话：填报湖北美院的湖南学生中，他儿子的高考文化成绩和专业成绩折算分排名第二，被湖北美院录取是铁板钉钉的事了。

招生情况不透明，让毕老师白挨了这个痛。

芃芃走进了中央美院。

从此，她彻底告别了读书只为了考试的工具性存在，不必再在自己毫无天赋而且与自己的生活与专业毫不相干的科目上浪费时间，不必再为了标准答案死记硬背，也不必再在文化课和专业课的学习中忙得焦头烂额。我的孩子在高考的魔咒中侥幸顺利出逃，恢复了人生本身就该拥有的淡定从容，她对一切艺术的东西都表现出勃勃兴致。她博览群书，文字终于回到它的本身开始自己说话，她将在书籍里际遇一些伟大的人物和智慧的心灵。她喜欢音乐，常常即兴填词作曲，然后自弹自唱。她喜欢电影，刚上大学那会儿，常常在宿舍里用投影仪将电影投射到墙上，然后大家窝在被窝里欣赏。我听了只有高兴，觉得这才是年轻人正常的状态。

中央美术学院当之无愧是国内最好的大学之一。这个好，除了它的公平原则，还表现在它优秀的艺术传承，中国现当代杰出的美术家几乎都师出央美或者执教于央美，我的孩子不仅能感受到这些大师们传承下来的艺术精神，还能够直接受教于当代那些优秀的艺术家。同时，央美还汇聚了一帮志同道合的同学，能够在一起相互交流和探讨。这样的一个学生群体，也是一所好大学的标志，因为任何一个时代最杰出的艺术家，无不是一大帮优秀的人成群结队朝一个方向努力时脱颖而出的。

果然，芃芃专业优秀，经过一年基础部的学习，如愿以偿进了油画系。再后来，又如愿以偿进了她想去的工作室。她对美的追求，对自身艺术感觉的培养简直有一种格物究源、穷理致善的精神。色彩的世界丰富美丽得如同上帝的花园，我的孩子徜徉在美术大师们用颜料铺就的鲜花蹊径，一直向那神秘而至善至美的花园探寻。

中央美术学院油画系有四个工作室。大二第一学期，各工作室的老师轮流执教，然后在一种竞争的条件下双向选择，学生选择他们心仪的工作室，老师选择他们认为适合自己工作室的学生。记得，芃芃选择工作室后，该工作室的负责老师对她说："谢谢你选择了我们这个工作室。你让我感到了压力。我一定好好教你们。"这番话真让人感动。无论这个世界变得如何唯利是图，教育如何受世人诟病，总还有一部分优秀教师始终保持一个真正教育家的胸襟和良知。

眼下芃芃作为国际交换生，已经赴巴黎美术学院交流学习。眼界决定境界，拓宽眼界，才能穷万里之目，芃芃说她要把眼界拓得更宽更广。艺术这条路非常不好走，但是对艺术的热爱和追求让孩子感到充实而有意义，并从中获得快乐。孩子的每一次成长，对于母亲来说都是一次渐行渐远的剥离，都会带来分娩一样的阵痛，但是作为母亲，依然甘心为孩子的盛开零落为泥，尽管我对孩子未来的事业发展没有任何要求，因为生命的价值只关乎快乐健康生活本身，我对孩子唯一的希望就如她小时候画的那幅"幸福平安图"，永远永远祝愿她平安幸福！

附1：在画室代课的那几天

陈子芃

一

行将放弃时老天又将机会给你。真有趣。

这是我大学的第一个寒假，我想去画室代课。找来找去找不着，就买了一放假就立即动身回家的火车票。谁知道第二天就有人请我去上课，还卖掉了两张素描习作，赚了两千块。买画的是中央美院毕业的学长。我第一次卖画，对讨价还价难以启齿，他说多少就是多少。

有活干就不走了。退票要交百分之二十的手续费，想将车票原价转让，学校各处信息栏上贴消息。车票到期的前两天还无人问津，正准备去车站把票退了，买票的电话打了进来。各种峰回路转，各种机缘凑巧，真是谋事在人，成事在天。自己创造条件，但事情成功与否不在自己。若世上没有老天暗中相助，那就是靠无数复杂的事情之间的偶然性一点一点串联起来，所以成功好难。

目前我想代课卖画挣钱就是为愉悦家人，过程叫社会实践。

想象爷爷奶奶还有妈妈在熟人面前炫耀的样子，我便会很开心，想用自己赚的钱给他们买礼物。记得妈妈曾经以羡慕的语气说她一个熟人读研究生的女儿给人做翻译，给家人买了件几千元的衣服，我也要别人用羡慕的口气对他的小孩说我妈妈也穿着女儿买的很贵的衣服。

奶奶也会跟教堂里的公公婆婆们讲自己孙女是如何赚大钱的，因为几千块在乡下的婆婆姥姥眼里就是很大一笔。

第一次知道挣钱很难，是看奶奶卖菜。那天下着小雨，很冷。奶奶坐在又湿又冷的街边叫卖，自家辛苦种的菜任由别人挑挑拣拣，那么大一把青菜才卖7毛钱，当时立马就觉得平时花几块钱也是大手大脚。

再一次浅尝一下滋味便是前几天找画行。我和另一个朋友手机都打爆了，每个画行都去问，却毫无结果。试想如果我现在就是四年后，毕业即是失业，不靠父母，只能露宿街头……难以想象，想象的结果就是不敢步入社会。一下子就明白了那些卖苦力的为什么工资那么低活那么重还要干了。当一家小行画商问我们是干什么的时，我只能用胆怯的讨好的声音说是央美的学生。可是心里也明白，是中央美院的又怎么样？没有钱就别谈艺术。央美这块匾还值多少钱？美院一年比一年掉档次，我的很多同学连代课都找不到，工资也低。想没门没道卖行画就更不可能，一大堆高级灰谁要？

那天我们就仗着自己还是学生，还能依靠父母，一番徒劳后，把联系行画商改成逛街，把赚钱改成消费。心里浓郁着无奈，不仅是因为我们无能，也因为真的好难。机会在天上高高悬挂着，我们还不够高，抓不到它。

有同学问我赚钱干吗，我撒谎说只有经济独立才能政治独立（摆脱父母控制）。有人说女孩小时候靠父母，长大靠男人呗。我说你说话我耳朵难受。

我是个积极行事的悲观主义者，热爱物质，对代课卖画并不排斥。有些同学却很是厌恶的样子。有一个高三复读了几年才考上央美的同学，虽然家境不宽裕，却爱读书，崇尚精神生活，相信美好虚幻，心底里鄙视这种赚钱的事，但是口袋里没钱时，照样满世界找画室代课。尽管我们性格不同，却是很好的朋友。追问谁对谁错毫无意义，经济社会挣钱是王道，时势所逼，谁都不得不将挣钱进行到底。

2010 年 1 月 15 日

二

昨晚十点左右，办画室的周同他女朋友一道帮我把行李从美院搬到了画室。我准备在这里代课二十天。

画室在一栋两层楼的二楼。这房子原来也许是仓库，也许是礼堂，总之一个字：大。这间巨大的房子用三夹板隔成了教室和女生宿舍两部分，教室很大，宿舍却小得可怜。宿舍部分同样又用三夹板隔成了三个小隔间，每个隔间里放六张床，上下十二个铺。虽然是隔开了，上半部分却没有挡住，与教室声息相通。我悄然推开宿舍的门，一股不说臭但也不新鲜的空气立马将我包裹，一条窄得只容下放脚的过道横七竖八卧着女孩们的鞋。十二个床铺全都被花花绿绿的布帘子遮起来，活像许多小狗窝。一个脑袋从一个布帘子里钻出来向我们张了一张，又立马缩了回去。

周指了指一个没人的下铺说你先将就吧，再想办法。我知道北京寸土寸金，当然不会介意和考生们住一起，虽然条件差了点，但至少晚上不会孤独害怕。

一个女生告诉我十点半停水。我迅速简单洗漱后，像滚泥球一样爬到床上，把围巾和外套放在了枕边就好像有了安全感。也不想盖别人的被子，就盖我的 NIKE 大袄吧。

躺在床上难以入睡，借着不知道从哪透来的微光观察这个陌生的小世界，看不太清楚，总体感觉像进了贫民窟：脏、乱、小、挤。不情愿地一股一股吸入这里的空气，有点恶心，感觉身上爬满了脏东西，头皮发痒。想起我考学哪受过这样的苦？妈妈一路照顾我，在有限的经济条件下，尽可能地让我吃住好一点，安心学艺。相比之下，真是天上人间。这样我又开始同情这一群同龄的考前生了。真有意思，生活总是这样多姿多彩，现在是让我补上这一堂考前生活课吗？那好吧，我就是来体验生活的……

早上被手机闹铃叫醒，终于看清了对面的铺原来这样丰富：墙上粘着几个雀巢咖啡的盒子，不知道里面装着什么物什；床铺顶上挂着一排塑料袋，放着各种零碎小东西，一张掉了铅的速写也赫然吊在铺顶上；床头是毛巾袜子内裤等，数了数有五种不同花色的布肆意拧在床上，每一件都像从涮水桶里捞起来还搁置发酵了一段时间，感觉一拨开就会有无数的小虫子爬出来。床上还有一张折叠式的小矮桌，本来是方便坐在床上画设计图用的，可是竟成了一个杂货摊，桌上各种生活用品应有尽有：饭盒、书本、零食、洗洁精等杂乱地挤在一起。桌底下一个大的黑色颜料箱。画板袋、一大袋颜料、速写板都挤挤挨挨靠墙堆在床铺上。床底下的行李箱、盆子、鞋还有一些不明物体这时也在晨光中崭露头角。

一会儿吱吱嘎嘎的声音在各个方位响起来，大家纷纷起床了，揉着睡眠严重不足的惺忪睡眼，彼此也不说话，各自洗漱后，一个一个悄没声地从宿舍里消失了，感觉就像些幽灵。我起床时转转头，脖子一阵疼，落枕了。来之前的幸福感顿时被剥夺得一点不剩。

今天画一个特别没感觉的男模特，目光呆滞，身板僵硬，面色土黄。无论从素描还是色彩的角度考虑，都很难搞定。这是一个几十个人的小画室，我只负责四个学生，因为只有他们几个考造型。虽说是学生，其实就是比我小一届的学弟学妹，有的年纪还比我大。上课我不习惯偷懒，因为偷懒等于发呆，我宁愿拿起笔练练手。

画室的老板周央美毕业，是我的学长。他对学生很凶，说学生都恨他但是考上了就不恨了。我表示理解，如今央美毕业的想在北京就业，难！漂在北京，除了卖画就是办画室，此外我还想不出别的什么生财之道。如果他不严厉一点，学生考得不好，画室明年生源就成了大问题。他买完静物水果回来，冲一个拿奶茶杯没有画画的女孩大发雷霆，说"你要不是个女孩我早动手打你了"。我对这种话一向很敏感，感觉是杀鸡给猴看，但是我试着不这么想。他对着一群学生讲了一通后，跟我说他要去一下医院，要我负责一下学设计的那帮学生。我答应了，随口问他去医院干吗。他说他老咳都咳出血了。我想肯定是累的，高考临近了，他比学生还着急上火，能不咯血吗？

我的上课时间是上午八点半到十二点，下午一点半到五点，晚上六点到九点半。考生们基本上是凌晨转钟了才能睡，因为创作都是留在晚课后完成。上完一整天课后，我坚持写完这篇日记，累得也快要趴下了。

2010 年 1 月 18 日

三

学生报考去了，画室放半天假，于是我拎着电脑回美院看看。开寝室门的刹那，我几乎想哭出来，熟悉的桌子和床，虽然乱乱的还是藏不住温馨。上了一会儿网，开始写日记。

妈妈说她一个朋友的女儿也是大一，与我同年，寒假在给某服装店做销售，同各种人打交道学到不少东西。我便开始寻找我在代课过程中能学到点什么，想了想，好像没什么。相比我在考前班当学生的时候，这种日子还真有点度日如年的感觉，我老是不停地看表，看得越频繁，时间好像走得越慢。

　　考生们都是去年八九月份来北京的，每天就是不停地画。这半年下来，兴趣早已磨光，心里只剩下高考的压力磨盘一样重。四个学造型的学生有点像泄了气的皮球，打不起精神，眼睛露出的瞳孔都是半圆形的。他们有的与我是同一所高中的校友，所以他们想什么也会告诉我一点。那个原来画得最好的，专业第一名考上当地重点高中的男生，我上高二的时候，觉得他都快赶上我了，现在画的不说是一塌糊涂，也可以说退步了不少，连基本的形都有大问题。我能感觉到他的失落和无奈。他一定不太甘心我教他，但事实上我现在的确画得比他强了太多太多。他说他麻木了，画什么都没有感觉，更别提画得带劲了。另一个平时在学校活蹦乱跳的女孩，如今也蔫了似的。对此，我除了尽力地教他们，传授自己的经验，其他的也只能是无奈。考前还能怎样呢？不过我考前状态就比他们好一些，印象中颓靡的日子很少，第一是在妈妈的推动下我冲劲很足，第二我没有被恋爱与生活琐事打扰，再一点就是我当时所在的画室应该算是国内最好的造型考前画室，高手多，学习气氛浓厚。主客观因素都挺不错，我才顺利地应届考上央美造型学院。

　　人在无力改变环境的时候，大概都会尽最大的努力适应环境。待在画室的这几天，我再也没有第一个晚上那种难受的感觉了，望着旮旯角落都被利用殆尽的宿舍只觉得神奇，甚至还觉得有点可爱。我住的那个小隔间，最里面两张床的地上竟然铺着一块像床单一样薄的布，进去要脱鞋，表示地上铺的是地毯，其实里面同样又脏又挤又乱。午休时和同学们坐在一起用家乡话聊天也很有意思，高兴时就肆意大笑，觉得她们还很单纯，很可爱。

这个画室的学生大都来自湖南，所以画室特地从湖南请来一个五十多岁做饭的老头。学生与老师的菜分开做。伙食不怎么样，早餐就是去一楼做饭的小房间里抓一个馒头或者是包子，稀饭和咸菜是没有的。学生一般两三天吃一次肉，三个星期吃一次鸭子，或者是牛头肉。我清楚地听到周学长对做饭的师傅说牛肉太贵了，吃不起，只能买牛头肉。平常是大白菜、土豆和豆芽轮着吃。好不容易等到吃肉的那餐，一盆菜端上来，大家蜂拥着围上去，发现盆里不是炒肉，就会一齐哎一声，很失望的样子。素菜随便学生打多少，如果是荤菜，做饭的师傅就要掌勺分发控制分量。老师吃得好一点，有时候还有排骨。做饭的师傅很仔细，有一次看见他买了猪脚做给我们老师吃，细心洗干净后用手把猪毛一根一根地钳下来。我说放到炉子上可以烧掉，他说烧的话茬就留在里面。

这几天除了上课，还是上课。下课了，有时候还被学生拉着讲画。与大学生活相比，代课的日子就是重复着单调，单调地重复……

2010 年 1 月 21 日

四

除了挣一点钱，感觉这样过日子还真有些浪费时间，于是努力寻找代课能给我帮助的有意义的东西。终于发现给学生改画，能进一步提高我画形的准确性。如果每天面对形形色色的模特，都能细心地改几张画，也许剩下的十几天对我应该有所帮助吧。

最近和妈妈通电话就会很烦，话题总是些不开心的，叮咛这个，唠叨那个……刚才接了她的电话，心烦意乱，写第一段的思维被打断了。

进步也是有的，我学会了和同学们愉快地交流。放下老师假正经的架子，故意说一些家乡不标准的普通话轻松搞笑，引来阵阵笑声，迫在眉睫的考前紧张气氛便会活跃一些。

办画室的周学长就截然不同，夸张点说他就是画室的秦始皇：凶狠、独裁，学生见了他都跟见了鬼似的。比如昨天晚上十一点多了，两个学造型的女孩在寝室画创作——这是她们画创作的时间。她们说太累了想休息一下，便搁下画笔聊天。这时隐约听到周学长在外面，她们就像老鼠突然听见了猫的声息，立马停止了讲话，竖起耳朵听动静———一阵脚步声传进来，其中一个学生随即钻到了最里边有帘子的床里，穿鞋的脚都缩上去了。另一个没地方躲藏，只好硬着头皮坐在床上背对着门不动。一会儿，周学长的脚步声离开了，她们俩便开始了对他的各种批判，如何不讲道理，如何骂人，如何办错事不负责任，如何如何……

昨天一个清华美院学设计的大二女生也来代课。刚开始跟我说话时，看得出她眼神里有一种敌视，我则用礼貌友好的态度回应。吃饭时，大家都很随意地谈笑，她则沉默。我知道你待人冷漠就是让自己被冷落，何况身在外是需要朋友的。她不笨，应该看明白了这个道理。今天她的态度似乎好多了，中午主动问我要不要和她一起去超市。

现在是一月底，各省联考都结束了，各高校的艺术招生报名正在火热进行中。考生们人手一份记满密密麻麻要报考学校的单子，一有空便埋头研究考试日期、考试内容、考试地址，咨询老师应该报哪个学校不报哪个学校，报几个美院几个综合性大学。这又想到了我的考前，这些报考工作全是妈妈帮我搞定，我只负责画画。想到此，觉得刚才对妈妈的不耐烦是很不应该的，她那些不顺耳的话应该认真倾听，因为回头想想，好像她从来没有教我做错过什么事。

夜里快一点了，那个活泼的女生爬上了床，从她的被窝里传来了窸窸窣窣啃饼干的声音。

2010 年 1 月 25 日

五

昨天决定了，辞职。

本来四个学生每天的学费加起来都不够我一天的工资，其中两个昨天又去其他组画了，我就教俩。整整上一天课，我就坐在他俩中间没有挪地。在决定晚上跟周学长说辞职的事后，我便在脑中"严密"进行下一步计划：明早起来先去买车票，再把东西运回美院。快过年了，火车票紧俏，可能只能买到五天后的，那这几天就算是给自己放个小假吧。于是我又构思怎么把这几天过好：一个人在寝室上网，看完开学时就买的《笑面人》，睡到夜幕降临再到花家地北里的街上游荡。前些天为备考《中国美术史》，我通宵坐在花家地北里的麦当劳店里复习功课，一杯一杯地续咖啡。我依然还要坐在那夜同样的位子，回想当时怎么把时间利用殆尽直到第二天天空放亮。上中学时，除了读书，就是画画，在家乡那个小城，我上街都会迷路，家人一直不放心我独自在外。半年大学生活，我现在应该有能力一个人把日子装扮得精彩。

没想到最后一天来得这么快，提前了这么多，不知道这算不算半途而废，还是没有上完二十天。生活总是这么多变，一切很难预知。

在这里前前后后十天，我终于解放了。

今天早早起床去买火车票。寒风中漫长等待的队伍是一排焦急的心，被复杂的情愫缠绕，在外漂泊的苦与泪，唯一的期盼或许就是回家好好地过个年。或许都像我，没洗脸没刷牙没吃早餐就冒着冬晨的严寒来买回家的车票。中国人给年灌注的情感都是最美好的：团圆、

214

温馨、丰足、快乐、幸福、平安。回家意味着一个过程结束，这一年没有好的收获就甘心吗？但是，不要紧的，听爷爷说过一句话：有钱没钱，回家过年。回家过年才是最要紧的。

排队排了大半天，幸运地买到了明天就起程的票，高兴得当街手舞足蹈。

回到画室，我打包好自己的行李就到办公室，所有的老师都在。这个画室是两个人合办的，除了周学长，另一个是广州美院毕业的。他们俩正准备出发去找房子，这里三月份就要拆了，他们必须在年前找好房子把画室的东西都运过去，所以前几天找房到深夜才回画室。广美毕业的那个主管老师给我发薪水，他才是画室的投资人。他清清楚楚地说出哪个晚上哪个下午放假没上课。其实我记不太清楚了，也就顺他的意思算了课时。看来以后再代课要记下课时，虽然是朋友也更是雇主，一旦涉及钱，还是算清楚的好，他不会多给我，我也不会少要，因为大家赚钱都不容易。

打出租车回美院。在车上，拿着那一沓不知是薄是厚的钱心里有说不出的感觉，是第一次赚这么多钱回家过年的激动？还是辛苦这么多天就为这点钱值不值？记得卖画时还不好意思跟学长讲价，到代课结账时礼貌地和朋友讨论课时，然后大方地从朋友手里接过钱。人总是在各种各样的历练中长大成熟，转念想想，这就是一道社会练习题。

两个大行李箱的滚轮在美院空寂的教学楼间发出巨大低沉的声响，我边走边欣赏这个与平时不同的校园，它安静地发出一种魅人的气息。

2010 年 1 月 29 日

附2：巴黎美院选课记

陈子苨

　　到巴黎美院的第一天，负责国际交流项目的L女士给了我们一堆资料，介绍了一下基本情况，并且告诉我们如何选择课程和老师。早就听来过这里的师兄说所有课程全部自己选择，然后面见各位老师，给他们看你的作品集，由他们决定要不要你。需要选一门技术课，一个画室老师，一门主修课，还有一门语言课，而选画室老师是最麻烦的。L女士说明天会见一下专业老师后他会给一些建议，然后就可以去预约各位老师了，每个老师每周大概来一两天，所以要抓紧时机。

　　之后有一个交换生欢迎会，校长专程跑来致欢迎词。相比国内的校长们，他更像一个时髦温和的小老头，说话也很是平和实在，很高兴地挨个念着每个交换生的名字，表示想认识每位来自不同国家的朋友，并且说"Bonjour"（你好）。然后是甜点自助会，我高兴地吃着马卡龙和各种精致法式小甜点，心想法国真是个富有的国家呀。

　　虽然来自世界各国的同学谁也不认识谁，但都本能地找与自己语言相近、肤色相近的人聊天，于是自然就会看到，黑种人一堆，黄种人一堆，白种人一堆，还是白种人多一些。我硬着头皮和旁边的朋友说话，但是我发现能说的就只有你叫什么，来自哪里，修什么专业，聊完这三句便是无语。哎，还是等到选完画室和同班的同学聊吧，朋友是一起做事的时候交到的。

第二天就开始了风风火火的选课。与其说是选课，不如说是抢课。

我带着我的作品集找到了 A 老师的工作室时早已经有两圈人围着他了，有交换生，有想今年换工作室的老学生，也有就读本科的新人。每个人不是背着塞满了厚厚一摞画的包，就是背几本大速写夹，或者还带着电脑。一个读完本科再来读大三的中国师姐甚至花了几千块钱空运了几张油画过来。我看了看手里不足指甲壳那么厚的小四开作品集，感觉完了。

我凑过去看他们的画，忍着没笑喷：那都是什么呀？一堆杂草般的线条里冒出一个畸形的脑袋，要构图没构图，要形没形，要颜色没颜色。早就听说过欧洲美院的基本功不行，也不至于这样吧。我心里暗暗高兴，想着你们就是把家里所有的画都搬来，也就抵我刚学画那会儿的水平。这个老师很是严肃也有些奇怪，听说他很有名，好多学生想进他画室，虽然听不懂法语，但是还能半蒙半猜到他要不要这个学生，前几个都被拒了。有一个男生画了十几张他和女友做爱时性器官的各种状态，他们也一本正经地，觉得和看瓶瓶罐罐没什么两样，老师也给他评析得很严肃。一个学生被收下了，老师还在不停地说，我问旁边的中国同学 M 老师在说什么，他说老师说他不能占很大的地方，只有很小的地方，因为他们班有好多学生五年级了。M 告诉我在这里有"等级制度"，高年级的同学可以占很大的地方，而且可以赶人，特别是五年级的要交毕业创作，老师也会支持他们。快要轮到我时已经十二点，老师说下午一点半再来吧，他要去吃饭了。

中午我跟着中国在这儿读本科的同学在校学生会买了一个 3 欧的热狗。我们坐在暖融融的台阶上聊天，他们看了看我的作品集后说：幸好你准备了一些课外画的，原来来的央美的，全是头像素描和油画人体，老师快无语死了，觉得中国人只会画这个呢。我说别人喜欢的画也都是我课外画的，更活泼更有创造性一些吧。中午灿烂的阳光给每个墙上的浮雕都抹上长长短短的投影，年轻人都随意地坐在墙角下或者横阶上，抽烟、聊天、吃面包，或戴着耳机闭目养神。空气里有面包奶酪的香味，还有窃窃私语，远处传来的教堂钟声在廊道里和广场上回响。很有艺术院校的气氛。

很快到了下午约见的时间，当我进到 A 老师的工作室时又排了好多人。他的画室已经非常挤了，有些学生甚至只能在地上画，我感觉名额应该很少了，于是我赶紧在第三个就凑到老师面前给他看画，很不好意思地说我不会法语，我知道其实这本身就是劣势，谁不知道法国人不喜欢英语呢。结果我被拒了，老师说已经没有地方给我了，他们画室人太多了。他在我的书上勾画了别的老师的人名，叫我去找他们。我觉得太没面子了，后面还有一长排学生看着我呢，这么多人我也不好意思求他，只得说声谢谢转身就走了。我后悔没早来磨叽磨叽，说不定就收了呢。

出了门也没觉得什么，反正还有那么多老师可以去见，不差他一个。这天还有别的两个老师也上班，于是我重整旗鼓，去见了 H 老师。也有一条不短的队伍，他看画比 A 老师认真多了，他一页一页地翻看同学的作品集，生怕漏了一张，说话慢条斯理，认真听每个同学阐述自己的观点和想法，真是位好老师呀。终于轮到我了，我满脸微笑把我的作品集给他看，他倒是一点也不为还有长队而不耐烦，看完后，说挺好的，然后问了一些基本问题，叫我下周来，因为还有好多同学没看，没办法做决定。虽然他对前面的几个同学也是这样说的，但我觉得我肯定还是不够优秀，不然他还会犹豫吗？我继续微笑地说那好，下周见！

我的自信心再次受到了挫败，我默默坐在 T 老师工作室外的窗台上等待着约见。还有好多学生也在这里等着见 T，他们都兴高采烈地谈论着什么，而我丝毫不愿意加入他们一句法语一句英语的聊天中去。我旁边一个小白同学见我愁眉苦脸的样子，问我怎么了。我说怕没有老师要我。她笑嘻嘻地说不可能的，就算真没老师要你，L 女士也会帮你安排的，然后把我的作品集借过去看，她和另外两个小白发出了类似粗口的"Putain"的惊呼声，说画得太好了，问我为什么不去 A 的工作室，说我的画风很适合他。我绿着脸说被 A 拒了，说没地方了。她点点头说，他的工作室的确人太多，她就愿意去人少的宽敞的工作室，听说 A 还不常来。我听完，试着学她那么想或许心情会好一点。

不一会儿，T 老师开门走出来说：对不起，各位，画室已经没有地方了，请找别的工作室去吧。

我一下子快泪奔了，白忙乎了一天。看着别的同学都有说有笑地往回走，和没事人一样，又让我觉得自己心态太差了。

刚好遇到两个朋友，跟他们说起今天的遭遇。他们说这没什么，本来找老师就很困难，何况你只是短期的交换生，老师觉得可能对你起不到什么作用吧。还告诉我说如果十分想进某个画室就一定要坚持才行，再去找那个老师，或者干脆把自己的画具往他画室一搁，坚决不走，老师也没办法。我想我哪有这魄力呀，欧洲人才会这么干吧，我天生就是个薄脸皮的亚洲小姑娘呀。我问他们我并不是很了解老师的风格怎么去选择呢？他们说学校图书馆有所有老师的介绍和书籍，于是我趁着还没关门，滴溜溜地跑去找资料了解老师们的风格。介绍得可真是详尽，只差没写血型了。我第一个便拿出 A 老师的画册，翻开一看，果真看不懂，还真不适合我，我有一种破涕为笑的感觉，我相信老天自有更好的安排。再看看别的老师的画册，根据自己的喜好选择了两个老师准备接着见！

在约见画室老师的日子里，我找到了绘画材料课老师和主修课老师。刚见绘画材料课老师时，她就跟我说人已经满了，不想收了。这门课是我来巴黎美院的重要目的呀！我慌了，立马想到我要争取，不是刻意，而是一定要进。我说：那您能看看我的画册吗？就耽误您两分钟，我十分想进这个画室，这是我进巴黎美院最大的心愿了。老师终于答应洗洗手看一眼，我很礼貌地给她讲解我每张画的材料，在她目光停留多一点的画上，我说在做这张画时遇到了一些麻烦，其实我根本没遇到麻烦，于是我临场发挥想象，说我做的底子不好，到后期颜料都脱离了，让她觉得可惜然后伸出同情之手帮帮我，结果是：我成功了！

　　我又马不停蹄地去见主修课老师，我想选的主修课是人体速写，当时她正在上第一堂课，她告诉我说去找一个表格，要是还有空栏填上我名字就行了，原来是谁早到谁占座。我又去另一栋楼找表格，发现就剩一个空栏了，我开心无比地填上了大大的 CHEN Zipeng。我折回去上她的第二堂课，她叫我去黑板上画，我一看教室前方有两层二三米高的黑板，去二层还得爬楼梯，已经有十来个同学在黑板上开始画了，我脱下大衣放下包就跑去画，反正谁也不认识我，我就不怕垫底了。从来没画过比我还高的大速写，还是在黑板上画，心里想着不能给中国人丢脸呀。画了一会儿，我看看旁边的小白同学们，形不准得没法说。我继续激情四射地画着，有人点点我的肩，回头看是老师的满面笑容，说："Tres bien!"（非常好的意思）我说谢谢，心想我要是画得和小白们一样那我就考不上央美了。然后没画一会儿，老师又跑过来说："Tres tres bien!"（赞美程度加深了哦）。我有些难为情了，虽然我并没发挥出我最好的实力，但是真想在我的画上写上 CHINE，省得他们觉得是日本人。每画完一场，老师便会给大家讲讲。她讲了好久也不见停，我问旁边的小白，老师在讲什么呢。小白说：她在夸你呢。我一边高兴一边想着就这样给他们免费做示范，他们真是捡便宜了。这门课也算是一门体力课了，每画十分钟模特就换一个姿势，就这样画了擦擦了画，四个小时，下课出来就像刚从面粉房出来一样。

过了一周，又到了约见画室老师的日子了。我早早起了床，把电脑也带上，因为里面有一些我平时做的东西，比如雕塑，或是用各种花和树叶拼贴的画，还有一些画得比较有意思的东西。到了学校，我努力地让微笑看起来自然一点。两个画室的老师都还没来，我就两个画室来回窜。在一个画室遇到了一个朋友，他说我的人体课画得很棒。我说你怎么知道的，他指指旁边的女生说她告诉的。我听了很高兴，没想到第一堂课就小小地出名了一次。

C老师姗姗来迟，我继续说着那句见每个老师都一样开头的话，先用法语说你好，我是来自中国的交换生，想进您的工作室，原谅我不会说法语，然后用英文开始讲我的画。这个老师英文不好，总是用法语问旁边的同学哪个词怎么说。我把早已打开的电脑给他看，还有我的作品集，他饶有兴致地看完了，跟我说他们工作室没有地方了。我不知道这是借口还是事实，我环顾四周，比A的工作室大多了也空多了，我指指一个比较空的地方说那儿不就可以吗，他连说不行不行，那是一个大五同学的地方。我说我画的画不需要太多的地方，他依然很坚决地摇头说不行不行，他的工作室11月中旬会全部搬出去做期末评估，除非我11月中旬以后来就有地方。我想我肯定不能等到11月末呀，磨叽也没有用，我离开了C的画室。

我的情绪又坏了，但我还得去找D。这次我决定不必太客气，脸上的微笑都省略了，只非常简短地介绍了一下哪些是我课堂画的，哪些是课外画的。D很中肯地建议我多画一些水彩之类的画，并且要画自己想画的，到处去逛逛，看到的都会是财富，比待在画室画沉重的油画更有价值。我觉得说得很对。他收我了，但是我冷冷清清的依然不怎么高兴。

再次路过 H 的工作室，那个认真的老头，他叫我这周来的。反正我接下来也没事儿了，就进去找他，他看了电脑里我的作品，很爽快地收我了。我递给他表格，他问我最终愿意在这个画室吗？我说行。于是他在我选择画室一栏里签了名。

我到办公室交了表格，长长地舒了口气，我终于选完了所有的课程。

2011 年 10 月 16 日

附3：给美国艺术家当回助手

陈子芃

从凌晨两点在机场出站口看到 Amy 的第一眼，一直到她离开北京的十几天里，她都是 T 恤牛仔裤极简着装，挽起的金发衬着她年轻俊朗的脸，脸上好像只有一双纽约式的富有弹性的眼眸，而她全身的气质正如那双眼睛。送 Amy 到她的工作室，因为太晚了，这晚我也就暂住在为另一位还未抵达的外国艺术家准备的一座很大的两层楼的工作室里，狭长的卧室像电影《地道战》的地下通道，抬头是一行穿墙而过的刷白的管道，落地的灰色窗帘虚掩着窗后安眠的城市。一种全副武装的气息。我扫了一眼陌生的周遭很快睡着了。

头三天，Amy 一直为展览做作品。她精力旺盛，经常天没亮就起床了，除了吃饭就在工作，一直到深夜。最让我受不了的是她不午休，她说她在纽约也是这样，我只好忍着瞌睡。她带来了几张快完成的剪贴作品及所需材料，还有三张未完成的，我帮她一起完成。我剪下她在彩纸上用铅笔画出的形，这项工作真没劲，我原本盘算着的是在那种大手笔大作派的艺术家身边风风火火当助手哪。我剪好了叶片，Amy 就开始组合拼贴它们。她拿着几片绿色叶子形纸片比画来比画去，寻找最适合的位置，让它们看起来在已贴好的米黄色枝上呈现最自然的生长状态。她对颜色的敏感度是精确的，这些叶子的绿色在墙的灰色衬托下过于浓郁赤裸，于是她又从美国大老远带来的彩纸堆里翻出另外三张发绿的纸，在蓝灰的墙面旁进行比较，最后选定一张更粉更偏冷色调的绿纸，用铅笔勾勒出一些差不多像叶子的形状给我剪。她说她不喜欢形状太精确，是个梭形就可以，但我看她画面中有些物体的形却是精确的，本想问她，但想到她的作品当然只能顺从她的感觉，也就没问了。

我们一边做作品一边聊天。Amy 在世界很多国家办过展览，她初中时父母就离异了，从此她独自居住在另一个城市，后来迁到纽约，每年圣诞节才回去陪父母。她跟我聊纽约生活的不易与快乐，让我既向往又担忧。她每完成一幅就会用图钉把它们钉在墙上，仔细观察后再做调整。在我看来，原本冷冰冰惨白的墙立马变得像个玩具店，这就是艺术家的力量。

受清华大学邀请，Amy 去清华做讲座，我陪她一同前往。她提前一天整理出自己的艺术轨迹，我帮着把她从 2007 年至今的所有作品转换成 PPT 格式。她学生时代的作品，也有画写实的东西，帮忙翻译的周老师是 Amy 的校友，说那是她运气好碰到一个画写实的老师，在美国有的老师甚至拒绝讲评学生的写实画。Amy 说她刚开始习画就是写生，但并不受现实颜色的影响，她一般先用马克笔画些小的素描，形不那么受拘束，再根据记忆用丙烯画上色彩。这形成了一种习惯，艺术本身就有生命力，我们要做的是推动它往前走，顺其引向。这种近乎意识流的方式与我的态度不谋而合，因为年轻人没有太多经验，便缺少一种"故意"，画面反而显得生动。

有学生问她关于如何学习大师时，她说过分学习大师会让自己陷入被动，并让大师处于被利用的境地。她曾有一段时间疯狂练习画人，发现背景与空间对人的影响非常之大，毕业后一段时间，就弃画人物，转而利用画一些简单植物去深入研究空间背景对物体的影响。她说绘画类似舞台，她作画尺幅不大，因为小画更能把人引向另一个空间，而大画则给人处于同一空间的感觉。

有一个学生提问中提到中国艺术生对当代艺术又爱又恨的态度以及与生俱来的距离感。Amy 感到诧异，她说历史包括今天，我们活在当下，了解当代的艺术是职责所在！在学校，你的画在某种意义上讲是被迫被老师和同学关注，毕业后，这些观众群没有了，你就会逐渐回归自己，就像最开始大家总喜欢画自画像，因为那是对自己价值的追问，从了解自己开始，年轻人都有这个迫切证明自己的过程。一开始是关注自己，但不知从何时起就放开了自己，把目光投向别处。Amy 讲到她在曾经打工的餐厅画的油画风景时，毫不避讳地讲述了她自己的经历，力图还原一个真实的纽约生活——并不全然如众人想象中的光鲜亮丽，它的背后是无数人的血泪奋斗史。在纽约，你若不是世界顶级艺术家，就必须靠一份赚钱的工作养活自己的艺术，你的画卖得不错就不再需全职工作而是兼职工作。来自全世界的无数艺术家白天打完工后赶紧回家，利用晚上的时间抓紧创作作品，和自己成堆的画框挤在立锥之地的地下室燃烧着还未破灭的艺术梦。

这真让我发怵，我怀疑自己能否顶得住那样的压力，怀疑自己是否最后只是随风飘走的炮灰。我想到草间弥生，我最喜爱的艺术家，她当年在纽约的艰辛经历，点点滴滴，冷暖自知——一个东方女性，一个年轻艺术家，一个精神疾病患者，一个三天吃不上饭的穷人。我回忆在蓬皮杜对她作品的一见钟情，一股炙热的生命原始力量的冲击波，强大地满载哀愁，矛盾地渴望着，燃烧着她整个生命的原野。即便如今她已到耄耋之年，眼神里也满含着对生活苦难敏锐的感知，和对身体顽疾无法克制的恐惧。她一生不婚不育，唯一钟情于她的艺术，这一切深深吸引着我，也让我重新审视塑造她的纽约。

我带 Amy 几乎逛遍了京城，颐和园、故宫、长城、798 艺术区，吃各种小吃，我们一边游玩，一边讨论着东西方点滴的差异，常常大笑或吃惊不已，此时她是个善良的好性格的大姐姐！

这次展览有世界各国艺术家二三十人参加。展览开幕在下午三点半，上午我们本来想去看一个双年展，一个专程从美国赶来看展的人说这是他平生看过的最差的一个双年展，于是大家又都改了行程，当时我心里真是有一种无法道明的悲哀！Amy 临时决定去动物园画鸟。在动物园她接到电话说一张画还需调整，于是我们没吃午饭就匆匆赶回美术馆，她把唯一一张剪贴风景换成三人围桌吃饭的小幅剪贴画，这样一换整体效果的确更为完整。她回住所换了一套衣服参加开幕式，对我而言，开幕式就意味着吃花式点心，但任务在身，我不得不握着香槟站在 Amy 身边扮演一个称职的助手。大家友好地聊着天，Amy 总是向这些外国艺术家推介我，让满脑子飞食物的我颇不好意思。聊天中他们用得最多的就是 Vision Art，即视觉艺术，这让我对艺术有了新的考量，之前我更在乎的是油画还是版画，现在我的艺术观在放大，无需太在意用何种手法，视觉享受最重要，甚至是视、听、闻、触全方位，又有何不可？秋天明媚的阳光下，突然像进入一个艺术家的梦里，除了美好便没有什么词可以形容了。

今天是中秋节，开幕式后有一个屋顶派对。这是个望远极佳的地方，夕阳刚刚落山，便头顶满月。不用点灯，借着月光，世界各国的艺术家在此时此地共进晚餐，享受着艺术搭起的缘分。

2012 年 9 月

图书在版编目（CIP）数据

孩子，你独一无二：一个艺考生妈妈的陪读笔记／陈瑶著．—北京：北京十月文艺出版社，2013.10

ISBN 978 - 7 - 5302 - 1339 - 1

Ⅰ．①孩…　Ⅱ．①陈…　Ⅲ．①纪实文学—中国—当代

Ⅳ．①I25

中国版本图书馆 CIP 数据核字（2013）第 190577 号

孩子，你独一无二

HAIZI，NI DUYIWUER

陈　瑶　著

*

北 京 出 版 集 团 公 司　出 版
北 京 十 月 文 艺 出 版 社
（北京北三环中路 6 号）
邮政编码:100120
网　址：www . bph . com . cn
新 经 典 文 化 有 限 公 司 发 行
新 华 书 店 经 销
三河市三佳印刷装订有限公司印刷

*

890 毫米×1270 毫米　32 开本　7.25 印张　170 千字
2013 年 10 月第 1 版　2013 年 10 月第 1 次印刷
ISBN 978 - 7 - 5302 - 1339 - 1
定价:29.80 元
质量监督电话:010 - 58572393